Camilo José Cela
Nuevo retablo de Don Cristobita

Camilo José Cela

Nuevo retablo de Don Cristobita

Invenciones, figuraciones
y alucinaciones

Ediciones Destino
Colección
Destinolibro
Volumen 113

No se permite la reproducción total o parcial de este libro, ni su incorporación a un sistema informático, ni su transmisión en cualquier forma o por cualquier medio, sea éste electrónico, mecánico, por fotocopia, por grabación u otros métodos, sin el permiso previo y por escrito de los titulares del *copyright*.

© Camilo José Cela
© Ediciones Destino, S.A.
Consell de Cent, 425. 08009 Barcelona
Primera edición: febrero 1957
Primera edición en Destinolibro: septiembre 1980
Segunda edición en Destinolibro: octubre 1989
ISBN: 84-233-1077-9
Depósito Legal: B. 39.911-1989
Impreso por Printer, S.A.
C.N. II 08620 Sant Vicenç dels Horts, Barcelona
Impreso en España - Printed in Spain

Nota

Figuran en estas páginas los cuentos escritos desde que me metí al oficio hasta hoy; dicho de otra manera, los cuentos reunidos, sin arrepentimientos, ni dengues, ni posibles remisiones, en "Esas nubes que pasan..." (1), en "El bonito crimen del carabinero" (2) y en parte de "Baraja de invenciones" (3), títulos que sacrifico.

El orden de colocación es, exactamente, el que tuvieron en los libros de donde los tomo. Los pocos que anduvieron, durante todo este tiempo, sueltos y haciendo un poco la guerra por su cuenta, los he metido donde me pareció que podían estar menos incómodos.

Se deshacen los grupos —y sus nombres— cuando los hubo, y se apartan las dedicatorias.

También aparto prólogos, notas y autobiografías. No coincido, en esto, con las tres o cuatro personas a las que consulté y que me aconsejaban haberlos mantenido. Meterlos en un apéndice como fórmula de componenda, hubiera sido más bien una solución para ediciones críticas o eruditas.

En futuras posibles reediciones, este libro no será tocado. Conviene ir fijando lindes.

A los cuentos que escriba desde ahora en adelante ya les llegará también su epitafio. Esto de los libros inmóviles tiene mucho de epitafio. Pero los libros móviles, confunden; a veces, hasta llaman a engaño.

C. J. C.

Puerto de Pollensa, setiembre de 1954.

(1) 1.ª edición, Afrodisio Aguado, S. A., Madrid, 1945. 2.ª edición, ídem, íd., 1953.
(2) José Janés, editor. Barcelona, 1947.
(3) Editorial Castalia. Valencia, 1953.

Don Anselmo

I

Don Anselmo, ya viejo, me lo contó una noche de diciembre de 1935, poco más de un mes antes de su muerte, en el Club de Regatas.
Era una noche lluviosa y fría, y en el Club no quedábamos sino don Marcelino, don David, don Anselmo y yo.
Don Marcelino y don David jugaban lentamente su interminable y cotidiana partida de chapó; la partida la ganaba, como siempre, don David, y don Marcelino, como siempre también, todas las noches, al ponerse el abrigo, exclamaba resignadamente:
—No sé lo que me pasa esta noche; pero estoy flojo, muy flojo...
Después acababa de sorber su copita de anís, se calaba su gorrilla de marino, empuñaba el bastón y se marchaba, arrimadito a la acera y tosiendo todo el camino, hasta su casa.
Don Marcelino tuvo la mala ocurrencia de venirse a Madrid en mayo de 1936.
—Por la primavera, Madrid es muy agradable —decía a los amigos—, y además..., las cosas hay que cuidarlas...
Los amigos nunca supieron cuáles eran las cosas que don Marcelino tenía que cuidar en la capital, pero todos encontraban edificante el celo que demostraba por sus asuntos.
—Sí, sí, don Marcelino; no hay duda: *el ojo del amo engorda el caballo...* —decían unos—. *El que tenga tienda, que la atienda.*

Y todos se sentían satisfechos con la sonrisa de agradecimiento que don Marcelino les dedicaba.

¡Pobre don Marcelino! Al año, o poco más, de haber llegado a Madrid, se murió, sabe Dios si de hambre, si de miedo...

La noticia llegó hasta el pueblo, al principio confusa y contradictoria; después confirmada por los que iban llegando, y don David, como si no esperase otra cosa para seguirle, se quedó una tarde como un pajarito, sentado en la butaca de mimbre desde donde contemplaba silencioso el «violento dominó de los jóvenes», como sentenciosamente —durante tantos años— llamaba a la partida que, después del almuerzo, se celebraba en el bar del Club.

II

Don Anselmo estaba de confidencias aquella noche. No sé qué extraña sensación de confianza debía causarle mi persona, mas lo cierto es que me contaba cosas y cosas, interesantes y pintorescas, con una lentitud desesperante, cortando las frases y aun a veces las palabras de un modo caprichoso; pero incansablemente, como incansablemente caían las gotitas de agua sobre el vaso de «baquelita» —última compra de don Anselmo, secretario del Club—, que estaba debajo del filtro, plateado y reluciente.

Don Anselmo entornaba sus ojos para hablar, y su expresión adquiriría toda la dulzura y todo el interés de la faz de un viejo y retirado capitán de cargo, altivo y bonachón como un milenario patriarca celta...

III

Corría el 1910, y don Anselmo tenía, además de sus treinta y cinco juveniles años, un «atuendo de tierra», como él lo llamara, que era la envidia de los petimetres y la admiración de las pollitas de la época. Zapatos picudos de reluciente charol, botines grises —de un gris claro y brillante, como el mes de mayo en el mar del Norte, decía él—, pantalón listado de corte inglés; americana con cinturón y una gardenia perennemente posada sobre la breve solapa; cuello alto con corbata de nudo y un bombín café que manejaba con destreza y que obedecía al impulso que don Anselmo, siempre que entraba en algún sitio, le imprimía para que alcanzase algún saledizo: el paragüero del Club, la lámpara que tenía la fonda *La Concha* en el vestíbulo, rodeada de macetas y de sillas de mimbre; la cabeza de ciervo que tenía don Jorgito, el gerente del *The Workshop*, en el hall de su casa...

Don Anselmo hacía una inflexión en su voz para darme a conocer que introducía un nuevo inciso en su relato, y me hablaba de don Jorgito, a quien respetaba y admiraba, que ya por entonces llevaba una magnífica barba blanca y era todo corrección y buenos modos. Don Jorgito era un inglés apacible que hablaba el español con acento gallego y que vivía lo mejor que podía, preocupado de su mujer y de sus siete hijos; yo no le conocí, pero cuando afirmé haber sido compañero de colegio de un nieto suyo —en los Maristas de la calle del Cisne, de Madrid—, muchacho flacucho y antojadizo, mal acostumbrado a llevar siempre por delante su santa voluntad, tímido, pero con un orgullo sin límites, y que hoy, según creo, anda por ahí dedicado —¿cómo no?— a

hacer sus pinitos literarios, don Anselmo se me quedó mirando alegremente, como si mi amistad con el nieto viniese a avalar todo su aserto, y terminó por confesarme —casi misteriosamente— que el mundo era un pañuelo.
Esto sirvió para que me explicase cómo en Melbourne había encontrado, tocando el acordeón por las calles, a un marinero, a quien desembarcó por ladrón en Valparaíso; pero me voy a saltar todo este nuevo inciso, porque, si no, iba a resultar demasiado diluido mi relato.

IV

Era la época de las fiestas del pueblo, y don Anselmo, con sus zapatos, su gardenia y su bombín, sonreía desde la terraza del Club —por entonces todavía joven, como él— a las tobilleras de amplias pamelas que pasaban camino de los puestos de la verbena callejera, y a algunas horas de la tarde, distinguida.
Después de tomar —*five o'clok*— su tacita de té (don Anselmo, ¡oh manes de don Jorgito!, tomaba todas las tardes *su tacita de té*) y de fumar su cigarrillo después de la tacita de té (la pipa de loza holandesa en aquel tiempo todavía no formaba parte de su atuendo de tierra), se unía al primer grupo que pasase y, entre bromas y veras, transcurría el resto de su tarde, alegre y honradamente, charlando con los amigos, inclinándose ante las encorsetadas mamás de las niñas, e invitando a éstas a todo lo que se les antojase, porque —dicho sea de paso— a don Anselmo no le faltaba ninguna tarde un duro decidido a hacerle quedar bien. Se montaba en el tíovivo —ellas, en los cerdos o en los automóviles; ellos, en los caballos—, se daba una vueltecita por el

laberinto, se bebían gaseosas que ponían coloradas a las jovencitas, se jugaban algunos números a la tómbola, se tiraba al blanco...
Y así un día y otro día... Don Anselmo era la admiración de todos con sus buenos modales, su gesto siempre afable, su palabra siempre ágil y ocurrente. Si había que entretener a doña Lola —la mamá de Lolita, de Esperancita y de Tildita—, don Anselmo tiraba velozmente su real de bolos contra los grotescos muñecos. Si había que dar palique a doña Maruja —la mamá de Marujita, de Conchita, de Anita y de Sagrarito—, don Anselmo le hablaba de sus estancias en Londres o de su último viaje por los mares del Sur. Si había que distraer a doña Asunción —la mamá de Asuncionita, que era una monada de criatura—, don Anselmo era capaz hasta de meterse en el tubo de la risa...

V

Aquella tarde había verdadera expectación en el pueblo. Entre don Knut —don Knut era el primer piloto de una bricbarca noruega, *La Cristianía,* anclada por aquellos días en la bahía, y amigo antiguo de don Anselmo— y don Anselmo se había concertado un singular desafío —una botella de *whisky,* de una parte, y una comilona de langosta, de la otra— para discernir cuál de los dos haría más blancos seguidos en la barraca del Dominicano, la misma que durante tantos años, y hasta que se murió, había sido regentada por Petra, la del guardia civil.
Cuando don Knut y don Anselmo aparecieron, charlando amigablemente, ante el puesto del Dominicano, una multitud, casi abigarrada, les esperaba ya. Escogieron con lentitud sus escopetas; seleccionaron con más len-

titud, si cabe, sus flechas: negras, las de don Knut; rojas, las de don Anselmo; echaron una moneda —una peseta— al aire, y empezaron a tirar: cinco tiros seguidos cada uno. Empezó don Anselmo, porque don Knut, cuando la peseta andaba por el aire, había dicho *caras* —*cruces* no lo sabía decir—, y no habían salido *caras*. Cinco tiros, cinco blancos. «Tira don Nú», gritaba el Dominicano, incorporándose y desclavando a una velocidad vertiginosa las cinco flechas rojas de don Anselmo. Don Knut tiró: cinco tiros, cinco blancos. «Tira don Anselmo», volvía a repetir el Dominicano al volver a desclavar las cinco flechas negras esta vez y de don Knut. Don Anselmo volvía a tirar y volvía a hacer cinco blancos; el Dominicano volvía a gritar; don Knut volvía a echarse la escopeta a la cara... «Cinco blancos»... El interés de la gente tenía ya sus salpicaduras de emoción; se llevaba tirando ya largo rato, y don Knut y don Anselmo seguían a los treinta y cinco tiros desesperadamente pegados. «Tira don Anselmo», gritó el Dominicano; nadie sabe cómo fué: don Anselmo levantó la escopeta y tiró...; la flecha fue a clavarse en el ojo derecho del Dominicano; éste se llevó ambas manos a la cara sangrante; la gente rompió a gritar; las mujeres comenzaron a correr...

Don Anselmo tuvo que marcharse aquella misma noche del pueblo: «Un par de meses», le aconsejaban los amigos, y en *La Cristianía,* que marchaba con estaño de las Cíes para El Havre, se marchó comentando con don Knut el desgraciado accidente.

Un marinero de la bricbarca llegó, aún no pasadas tres horas del percance, a casa de don Jorgito con un encargo de don Anselmo: un saquito de cuero con veinte duros dentro para el Dominicano.

En el pueblo, el rasgo de don Anselmo causó una feliz impresión, y cuando ya nadie se acordaba del ojo del

Dominicano, todavía había alguien que sacaba a relucir los veinte duros de don Anselmo...

VI

Don Anselmo se marchó para dos meses, pero tardó ocho años en aparecer por el pueblo. De El Havre, donde lo desembarcó *La Cristianía,* salió para América, y allí, con sus apurillos al principio, pero ayudado por la guerra después, se fue abriendo camino y llegó a crearse una posición casi privilegiada.
Cuando volvió para acá, venía gordo y moreno, casado con una señorita portorriqueña y acompañado de dos criadas negras, dos loros verdes y rojos y un acento antillano, dulzón y pesaroso como el calor del trópico: bagaje ultramarino.
Ya nadie se acordaba en el pueblo del Dominicano, que había levantado el ala con sus veinte duros, y don Anselmo volvió a ser otra vez, y con mayor intensidad que la vez primera —si esto fuera posible—, el motivo de todas las conversaciones. Don Jorgito estaba indignado, porque, según él, se le daba mayor importancia a don Anselmo que al Armisticio, que era mucho más fundamental...
A poco de llegar de nuevo a España, se le murió su mujer, la señorita portorriqueña, de un doble parto mal atendido (según don Anselmo), y como los males —según don Anselmo también— se dan cita para no aparecer solos, los dos loros amanecieron una mañana ferozmente asesinados por *Genoveva,* la gata de la fonda *La Concha,* y las dos negras —una detrás de la otra, pero muy seguiditas— se acatarraron y se murieron también; de suerte que don Anselmo volvió a quedarse tan solo como ocho años atrás.

Tuvo una pequeña época de murria, en la que apenas si hablaba y menos salía; pero como era hombre de entero carácter, pronto reaccionó y volvió a su vida de Club y de sociedad. De cuando en cuando daba alguna correría por los pueblos, o se acercaba hasta Vigo —o hasta Porto o hasta La Coruña, como algunas veces—, y cuando volvía se le notaba radiante y rejuvenecido; pero un día volvió mucho antes de lo acostumbrado en aquellas excursiones, se encerró en el Club y en un mutismo absoluto, y lo único que se le sacaba, después de mucho insistir, es que jamás volvería a abandonar el pueblo.

Nadie sabe lo que le pasó, porque a nadie —sino a mí, que a nadie lo dije— se lo dijo jamás; pero como don Anselmo ha desaparecido y lo acaecido no puede conducir sino a su mayor aprecio, me considero relevado de guardar secreto —que tampoco él me lo exigiera, que, si no, no lo haría por nada del mundo—, y autorizado para decir en breves palabras y para terminar mi relato lo que ocurrió.

VII

Don Anselmo había ido a Cesures. Había cenado, ya tarde, en el puerto, en Casa Castaño, y había cruzado después el puente, atraído por las luces, pocas ya, que quedaban al otro lado de él, y de las barracas de la fiesta del Patrón, que por aquella fecha y en aquel lugar se celebraba. La gente había marchado ya a dormir, y únicamente algún marinero semiborracho o algún pollito rezagado se entretenía en tirar al blanco o en intentar, desafortunadamente, colar los arillos por el cuello de la botella de sidra. De la ría salía un vaho húmedo y tibio que todo lo rodeaba, y las últimas voces de los

puestos, anunciando su mercancía o su atracción, sonaban un poco tristes y cansinas, y recordaban —don Anselmo no sabía por qué— a las voces de los serenos de Santiago anunciando la lluvia y las dos de la mañana...
Don Anselmo, antes de irse a la cama, quiso entrar en todas las chabolas. Tiró un poco al blanco; vio la mujer barbuda; sacó una botella de sidra, que regaló, ante su pasmo, al dueño del puesto... Don Anselmo se aburría, y decidió visitar lo último que le quedaba por ver: la caseta del hombre-fiera, que a grandes voces anunciaba una mujeruca al extremo de la doble calle de barracas. Pagó veinte céntimos —«preferencia»— y entró; no había nadie... Al poco rato se oyeron unos aullidos, e inmediatamente apareció —peludo y semidesnudo— el hombre-fiera, lanzándose contra los barrotes y comiendo carne cruda. Don Anselmo miró con detenimiento al hombre-fiera y se sobresaltó. El monstruo seguía dando saltos y aullando, y parecía hacer poco caso de don Anselmo. Don Anselmo no daba señales de querer marcharse... El hombre-fiera, cansado de haber estado dando saltos durante toda la noche, parecía que cedía en su fiereza...: se le quedó mirando y dejó de saltar; se apoyó con ambas manos en los barrotes, y miró con su único ojo —el izquierdo— a don Anselmo.
—¡Caramba, don Anselmo! ¡Qué gordo está usted!
Don Anselmo no sabía qué decir.
—¡Y buena color que le ha salido, sí, señor!
Don Anselmo temblaba, y —propia confesión— lloró por primera vez en su vida, porque se averiguó que no eran tan malos los hombres como querían pintarlos. El hombre-fiera apareció por detrás de la cortinilla de cretona que servía de fondo a la jaula, y se sentó al lado de don Anselmo.
—Pues no sé lo que decirle; ya ve usted...

Don Anselmo tampoco sabía lo que decir; cogió las manos del hombre-fiera y las acarició. El hombre-fiera lloró también.
—Ya lo decía yo, don Anselmo. ¡No hay bien que por mal no venga!... gano bastante más que antes, y... ¡ya ve usted: con tanta carne como como, qué buenas grasas estoy criando!...
Fuera, la niebla y el silencio lo confundían todo...
A don Anselmo se le empañaban los ojos al recordarlo.

Don David

I

Don David se quedó muy abatido. Tan abatido como no le había visto nunca. A mí me remordía un poco la conciencia. ¡Pobre don David; con lo bueno que era! Don David no había sido mareante, como don Anselmo, ni buen vividor y hombre de recursos, como don Marcelino. Don David, tan mañosito, tan meticuloso, tan detallista en todo lo suyo, no había pasado de ser un ilusionado, un imaginativo, un hombre obstinado en vivir de espaldas a la realidad y a quien la realidad hubo de azotar tan despiadadamente, tan sin consideración, en las espaldas... ¡Él, que tantos proyectos tuvo y que tan pocos pudo ver realizados!
Don David estuvo un largo rato con la cabeza caída sobre el pecho, con la mano caída sobre el brazo de la butaca, sosteniendo el largo cigarrillo emboquillado, con el flexible caído sobre los ojos... Cuando se cansó de la postura, se echó el sombrero para atrás, levantó la cabeza, dio unas menuditas y veloces chupadas al pitillo y se me quedó mirando fijamente, como un poco extrañado de haberme podido contar, de un tirón, sin preocuparse —¡quién lo hubiera de decir!— de la ceniza que rodaba por su chaleco, todas las cosas que me dijo.
En sus ojillos grises brillaban las lágrimas que la memoria de su desgracia le trajo; temblaron un instante bajo el nervioso parpadeo y rodaron limpiamente, sencillamente, con una limpieza y una sencillez que daban miedo, sobre sus mejillas.
Después, como disculpándose, sonrió:
—Usted me perdonará.

Yo no tenía nada que perdonarle. Quien tenía que perdonarme era él a mí. Tenía que perdonarme el haberle hecho caso, cosa que probablemente —¡quién sabe si por caridad!— hacía años que nadie había hecho; tenía que perdonarme el haber prestado atención a sus tristes recuerdos; el no haberle interrumpido, el no haber desviado la conversación... Pero —¡qué le íbamos a hacer!— ya no había remedio; le hice caso, le presté atención, no le interrumpí... No pude hacerlo. Sabía que el hablar de lo que hablaba le hacía padecer; pero no me compensaba de mi posible crueldad el hecho de que también me hacía padecer a mí y de que don David lo notaba. ¡Sentía el pobre, probablemente, tanto consuelo en su pena al transmitírmela, aunque no fuese más que como lo hacía, en pequeñas porciones, como temeroso de herirme demasiado íntimamente con su tristeza!...

Don David se levantó. Dio unos paseítos por la sala, ya desierta, y se quedó mirando detenidamente, durante un largo rato, a través de los cuadrados cristales de la galería, hacia el mar oscuro y mudo como un muerto. ¡Sólo Dios sabe qué sombrías figuraciones le traerían las olas en su rodar aquella noche!...

Le propuse acompañarle hasta su casa, pero —cosa extraña en él, que rehuía la soledad— me rogó que no lo hiciese. Después me enteré que antes de irse a dormir, antes de meterse en la amplia cama de matrimonio —de caoba centenaria de la mejor, con incrustaciones de bronce—, que con tanto cariño había mandado traer de Inglaterra, de la casa «James Clark and Son», de Londres, se pasó por la barbería de Benjamín.

En la barbería de Benjamín se reunía todas las noches lo peor del pueblo a tocar la guitarra y a beber vino tinto. Cuando don David llegó, todos se pusieron en pie.

—¡Caramba, don David! ¡Tanto honor que nos hace!

¡Usted por aquí!
—Sentaos, sentaos...
—Pues ya lo ve el señorito don David... Por aquí nos ajuntamos todas las noches un rato, por eso de matar en compañía la fatiga... ¡Como somos pobres!...
Según cuentan, a don David tuvieron que llevarlo hasta su casa, ya muy metida la madrugada, completamente borracho... ¡Pobre don David, a sus años, tan mañosito, tan meticuloso, tan detallista en todas sus cosas, bebiendo para olvidar, como cualquier criada de servir, en aquel antro de la peluquería!

II

—Había sido la primera gran ilusión de mi vida —empezó a decirme don David—. Tenía veinticinco años... ¡dorada edad!...
Lo prepare todo con cuidado, como si tuviese miedo de que el más pequeño detalle mal cuidado me lo echara todo a rodar. Yo no soy supersticioso, pero... ¿por qué será que, en algunos momentos de mi vida, cuidé de las cosas como si temiera contrariarlas, como si temiera la desgracia que su contrariedad pudiera acarrearme? La cama la mandé a comprar a Inglaterra, a la casa «James Clark and Son», de Londres. Era grande, muy grande, y toda de caoba centenaria de la mejor, con una gran incrustación de bronce. ¡Si viese usted el cariño que puse en el encargo!... Los demás muebles los hice yo mismo; unos del todo, otros solamente el diseño. Mi pequeño taller de aficionado no tenía condiciones para que pudiera enfrentarme con muebles grandes, y aquellos con los que no me atrevía se los encargaba a Domínguez —usted habrá oído hablar de él a sus padres—, el afamado ebanista de Santiago.

Entre unas cosas y otras tardé cerca de un año. Yo siempre he sido muy cuidadoso, y la construcción de aquellos muebles que iban a ser —¡triste de mí!— testigos de mi felicidad terrena, distraía mis ocios y me compensaba en parte de la forzosa separación de ella. Ella estaba en Santiago, ¡ya ve usted, a cuarenta kilómetros!...
¡Pobre Matilde, cómo sufría con nuestra separación! Yo iba a verla los domingos en el The West, y volvía el lunes por la mañana, feliz y preocupado al mismo tiempo, trayendo de Santiago un pañuelito con su olor, unas violetas que tuvo posadas sobre el pecho como mariposillas sobre la flor, un mechoncito de su pelo castaño, cualquier cosa que sirviese para alimentar nuestro amor durante los siete siguientes días de forzada ausencia...
¡Aquellos eran amores, don Camilo José! ¿Cómo quiere usted hacerme creer que los jóvenes de ahora pueden quererse con el mismo santo cariño con que se quisieron sus padres? No, imposible de todo punto. ¡Aquellos eran otros tiempos! Una mirada, una sonrisa, ¡no digamos un beso!, colmaban la felicidad del más exigente de los amantes. Hoy, ¡ya ve usted!, ¿qué ilusión pueden tener esos jóvenes de ambos sexos que se pasan la mañana retozando medio en cueros por la arena de la playa?
Nuestra boda dio mucho que hablar en todo el partido. Mi pobre madre, que era una santa, se gastó conmigo sus ahorrillos, y la ceremonia hubo de ser la más lucida de todas las que se celebraron por la época. ¡Con decirle que hubo de ser comparada con la de María Berta, la hija de los marqueses de N...!
Yo no cabía en mí de gozo y, después de casado, estuve lo menos veinte días sin darme cuenta de nada, como si me hubieran sorbido el seso, sin ganas para trabajar, presa de una terrible y agotadora mezcla de preocupación y de alegría... Me pasaba las horas enteras pensando en

Matilde, y, aunque la tuviese delante y pudiese tocarla con la mano, prefería imaginármela hermética y distante como una gaviota o una lejana nube... Cuando iba por la calle sentía una gran satisfacción mirándome pasar —tan derechito como andaba entonces— reflejado en los cristales de las tiendas o en las lunas del Café Comercio, y cuando pasaba cerca de algún amigo que por distracción no me saludaba, le llamaba jovialmente la atención para evitarme el remordimiento de conciencia que me hubiera producido el no hacerle partícipe de mi alegría. ¡Así era yo entonces!

A las muchas cualidades que hube de observar en Matilde de soltera, añadí muchas más encontradas después de casados. Era buena, limpia, cariñosa, hacendosa. Administraba como una sabia y me cuidaba con regalo y con mimo. ¡Pobre Matilde, y qué pronto quiso Dios raptarla de este valle de lágrimas!

Un día, llevábamos cinco meses de casados, me puse a hacer una cuna. Revolví Roma con Santiago en busca de las mejores y más ligeras maderas y las trabajé con un celo y un orden como usted no puede figurarse. Tardé tres meses en terminar la carpintería; después la recubrí de organdí azul celeste y le puse, para tapar los botones del cuerpo, unas rosetas blancas y rosas que hizo Matilde...

El colchón también lo hice yo; mejor dicho, los dos colchones, porque tenía dos: uno grande y profundo de crin, y otro pequeño, para poner encima, de pluma... ¡Cómo escogí la pluma! Ahora me río pensando el trabajo que me costó. La pluma es una cosa que engaña mucho; cuando uno cree que tiene bastante, y aun que le va a sobrar, se encuentra con que no tiene para la mitad.

Una vez terminada la cuna, y aunque todos los días añadía nuevos detalles, ya no había sino esperar. Al principio me impuse serenidad; pero a medida que el tiempo pasaba, llegué a tener tan poca, tan poca, que hasta dudé si no sería que Dios quería probarme. Para combatir la desazón que me invadía di en recortar, sobre una delgada tablilla que me había sobrado, dos anagramas con las dos únicas iniciales que lo esperado —no me haga usted decir *mi hijo*— podría tener: una «M» si hubiera sido niña: una «D» si Dios hubiera querido que fuera niño. La «M» la hice de letra inglesa, con una ramita cruzada. La «D» de letra gótica, apoyada sobre una corneta y un remo.

Era el año 18, de triste recuerdo para tantas familias gallegas. Matilde, en el octavo mes, cogió la gripe, aquella funesta gripe que llenó de dolor y de luto a tantos desgraciados hogares... Yo estaba sin sombra. Veía pasar los días, veía que mi mujer no mejoraba, veía que se acercaba el momento... ¡Fueron unos días terribles, amigo mío! No se puede usted figurar lo que sufría; parecía como si presintiese lo que iba a pasar, lo que pasó por fin, porque no tenía más remedio que pasar...

Yo estaba en la habitación de al lado. Estaba sentado en un sofá que, no sé por qué, me pareció en aquella ocasión desusadamente cómodo. Usted no se puede imaginar la cantidad de cosas que hube de pensar en aquellos momentos... Algunas no tenían nada que ver con todo aquello y a mí me entraba una gran preocupación por tenerlas...

Encendía los pitillos nerviosamente, unos detrás de los otros, y los tiraba no más que mediados contra el suelo y hasta contra las paredes. ¡Si mi madre me hubiese visto tirando las colillas al suelo! El reloj no se movía; le miraba de vez en cuando, y lo más que había avanzado eran cinco minutos. Estaba en una terrible tensión. Don Alejandro, el médico, salía de vez en cuando y me decía siempre lo mismo:

—Ánimo, muchacho; la cosa no puede ir mejor.
Pero a mí no me tranquilizaban las palabras de don Alejandro.
Seguía fumando pitillos; seguían asaltándome ideas que me atormentaban... Me acuerdo que hubo un momento que me quedé mirando para el mar y que las olas me parecieron ataúdes...
Me interrumpió, al cabo de un rato más largo que los anteriores, don Alejandro con su voz tonante, que me llamaba. Me volví; don Alejandro estaba en medio de la habitación, metiendo sus lentes en el estuche... Cuando acabó, vino hacia mí, me puso una mano en el hombro y me dijo, casi cariñosamente:
—David..., ¡todavía eres joven!...
—¡No siga, don Alejandro!

—No quise saber nada más. Me encerré en el despacho, y mi hermano, el que era mayor que yo, el pobre Enrique, se ocupó de todo.
Le aseguro que en aquel momento, si hubiera fallado —¡quiso San José bendito que así no ocurriese!— mi fe en Dios sólo un instante, no hubiera sobrevivido mucho tiempo a la pobre Matilde.
Desde entonces anduve siempre un poco errante por mi casa. La cuna, de las mejores y más ligeras maderas que había por entonces, y en cuyo trabajo puse un celo y un orden como usted no puede figurarse, siguió estando vacía, y en la cama, de caoba centenaria de la mejor, con una gran incrustación de bronce que había mandado —¡no sabe usted con cuánto cariño!— traer de Inglaterra, de la casa «James Clark and Son», de Londres, sobraba la mitad...

Marcelo Brito

I

Durante muchos meses no se habló de otra cosa por el pueblo.

Marcelo Brito, el mulato portugués, cantor de fados y analfabeto, sentimental y soplador de vidrio, con su terno color café con leche, su sempiterna y amarga sonrisa y su mirar cansino de bestia familiar y entrañable, había salido de presidio. Tenía por entonces alrededor de cuarenta años, y allá —como él decía— se habían quedado sus diez anteriores, mustios, monótonos, reducidos a una reproducción de la carabela *Santa María,* metida inverosímilmente dentro de una botella de vidrio verde, que había regalado —sabrá Dios por qué—, con una dedicatoria cadenciosa que tardó once meses en copiar de la muestra que le hiciera vaya usted a saber qué ignorado calígrafo presidiario, a don Alejandro, su abogado, el mismo que no consiguió convencer al juez de su inocencia.

Porque Marcelo Brito, para que usted lo sepa, era inocente; no fue él quien le pegó con el hacha en mitad de la cabeza a Marta, su mujer; no fue él, que fue la señora Justina, su suegra, la madre de Marta; pero como parecía que había sido él, y como —después de todo— al juez le era lo mismo que hubiera sido como que no, lo mandaron a presidio, y allá lo tuvieron casi diez años, metiendo las largas pinzas —con las jarcias y los obenques, y los foques de la *Santa María*— por el cuello de la botella. Sobre el camastro tenía una fotografía de Marta, su difunta mujer, de traje negro y con un ramo de azahar en la mano, y según me contó José Martínez

Calvet —su compañero de celda, a quien hube de conocer andando el tiempo en Betanzos, en la romería *D'os caneiros*—, algunas veces su exaltación al verla llegaba a tal extremo, que había que esconderle la botella, con su carabelita dentro, porque no echase a perder toda su labor estragando lo que —cuando no le daba por pensar— era lo único que le entretenía. Después volvía el retrato de su mujer de cara a la pared, y así lo tenía tres o cuatro días, hasta que se le pasaba el arrechucho y lo volvía a poner del derecho. Cuando esto hacía, la cubría materialmente de besos con tal frenesí que acababa derrumbándose sobre el jergón, boca abajo, postura en la que quedaba a lo mejor hasta tres o cuatro horas seguidas, llorando como un niño. Una vez fueron por la penitenciaría, en viaje de estudios, unos abogadetes recién salidos de la Facultad, sentenciosos y presumidillos como seminaristas de último año de la carrera, que hablaban enfáticamente de la *Patología Criminal* y que no encontraban una cosa a derechas; quiso la Divina Providencia que fueran testigos de una de las crisis de Marcelo, y como si se hubieran puesto de acuerdo, tuvieron a bien opinar —sin que nadie les preguntase nada— sobre lo que ellos llamaban «caracteres específicos del criminal nato», sentando como incontrastable la teoría de que esos arrebatos del mulato no eran sino expresión del arrepentimiento que experimentaba por haber *segado en flor* —la frase es de uno de los letrados visitantes— la vida de la mujer a quien en otro tiempo había amado. Los abogadetes se marcharon con su sonrisa satisfecha y su aire triunfal, y yo muchas veces me he preguntado qué habrán dicho si es que llegaron a enterarse de lo que más tarde hemos sabido todos: que la pobre Marta se fue para el Purgatorio con la cabeza atada con unos cordeles, puestos para enmendar lo que su marido ni hizo ni probablemente se le ocurrió jamás hacer.

La interpretación de los sentimientos es complicada porque no queremos hacerla sencilla. Sin su complicación mucha gente a quien saludamos con orgullo —y con un poco de envidia y otro poco de temor también— y a quien dejamos respetuosamente la derecha cuando nos cruzamos con ella por la calle, no tendría con qué comprar automóviles, ni radios, ni pendientes para sus mujeres, y nosotros, los que somos sencillos y no tenemos automóvil, ni radio, ni pendientes que regalar, ni —en última instancia— mujer a quien regalárselos, ¿para qué queremos complicar las cosas si en cuanto dejan de ser sencillas ya no las entendemos? Usted se preguntará por qué sonrío cuando digo esto. Usted se pregunta eso porque no interpreta los sentimientos del prójimo —los míos en este caso— con sencillez. Usted piensa que yo sonrío para hacerme enigmático, para llevar a su alma una sombra de duda sobre mi sencillez; pero yo le podría jurar por lo que quisiera que se sonrío no es más que porque me asusta el convencerme de que no entiendo las cosas en cuanto han dado más de dos vueltas por mi cabeza. Mi sonrisa no es ni más ni menos de lo que creería un niño que me viese sonreír y entendiese lo que digo; mi sonrisa no es sino el escudo de mi impotencia, de esta impotencia que amo, por mía y por sencilla, y que me hace llorar y rabiar sin avergonzarme de ello, aunque los abogados crean que si lloro y rabio es porque he dejado de ser sencillo, porque he matado —¡quién sabe si de un hachazo en la cabeza!— mi sencillez y mi candor recobrados, ahora que ya soy viejo, como un primer tesoro...

Lo que sí puedo asegurarle es que el llanto del desgraciado portugués no estaba provocado por arrepentimiento de ninguna clase, porque de ninguna clase podía ser un arrepentimiento producido por una cosa de la que uno no puede arrepentirse porque no la hizo: el llanto de

Marcelo no era ni más ni menos —¡y qué sencillo es!— que por haber perdido lo que no quiso nunca perder y lo que quería más en el mundo: más que a su madre, más que a Portugal, más que a los fados, más que a la varilla de soplar que le había traído don Wolf la vez que fue a Jena de viaje... El llanto de Marcelo era por Marta, por no poder tenerla, por no poder hablarla y besarla como antes, por no poder cantar con ella —parsimoniosamente, a dos voces y a la guitarra— aquellas tristes canciones que cantara años atrás...

¡Voy muy desordenado, don Camilo José, y usted me lo perdonará! Pero cuando hablo de todas estas cosas es como cuando miro jugar a los niños, ¡que no importa a dónde van a parar, como no importa mirar si es más hondo o menos hondo el agujero que hacen las criaturas en la arena de la playa!...

Habíamos quedado en que no fuera él, sino la señora Justina, su suegra, la que diera fin a los veintitrés años de Marta; el caso es que tardó en averiguarse la verdad tanto como la vieja tardó en morir porque la muy bruja —que decía de tener miedo a la muerte— tuvo buen cuidado de callar siempre, aun cuando más comprometido veía al yerno, y menos mal que cuando se la llevó Satanás tuvo la ocurrencia de dejar una carta escrita diciendo la verdad, que, si no, a estas alturas el pobre Marcelo seguiría añadiéndole detallitos a la *Santa María*... Tal maldad tenía la vieja, que para mí que no dijo la verdad, ni aun en trance de muerte, al confesor ni a nadie, porque, aunque, según cuentan, pedía confesión a gritos, me cuesta trabajo creer que no fuese hereje. El caso es que, como digo, dejó una carta escrita diciendo lo que había y al inocente lo sacaron de la cárcel —con tanto, por lo menos, papel de oficio como cuando lo metieron— y como era buen soplador y don Wolf lo estimaba, volvió a colocarse en la fábrica —que por en-

tonces tenía dos pabellones más— y a trabajar, si no feliz, por lo menos descansado.
Transcurrieron dos años sin que ocurriera novedad, y al cabo de este tiempo nos vimos sorprendidos con la noticia de que Marcelo Brito, temeroso de la soledad, se casaba de nuevo.
La soledad, con Marcelo tan al margen, tan a la parte de fuera de lo que le rodeaba, como tiempos atrás lo estuviera de su compañero José Martínez Calvet, era dura y desabrida y tan pesada y tan difícil de llevar que Marcelo Brito —quizás un poco por miedo y otro poco por egoísmo, aunque él es posible que no se diese mucha cuenta de este segundo supuesto y que incluso lo rechazara si llegase a percatarse de su verdad— se decidió a dar el paso, a arreglar una vez más sus papeles (aumentados ahora con el certificado de defunción de Marta) y a *erigir un nuevo hogar,* como don Raimundo, el cura, hubo de decir con motivo de la boda.
Esta vez fue Dolores, la hija del guarda del paso a nivel, la escogida; Marcelo lo pensó mucho antes de decidirse, y su previsión, para que la triste historia no se repitiese, la llevó hasta tal extremo, que, según cuentan, sometió durante meses a su nueva suegra a las más extrañas y difíciles pruebas; la señora Jacinta, la madre de Dolores, era tonta e incauta como una oveja, y fueron precisamente su tontería y su falta de cautela las que le hicieron salir victoriosa —la inocencia, al cabo, siempre triunfa— de las zancadillas y los baches que por probarla, no por mala intención, le preparara su yerno.
Dolores era joven y guapa, aunque viuda ya de un marinero a quien la mar quiso tragarse, y el único hijo que había tenido —de unos cuatro años por entonces— había sido muerto, diez u once meses atrás, por un mercancías que pasó sin avisar... Los trenes —no sé si usted lo sabrá—, cuando van a ser seguidos de otro cuyo paso no

ha sido comunicado a los guardabarreras, llevan colgado del vagón de cola un farolillo verde para avisar. El mixto de Santiago, que era el que precedió al mercancías, no llevaba farol, y si lo llevaba, iría apagado, porque nadie lo vio. El caso es que Dolores no tomó cuidado del chiquillo y que el mercancías —con treinta y dos unidades— le pasó por encima y le dejó la cabecita como una hoja de bacalao... Al principio hubo el consiguiente revuelo; pero después —como, desgraciadamente, siempre ocurre— no pasó más sino que a la víctima le hicieron la autopsia, lo metieron en una cajita blanca, que, eso sí, regaló la Compañía, y lo enterraron.
El gerente le echó la culpa al jefe de Servicios; el jefe de Servicios, al jefe de la estación de La Esclavitud; el jefe de la estación de La Esclavitud, al jefe de tren; el jefe de tren, al viento... El viento —permítame que me ría— es irresponsable.
La boda se celebró, y aunque los dos eran viudos, no hubo cencerrada, porque el pueblo, ya sabe usted, es cariñoso y afectivo como los niños, y tanto Marcelo como Dolores eran más dignos de afecto y de cariño —por todo lo que habían pasado— que de otra cosa. Transcurrieron los meses, y al año y pico de casarse tuvieron un niño, a quien llamaron Marcelo, y que daba gozo verlo de sano y colorado como era. Marcelo, padre, estaba radiante de alegría; cuando vino el verano y ya el chiquillo tenía unos meses, iba todos los días, después del vidrio, al río con la mujer y con el hijo; al niño lo ponían sobre una manta, y Marcelo y la mujer, por entretenerse, jugaban a la brisca. Los domingos llevaban además chorizo y vino para merendar, y la guitarra (mejor dicho, otra guitarra, porque la otra se desfondó una mañana que la señora Justina se sentó encima de ella) para cantar fados.
La vida en el matrimonio era feliz. No andaban boyan-

tes, pero tampoco apurados, y como al jornal de Marcelo hubo de unirse el de Dolores, que empezó a trabajar en una serrería que estaba por Bastabales, llegaron a reunir entre los dos la cantidad bastante para no tener que sentir agobios de dinero. El niño crecía poquito a poco, como crecen los niños, pero sano y seguro, como si quisiera darse prisa para apurar la poca vida que había de restarle.
Primero echó un diente; después rompió a dar carreritas de dos o tres pasos; después empezó a hablar... A los cinco años, Marcelo, hijo, era un rapaz moreno y plantado, con los labios rojos y un poco abultados, las piernas, rectas y duras... No había pasado el sarampión; no había tenido la tos ferina; no había sufrido lo más mínimo para echar la dentadura...
Los padres seguían yendo con él —y con el chorizo, y el vino y la guitarra— a sentarse en la yerbita del río los domingos por la tarde. Cuando se cansaban de cantar, sacaban las cartas y se ponían a jugar —como cinco años atrás— a la brisca. Marcelo seguía gastándole a su mujer la broma de siempre —dejarse ganar—, y Dolores seguía correspondiendo al marido con la seriedad de siempre: una seriedad un poco cómica que a Marcelo —un sentimental en el fondo— le resultaba encantadora.
Al niño le quitaban las alpargatas y correteaba sobre el verde, o bajaba hasta la arena de la orilla, o metía los pies en el agua, remangándose los pantaloncillos de pana hasta por encima de las rodillas...
Hasta que un día —la fatalidad se ensañaba con el desgraciado Brito— sucedió lo que todo el mundo (después de que sucedió, que antes nadie lo dijo) salió diciendo con que tenía que suceder: el niño —nadie, sino Dios, que está en lo Alto, supo nunca exactamente cómo fue— debió caerse, o resbalar, o perder pie, o marearse; el caso es que se lo llevó la corriente y se ahogó.
¡Sabe Dios lo que habrá sufrido el angelito! Don An-

selmo, que conocía bien los horrores de verse rodeado de agua por completo, que sabía bien el pobre —tres naufragios, uno de ellos gravísimo, hubo de soportar— de los miedos que se han de pasar al luchar, impotente, contra el elemento, comentaba siempre con escalofrío la desgracia de Marcelo, hijo.
No se oyó ni un grito ni un quejido; si la criaturita gritó, bien sabe Dios que por nadie fue oído... Le habrían oído sólo los peces, los helechos de la orilla, las moléculas del agua..., ¡lo que no podía salvarle! Le habrían sólo oído Dios y sus santos, los ángeles, niños a lo mejor como él, y quién sabe si por la voluntad divina, parados en sus cinco años inocentes, aunque en sus alas hubieran soplado ya vendavales de tantos siglos...
El cadáver fue a aparecer preso en la reja del molino, al lado de una gallina muerta que llevaría allí vaya usted a saber los días, y a quien nadie hubiera encontrado jamás, si no se hubiera ahogado el niño del portugués; la gallina se hubiera ido medio consumiendo, medio disolviendo, lentamente, y a la dueña siempre le habría quedado la sospecha de que se la había robado cualquier vecina, o aquel caminante de la barba y el morral que se llevaba la culpa de todo...
Si el molino no hubiera tenido reja, al niño no lo habría encontrado nadie. ¡Quién sabe si se hubiera molido, poquito a poco; si se hubiera convertido en polvo fino como si fuese maíz, y nos lo hubiéramos comido entre todos! El juez se daría por vencido, y doña Julia —que tenía un paladar muy delicado— quizá hubiera dicho:
—¡Qué raro sabe este pan!
Pero nadie le hubiera hecho caso, porque todos habríamos creído que eran rarezas de doña Julia...

Catalinita

Catalinita llevaba varias horas al piano.

> *¡Toca esa vals,*
> *toca esa vals,*
> *toca esa vals...,*
> *Pepita!*

El candelabro saltaba, temeroso, y la cabeza de Beethoven, de escayola pintada de color bronce, fruncía el ceño más de lo acostumbrado.

> *¡Toca esa vals,*
> *toca esa vals,*
> *que es mi única ilusión!*

Catalinita decía siempre *esa vals*. ¡Hacía tan bien!
Era primavera, la estación en que Catalinita tenía puestas todas sus ilusiones, y los guisantes de olor que trepaban por el balcón y las violetas de las figuras del jardín aromaban con su olor toda la casa. Olía a violetas y a guisantes de olor en su alcoba, con su coqueta y su cama tan elegante que parecía una góndola; olía a violetas y a guisantes de olor en el recibidor, con su perchero, que —ella no sabía por qué— le daba tanto miedo; olía a violetas y a guisantes de olor en la salita, con sus pequeñas butacas forradas de crudillo: olía a violetas y a guisantes de olor en el comedor, con su trinchero francés que tenía un espejo ovalado; olía a violetas y a guisantes de olor hasta en el pasillo, que tenía acuarelas inglesas por las paredes, y en la escalera, con su pasamanos de terciopelo azul que terminaba en una hermosa bola con todos los colores del Iris...

El balcón estaba abierto, y a través de su reja, caprichosa y labrada como una mantilla, veíase la calle, con yerbitas entre las losas, sin aceras, con sus pequeñas casitas cubiertas de verdín, con sus altas casas de mayorazgo cubiertas de enredadera, como para presumir. Por encima de las casas, por encima de los tejados que subían y bajaban como un vals de Chopin en el pentagrama, en equilibrio, sin caerse, sin derramarse, estaba el mar, con sus azules que se perdían a la vista, con los humos de sus grandes vapores que el progreso parecía multiplicar, con sus pataches llenos de marineros que tan ordinarios son; el mar, con Inglaterra al otro lado, con sus acantilados inhóspitos como los que hay por la parte de San Pedro, con sus prados verdes a cuadraditos, como en Guísamo; el mar, por donde él, un día u otro, acabaría viniendo para hacerla suya...

¡Toca esa vals,
toca esa vals...

Catalinita seguía cantando; le ruborizaban esos pensamientos...

¡Que es mi única ilusión!
¡Pom! ¡Pom! ¡Pom!...

Catalinita aporreaba el piano y se reía. Su risa cristalina retumbaba por toda la casa; sus últimos ecos iban a esconderse entre las doradas cornucopias de la sala, entre los recovecos del marco del retrato que de su madre pintara Rosales...
Al otro lado de la casa, en la galería, su madre, doña Elvira, bordaba —por entretenerse— un almohadón.
—¡Niña!
—¡Mamá!
—¡No te distraigas! ¡Aplícate!

Catalinita se quedaba un momento pensativa; se sonreía
—¡era tan feliz!— y volvía a hacer correr sus manos,
blancas y pequeñitas, sobre el teclado.
El balcón estaba velado por una cortina de gasa, recogida, como un corsé al revés, a cada lado; la cortina
prestaba un no sé qué de cámara nupcial a la salita...
El aire parecía que pasaba como a través de un filtro, suave y oloroso como una mata de pelo, y la luz —a través
de la gasa— perdía su violencia para hacerse tan entrañable como un regazo... ¡Qué bien se estaba en la sala,
al piano, tocando valses y más valses sin parar! Catalinita era feliz, lo más feliz que se puede ser esperando.
¡El mar! Ella conocía bien la alta arboladura de la
Joven Marcela —donde él había de venir— y las velas
no le daban confusión. ¡No habían entrado en el puerto
otras velas iguales! Ni la *Zaphire,* la esbelta bonitera
francesa, que recalaba de vez en vez por allí, las tenía
parecidas... La *Joven Marcela,* de lejos, parecía como
una blanca gaviota que volase a ras de las olas, como una
nubecilla que la brisa marina empujase hacia la tierra,
como un pañuelo puesto a secar al sol sobre un espejo...

¡Toca esa vals,
toca esa vals...

Catalinita tocaba y tocaba, y cantaba y cantaba, toda llena
de alegría. ¡El mar! ¡La *Joven Marcela!* ¡¡El!!...

¡Que es mi única ilusión!...

Tan elegante, tan señor, tan bien plantado; tenía treinta
y cinco años, ¡la edad que debieran tener todos los hombres!, y era rubio, de ojos azules y soñadores, y alto
y delgado como todos los marineros de buena raza; te-

nía una hermosa barba y una gorra de plato toda llena de entorchados dorados; tenía también unos pantalones blancos como la nieve, y una sonrisa...

> *¡Toca esa vals,*
> *Pepita!...*

¡Cómo le gustaban los valses! Los bailaba todo estirado, todo lleno de empaque, y siempre dando vueltas y vueltas... ¡Yo no sé cómo no se mareaba!
Catalinita volvió a quedarse pensativa, con la mirada fija en el candelabro o en la cabeza de Beethoven —de escayola pintada de verde bronce—, o en los pliegues de la cortina... Su madre, doña Elvira, que al otro lado de la casa, en la galería bordaba —por entretenerse— un almohadón, levantaba la cabeza de la labor.
—¡Catalinita! ¡Hija!
—¡Mamá!
—¡No te distraigas! ¡Aplícate!
Catalinita volvía a sonreír —¡era tan feliz!—; volvía a hacer correr sus manos...

> *Toca e...*
> *toca e...*

Catalinita estaba toda nerviosa. ¡Mira que ahora —con lo estudiado que lo tenía— no salirle!...

> *¡Toca e...*
> *toca e* —¡ahora!— *sa vals,*
> *Pepita!...*

A veces, la felicidad abruma tanto, que no se puede resistir... No cabe dentro de uno; es como si quisiera salírsele a uno para inundarlo todo, para contagiarlo todo, para teñirlo todo de color de rosa... Catalinita estaba toda colorada. ¡Esos pensamientos! Sus mejillas y sus orejas estaban teñidas de arrebol; se le había venido a la memoria aquel verso *(aquella poesía, hija, aquella poesía,* como le decía don David) que él había compuesto para ella.

> *Yo sé cuál el objeto*
> *de tus suspiros es;*
> *yo conozco la causa de tu dulce*
> *secreta languidez.*

¡Qué hermosos eran! ¡Y qué sabios! ¡Cómo conocía el corazón de las mujeres! ¡El muy pícaro! Catalinita se reía. Don David —que había de meterse en todo— hubo de decirle un día, estando paseando por el rompeolas:

—Catalinita, hija; juraría que esa poesía es del señor Bécquer, un poeta que ha dado que hablar mucho por Madrid aún no hace muchos años!

Pero Catalinita prefería seguir creyendo que era de él.

> *¿Te ríes? Algún día*
> *sabrás, niña, por qué.*
> *Tú acaso lo sospechas,*
> *y yo lo sé.*

¡Cómo fluían! ¡Con qué naturalidad! No; era imposible. Aquellos versos habían de ser, forzosamente, de él. Entornaría los ojos al decirlos, todo arrebatado por las musas, como transportado... Ella conocía de sobra los versos del señor Bécquer; eran aquellos otros que empezaban diciendo

> *Volverán las oscuras golondrinas*
> *en tu balcón sus nidos a colgar,*

todos tristes y acongojados. ¡Buena diferencia había! Éstos no iban dirigidos al corazón de las mujeres; eran como una queja, como una maldición; en cambio, aquéllos, ¡qué armoniosos!, ¡qué sonoros!; parecían como perlas que cayesen lentamente de un collar. ¡Eso! ¡Sí! ¡Como perlas que cayesen lentamente de un collar!...
—¡Ah, si yo supiese!, ¡qué verso más hermoso podría componer para contestarle!

Como perlas que cayesen
lentamente de un collar,

lentamente de un collar, lentamente de un collar... Catalinita estaba como en trance poético: collar, mar, amar, odiar... Las consonantes llegaban, empujándose unas a otras, y tan de prisa, que parecía que iban a escaparse de nuevo:

y que al murmullo del mar
el mago conjuro oyesen;

eso sí que va bien: el mago conjuro oyesen... ¿qué tal?

recibe tú en este verso
con mi mañana y mi ayer,
mi corazón todo terso
¡y mi alma de mujer!

Catalinita no podía más; estaba agotada, caída sobre el piano, suspirando, rendida...
—¡Nunca hubiera creído que me saliese! ¡Cómo le va a gustar! ¡A ver si ahora don David sale también diciendo que son del señor Bécquer!
Al otro lado de la casa, en la galería, su madre, doña Elvira...

Pasaron los meses, vino el otoño, esa estación en que Catalinita tenía puestas todas sus desesperanzas; ya el mar se había vuelto gris como la tristeza...
Catalinita seguía cantando, al piano, su vals:

> *Toca esa vals,*
> *toca esa vals...*

Él no había llegado; se habría entretenido con cualquier flete que le hubiera salido. ¡La vida era tan dura!

> *¡Toca esa vals,*
> *Pepita!*

No quería pensar en el naufragio. No; no era posible que la Virgen del Carmen la abandonase. Se habría entretenido...

> *¡Toca esa vals,*
> *toca esa vals,*
> *que es mi única ilusión!*

¡Él! ¡Ay! ¿Se acordaría de ella en aquel momento? ¿Estaría en su camarote, mirando para su retrato?
Su madre ya no estaba en la galería; en la galería ya hacía frío. Su madre, que estaba en el cuarto de la costura, preparando —por entretenerse— la ropa de invierno, levantó la cabeza de la labor.
—¡Catalinita! ¡Hija!
—¡Mamá!
—¡Aleja esos pensamientos!
Su madre estaba ya enterada de todo. ¡Qué vergüenza!

—¡No te distraigas! ¡Aplícate!
Catalinita estaba como apagada. ¡El otoño, esa estación en la que ella había puesto toda su desesperanza!
Intentó seguir cantando, pero no pudo. Tosió un poco, se apoyó con las dos manos sobre el teclado, que hizo un ruido como si le cantaran las tripas, y arrojó un poco de sangre...
Catalinita tardó aún año y medio en morir; no estaba triste, sabía que él no la olvidaba...; ¡seguiría queriéndola lo mismo!...
Fue a quedarse en una primavera, la estación en que ella tenía puestas todas sus ilusiones, cuando más segura estaba de que, de un momento para otro, acabaría él por llegar...

Mi tío Abelardo

I

Mi tío Abelardo es pequeñito, pequeñito como Napoleón —dice él— o como Kant, aquel filósofo cervecero, o como Cromwell, que una vez pegó un susto tremendo a los ingleses.
Mi tío Abelardo tiene el pelo blanco, el traje gris y la corbata negra. Tiene también un automóvil que parece que no anda y un chinchorro que navega por aguas del Parrote y que se llama *Martínez*.
Mi tío Abelardo tiene una mujer noruega y espiritual que se llama Greta, Greta Tromsen, y nueve hijos, todos de Betanzos, todos rubios y soñadores como las princesas de Rubén, que languidecían de amor, o como los príncipes de la Dinamarca, que parecen, cuando son pequeños, anuncios de la leche condensada.
Mi tío Abelardo tiene también un piano de cola que hace unos ruiditos agradables cuando lo acarician, como si fuera un gato; no un gato callejero, de esos feos, blancos y negros, que se pasan la noche pegando gritos por los tejados, no; sino una de esas gatitas mimosas, de bonitos colores, que andan por el salón como duquesas, con la mirada altiva y noble y el ademán sereno y acostumbrado. ¡Oh, el piano de mi tío Abelardo, que está siempre enseñando las tripas, con la tapa levantada, y que hace «prim-prin-pirrín», como un jilguero, cuando le dan suavemente en su larga dentadura blanca y negra!
En el piano de mi tío Abelardo aprendían mis primas el solfeo. Mis primas se llaman con nombres bonitos: la mayor, que ya está casada, se llama Pepita; *Pepita*

se llamaba también un vals que la abuela cantaba al piano, allá por el año 18 ó 20.

> *Toca ese vals, Pepita;*
> *toca ese vals, hermosa;*
> *toca ese vals,*
> *toca ese vals,*
> *que es mi única ilusión.*

Era el vals a cuyos compases, como ya sabéis, se había muerto la pobre Catalinita, que jamás se cansaba de esperar.
Mi prima Pepita y yo lo oíamos extasiados, sentados en el sofá, mientras nuestra imaginación volaba muy lejos, detrás de las notas del piano que se escapaban por el balcón abierto.
Mi prima Pepita se sentaba al piano de mi tío Abelardo y, como iba muy adelantada, tocaba *Momento musical,* de Schubert, y los valses de Chopin.
Mis otras primas, las pequeñas, se llamaban también con hermosos nombres. Una tenía nombre de infanta, Cristina; otras dos, nombres de flor o de brisa marinera, Mariña y Chiruca; otra, la más pequeña, que era de la piel del diablo, se llamaba Marucha, y tocaba sentada encima de los dos gordos volúmenes de *El Quijote.*
Ahora es ya una señorita.

II

Mi tío Abelardo se bajó del coche, de ese coche que nadie se explicaba por qué andaba, y subió por la calle Real hablando con su sobrino Francisco José, que era alto y delgado como un pino. Mi tío Abelardo y su sobrino Francisco José se llevaban muy bien; andaban siempre juntos, jugaban todos los días su partidita de chapó...

Francisco José solía ganar a mi tío Abelardo casi todas las partidas; pero mi tío Abelardo no se incomodaba. Se consolaba diciendo:

—¡Bah! Eso que haces tú no es jugar al chapó ni es nada. Eso no es más que pegar trallazos... y a lo que salga.

Francisco José se sonreía con la sonrisa del memo, y la cosa seguía igual un día que el anterior, igual el que ya pasó al que está por venir todavía... Cuando mi tío Abelardo se sentaba al piano, su sobrino Francisco José se situaba en un sillón, bien cómodo, para escucharle. Mi tío tocaba una sinfonía que había compuesto y que empezaba así: «la la rá pirrín». Después se iban a tomar el té y a ver lo que pintaba Heliodorito, que era el hijo mayor. Abelardito, el segundo hijo varón de mi tío, a quien todo el mundo llamaba —yo nunca supe por qué— con un apodo que parecía un apellido catalán, se entretenía dando vueltas y más vueltas por la bahía como si fuera una pescadilla. Cuando había regatas de balandros siempre se apuntaba; llegaba el último, pero la gente, no sé por qué extraño fenómeno de sociología, exclamaba con admiración:

—Poca suerte tiene este chico, poca. ¿Se ha fijado usted en aquella virada? ¿Ha visto usted cómo se ciñó a la boya? ¡Fue una maniobra de verdadero patrón!

III

Mi tío Abelardo estaba furioso aquel día. Había estado riñendo con Pérez, el bombardino de la Sinfónica. Pérez, según mi tío Abelardo, no sabía una palabra de música.

—No sabe en qué consiste —decía muy lleno de razón—, no tiene idea.
Pérez era un tipo rechoncho y vulgar, que se creía genial y que tocaba el bombardino cuando lo llamaban. Se pasaba el día haciendo trampas a las siete y media, su juego favorito, y no tenía profesión conocida. Cuando le preguntaban, respondía enfáticamente:
—Mi oficio es el del Arte, señor. Simplemente.
Mi tío Abelardo estaba furioso. Pérez negaba lo evidente. ¿Pues no decía el indino que Mozart no sabía por dónde andaba, que Chopin era un cursi, que Wagner no sabía ni solfeo, que Beethoven carecía de inspiración?
¡Ah, la osadía de los bombardinos! ¡La audacia de los bombardinos! ¡La falta de vergüenza —sí, señor, la falta de vergüenza— de los bombardinos!
Pérez ponía una sonrisa de hombre que está de vuelta de todo, cuando discutía; una sonrisa que exasperaba.
Mi tío Abelardo le había preguntado, furioso, como último argumento:
—¡Vamos a ver! ¿Y del *Septimino,* qué me dice usted del *Septimino?*
Y Pérez —¡era para matarlo!— se limitó a perfilar su sonrisita de hombre enterado y a exclamar, con un gesto displicente:
—¿El *Septimino?* Pues..., ¿qué quiere que le diga? No está mal instrumentadito.
Mi tío Abelardo se subía por las paredes.

IV

—Y, entonces, Pérez va y..., ¿saben ustedes lo que tuvo la desfachatez de decirme? Pues que no estaba mal instrumentadito.

—¿El *Septimino*?
—Sí, el *Septimino;* ¿qué les parece?
En el salón del Old Club la estupefacción rebotaba de señor en señor como una pelota de tenis.
—Pero..., ¿del *Septimino,* de Beethoven?
—Sí, señor; del *Septimino,* de Beethoven.
—¡Es increíble!
—¡Es inaudito!
—¡Es...!
El señor García Mero, siempre de luto, siempre fumando su pitillo, siempre ocurrente, la estaba gozando con la indignación de mi tío Abelardo.
—Pero, vamos a ver, Abelardo. ¿A ti te dijo eso Pérez, el bombardino?
—Sí. Delante de mi sobrino Francisco José.
—¿Ese largo que es de Madrid?
—Sí.
El señor Soutón, gordo, viejo, aficionado a los toros y a las chicas que se paseaban por la calle Real, le decía a mi tío Abelardo, mitad en broma, mitad en serio:
—A ti lo que te pasa es que no sabes bien lo que es el Arte. ¿Quieres que te diga unos versos que le hice a «Rosa, la de Alicante»?
El señor Soutón no esperó la contestación. Se incorporó un poco en su butaca, tosió, carraspeó, gargarizó, buscó entre los muchos papeles que llevaba en los bolsillos, y comenzó a declamar con su voz medio de catarro, medio de aguardiente:

Rosa, la de Alicante,
mujer alta y hermosa,
que a su nombre de Rosa
une la armoniosa
suavidad de su cante.

Su mirar de diamante,
su risa vaporosa
y su talle juncal,
trata a la mariposa,
tímida y arrogante,
casi de igual a igual.

—Eh, ¿qué te parece?
El señor García Mero, casi ahogado por un golpe de tos, gritaba:
—¡Bravo, Soutón! ¡Vivan los ripios!
Mi tío Abelardo no sabía si reír, si incomodarse. Su sobrino Francisco José pasaba en aquel momento por la calle. Mi tío Abelardo dio unos golpecitos en la luna de la amplia ventana con su sortija.
—¡Eh! Espera, que me voy contigo.
Francisco José esperó. Mi tío Abelardo llegó poniéndose el abrigo.
—¡Pues está bueno el pueblo entre el bombardino, con sus ideas, y este bárbaro de Soutón, con sus versos!
—¿Quieres que vayamos a ver el mar?
—Sí, vamos.

V

El mar estaba terso como un plato. Era hacia la caída de la tarde y el castillo de San Antón se recortaba sobre el cielo de la bahía, ventrudo y perezoso como un monstruo que durmiese.
—¿Te gusta el pueblo, Francisco José?
—Mucho, tío Abelardo. Es muy bonito.
Tanto mi tío Abelardo como Francisco José sentían como un descanso el encontrarse solos, paseando a ori-

llas del mar, después de escapar de la ciudad con sus bombardinos y sus poetas.

—Por aquí es por donde Abelardito hace sus proezas con el balandro, ¿no?

—Sí.

Mi tío Abelardo se quedó un instante callado. De repente interrumpió su silencio como un rayo que pasase, sin avisar, por el horizonte.

—Oye, ¿tú crees que ese chico sabe...?

—¿Qué chico?

—¡Abelardito, hombre, Abelardito! ¿Tú crees que sabe...?

—¿Que sabe qué?

—Pues..., ¡lo que es un balandro!

—Hombre... Más que tú o que yo...

—¿No le pasará lo que al bombardino?

—Yo creo que no. Abelardito es un chico serio.

—¿Y lo que a Soutón?

—Hombre, no. Soutón es una calamidad.

—Ya, ya. Pero tú fíjate que no ganó una regata en todo el año.

—¿Y eso qué más da? Eso es cuestión de suerte. Pero aquella bordada..., ¿te acuerdas? ¿Te acuerdas de cómo se ciñó a la boya de Santa Cristina? ¡Ah, aquélla sí que fue una ceñida maestra!

—¡Ya, ya! ¿Y aquella manera de venir con toda la vela desplegada al viento? ¿Y aquella...?

Mi tío Abelardo y su sobrino Francisco José se pasaron el resto de la tarde recordando las hazañas de Abelardito.

Mi tío Abelardo y su sobrino Francisco José eran dos soñadores. Por eso se llevaban bien.

Ya había anochecido. En el muelle, la oscuridad era completa; sólo el triste farol de los pataches brillaba en lo alto de los palos como una estrella olvidada.

A sus espaldas, la ciudad aparecía bañada por la luz.
Pérez, el bombardino, estaría diciendo, entre baza y baza de siete y media:
—¿Chopin? ¡Chopin era un cursi!
El señor Soutón, poeta, estaría declamando en el Old Club:

> *Rosa, la de Alicante,*
> *mujer alta y hermosa...*

El club de los mesías

Juanito Ortiz Rebollado, socio del casino, un día que estaba medio bebido empezó a contar aquello del Brasil que tanto gustaba a don Anselmo.
Los viejos de tierra firme —el registrador, el boticario, el cura— le miraban con la boca abierta, con los ojos espantados por la admiración. Para ellos, Juanito Ortiz Rebollado era lo más que se podía ser.
Los viejos marinos...
Juanito empezó así:

I

Cuando me echaron del Brasil diciéndome que si no salía en el primer barco que zarpase de Santos me metían en la cárcel, el *Clair de la lune,* sucio, caliente y resoplante como una criada negra, me descargó en Miami, en la dorada Miami.

En Norteamérica no conocía a nadie (mis primos los Coffin no cuentan, porque ya por entonces no querían ni saludarme); pero me consolaba pensando que, verdaderamente, mucho peor hubiera sido que el *Clair de la lune* hubiera hecho el viaje al África del Sur o a la Tierra del Fuego o a las islas Spitzberg. El consuelo depende de la voluntad.

Al poner pie en tierra no tenía ni una peseta, y ahora, al acordarme del trabajo que me costó ganar el primer dólar, pienso con pena en aquel dulce olor a café que en la bodega del *Clair de la lune* se me pegó a la ropa y en los buenos cuartos que ahora podría

hacer dejándome lamer por los desesperados bebedores de malta y otras porquerías.
Pero, bueno, ¡qué le vamos a hacer! El tiempo pasó, las noches que dormí al raso y las carreras en pelo que me daban los *policemen* cuando robaba plátanos en los cercados, acabaron por aventar aquel alimenticio aroma que despedían mi chaqueta y mi camiseta, y hoy, después de tantos años, lo mejor es ya ni acordarse de aquello.
¡En diez años que han pasado, ustedes calcularán la cantidad de veces que puede cambiar de olor la chaqueta de un hombre de acción! ¡Y la cantidad de veces que un hombre de acción puede cambiar de chaqueta!
Desembarqué al atardecer. El *Clair de la lune* había atracado por la mañana temprano, a eso de las nueve, pero cuando quise saltar a tierra, un señor vestido de blanco que había en la Aduana no debió encontrarme lo bastante apto para codearme con los ciudadanos de la Unión y me dijo, de muy malos modos, por cierto, que allí no me bajaba.
Yo me defendí, como es natural; le dije que a ver qué se había creído, que yo no era ni chino ni negro, etc., etc.; pero el señor de la Aduana se limitó a cambiar de postura, a coger el puro entre los dientes y a hacer una seña a un *policeman* que estaba al lado de él y que parecía un boxeador.
El hombre me cogió por el cuello, igual que cogen los porteros de los cabarets a los señoritos borrachos, y me puso en la pasarela. Como las intenciones eran claras y como con la pinta de burro que tenía lo mejor parecía no provocarle, pensé que lo más sabio fuera estarse quieto y no rechistar y tiré para arriba, haciendo como que estaba más azorado y más corrido que una mona. La procesión iba por dentro, porque bien sabe Dios que si hubiera asomado aunque no fuera más que una punta, aquel bárbaro me desloma.

En el *Clair de la lune* no fue bien acogida mi vuelta. No les había podido pagar todo el pasaje y me miraban con ese mirar homicida que dedican a los polizones los capitanes de cargo; esa mirada que no se olvida en la vida y que mismamente parece decir las intenciones.
A los capitanes de cargo, lo que más rabia les da es no poder echar al agua a los que se cuelan. A esa agua sucia y como grasienta de los puertos americanos, bajo cuya superficie se adivinan los nadares siniestros del tiburón o de la manta...
¡No nos pongamos románticos!
Le prometí solemnemente al capitán (un irlandés más borracho que Baco, y tan traidor, por lo menos, como don Oppas) que a la caída del sol intentaría pasar otra vez a tierra, a ver si tenía más suerte, y bajé a la cocina a lavar cazuelas o atizar la lumbre para que a la hora de la comida el cocinero no se olvidase de mí.
Cuando llegó la tarde me despedí del cocinero, que, ¡cosa rara!, no se había portado demasiado mal conmigo, y anduve dando tumbos por la borda atracada hasta que, aburrido de mirar para el muelle, donde el *policeman* que me había echado —u otro muy parecido— seguía plantado más tieso que un pino, me lié la manta a la cabeza (es un decir), hice en el nombre del Padre, del Hijo y del Espíritu Santo, Amén (esto de verdad) y me tiré al agua por la banda de afuera.
Recuerdo que el chapuzón me causó una impresión macabra, porque me recordó el chapoteo de las mantas cuando asoman a la superficie, pero como era buen nadador, como la ropa no me estorbaba, porque no llevaba más que la que a la vista aparecía, y como la pacotilla tan pobre era que la sostenía en la boca atada con un pañuelo, pronto llegué a los botes que allí estaban medio inundados para que se hinchasen, y pronto también me desapareció el temor.

Como no tenía reloj no sé el tiempo que tardaría en achicar el bote, pero para mí que no debieron ser menos de las cinco o seis horas.

Cuando estuvo a punto elegí un sitio de la bahía que me pareció a propósito y bogando a popa y con un solo remo para no hacer demasiado ruido, allí me acerqué para acabar de una buena vez.

No sé si Cristóbal Colón habrá sentido la satisfacción que yo sentí al tocar el suelo. Imaginar a los Estados Unidos tan grandes, al *policeman* tan chico y a la policía brasileña tan lejos, me causó un momento de tal felicidad que difícilmente lo olvidaré en los días de mi vida.

Me desnudé para ayudar a la ropa a secarse y me senté, como Adán en el Paraíso Terrenal, sólo que con más frío, sobre una piedra.

Enfrente, el *Clair de la lune,* medio descargado ya, enseñando su roja línea de flotación...

La luna estaba en el cielo, el *policeman* en el muelle y el tiburón en el mar.

II

A veces es un peligro tener la conciencia tranquila. La preocupación aleja los sueños y evita el que le roben a uno la ropa.

Cuando me desperté de madrugada, con más tos que una oveja y más frío que un palúdico, vi con tristeza que en el país del oro había alguien aún más pobre y miserable que yo.

Doy mi palabra de honor de que no sé qué me causó más honda pena, si la desgracia de quien me llevó la ropa (que muy mal vestido tenía que andar) o la certeza de no ser ya el único atorrante en la lujosa Miami.

Pasó algún tiempo, el Sol extendió su blonda cabellera, etc., y yo, con una mano delante y otra detrás (¡ustedes comprenderán que algo tenía que hacer!), me dirigí con paso presuroso hacia el chalet más próximo.
El chalet se llamaba *My Cottage.*
Llamé al timbre, un golpecito seco para poder volver la mano a su honesta misión, y esperé. Al cabo de un rato me abrieron.
Probablemente mi aspecto no debiera tener mucho de tranquilizador, pero es probable también que la cosa no fuera tan grave como para producir un desmayo.
La señora se dio un golpe criminal contra el suelo. Traté de reanimarla, vino un señor que debía ser el marido, dos niños, una niña, una criada...
Yo al principio volví a mi posición de una mano delante y otra detrás; pero después, cuando la señora volvió en sí y todos me acosaban como si fuera un perro rabioso, me arrimé a la pared y me defendí con la mano que me quedaba libre, porque pensé que no era cosa de dejarse aspar como un San Sebastián.
Como el poco inglés que sabía era distinto del de aquella familia, y no había manera de que nos entendiésemos, y como ya me estaban cargando con tanto grito y tanto bastonazo, en cuanto tuve ocasión y el dueño me arrimó la cara, le arreé un lapo a un lado que le hice escupir las muelas y quién sabe si la mitad de la lengua, y que fue la señal que esperábamos todos para tranquilizarnos.
Al señor se lo llevaron a rastras escaleras arriba y a mí me echaron un pantalón que me venía un poco estrecho, pero que me servía para tapar mis carnes pecadoras.
Ya con las manos libres pensé que lo más prudente sería no tentar a la Divina Providencia y marcharme de *My Cottage,* y sin pararme demasiado a discurrir (cosa que siempre me había dado mal resultado), cogí una

gabardina que había encima de una silla, me la eché sobre los hombros y salí a la calle por la misma puerta por donde había entrado.
Eso de que las viejas tienen el corazón tierno debe ser cosa de la anciana Europa.
Lo digo porque más debiera parecer el aspecto que llevaba digno de lástima y compasión que de achucharme perros, niños y policías, como no obstante las viejas de aquel pueblo se divertían en hacer.
La carrera que me dieron desde que la emprendieron conmigo hasta que me metí de cabeza en aquella capilla evangélica, es algo cuyo recuerdo me sobresalta.
La santidad del lugar calmó los ímpetus de la multitud; el pastor me llamó hijo suyo y me dio una taza de té; su mujer me cosió el pantalón, que, con los saltos que me hicieron pegar, se había rasgado y dejaba al aire partes hechas para estar tapadas, y yo, vayan ustedes a saber por qué lejana asociación de ideas, pensé en aquel momento en mi infancia pastoril y en aquella vaquita blanca y negra que tenían mis padres.
Momentos de flaqueza, ¿quién no los tiene?
El pastor soltó desde el púlpito un hermoso sermón, que la mujer (que se lo debía tener aprendido de memoria) me fue repitiendo en la cocina, y la patulea de mis perseguidores fue calmándose poco a poco, hasta que algo más entretenido que perseguir a un extranjero con el pantalón roto les distrajo, ¡loados sean los cielos!, su atención.
El pastor se reunió con nosotros (con su mujer y conmigo), y me dijo algo así como «De buena te has librado, muchacho, ¡si llegas a ser negro!», a lo que yo no me acuerdo qué le contesté, aunque sí sé que algo parecido a un «No, señor; gracias a Dios, soy de Betanzos. La Coruña, España.»
Me preguntó después por mis proyectos, y cuando le

dije que la única ilusión de mi vida era no tropezar con los guardias brasileños, me empezó a hablar de las altezas de miras y demás zarandajas, para acabar tratándome de catequizar en la doctrina de su secta: una secta que no era tal secta, según él decía, sino la base de la futura prosperidad espiritual y material de la Humanidad.

Como los europeos y los asiáticos somos los únicos mortales que tenemos abuelos conocidos, a mí siempre me olieron un poco a timo esos específicos de los norteamericanos. ¡Qué quieren ustedes!

No es que uno sea una monja de la Caridad, ni mucho menos; pero por lo menos, los españoles y los chinos, los franceses y los japoneses, y los italianos y los indios, cuando no sabemos ya qué resolver ni con quién meternos, nos fastidiamos y nos aguantamos, pero no nos dedicamos a fundar religiones.

Les estoy hablando a ustedes en serio.

Pues bien: el pastor, como me viera un poco reacio a apuntarme como socio fundador en su secta, apeló a hablarme de una cooperativa donde los asociados podían comprar con la garantía de sus bienes futuros, si no los tenían presentes, y aunque al principio la idea no me parecía demasiado pura, después pensé que Dios me perdonaría alimentarme de lo que pudiese y le dije que bueno, que me apuntase.

Hubo algunas pequeñas dificultades para darme el carnet de la cooperativa; pero, al final, acabaron dándomelo con fotografía y todo.

El pastor me llevó a la *Philanthropic Society* y quedé iniciado en mi nueva idea.

Allí me encontré con el dueño de *My Cottage,* que me dijo muy fino que le perdonase, que no sabía nada de nuestra comunidad de pensamientos; con el *policeman* que me había agarrado del cuello y con el señor vestido de blanco que se lo había mandado, quienes me dijeron algo parecido; con la vieja que iniciara mi persecución; con un jovencito flaco y barbilindo que titubeando me entregó un paquete con la ropa que me había robado en la playa y una tarjeta que decía:

JOHN UNDERPETTICOOAT
se avergüenza ante nuestro profeta Louis Hatchway
de haber dejado en cueros a su hermano,

con la señora a quien desmayó mi aparición...
Era verdaderamente ejemplar aquella solidaridad.
Un paisano que me encontré entre los hermanos (Modesto Loureiro, de Chantada, Lugo) me dijo que los turistas llamaban despectivamente *El Club de los mesías* a la *Philanthropic,* y el hombre estaba tan indignado cuando me lo decía, que por nada del mundo me hubiera atrevido a contradecirle.
Le dije a Modesto que me presentase a las fuerzas vivas, porque Miami, aunque ustedes se crean lo contrario, es un pueblo donde el alcalde —como en todas partes— se cree el ombligo del mundo, y el hombre, que era más gallego que el obispo Gelmírez, me dijo que vivas, lo que se dice realmente vivas, no había allí más fuerzas que los que momentos antes había saludado.
No insistí, no por nada, sino porque veía que iba a dar lo mismo, y dirigí mis pasos hacia un grupito donde había un par de hermosas muchachas. Me quedé espantado cuando les oí hablar de Ibsen con la irreverencia con que lo hacían. En aquel tiempo en que el demonio de los viajes se había acomodado en mi corazón, ¿cómo no vibrar de ira al sentir menospreciado al glorioso descubridor del Polo Sur?
Les dije que en mi presencia, hasta entonces, nadie había osado hablar mal de Ibsen, ni de Amundsen, ni de Wal-

ter Scott, y, como por arte de birlibirloque, se guardaron sus necedades para mejor ocasión. ¿Habráse visto?
Un vejete que estaba en la tertulia y que aseguraba, con un énfasis impertinente, que tenía un tío francés, metió baza en la conversación y tuvo la bastante habilidad de ir derivando las cosas lejos de Ibsen —punto que nadie, en mi presencia, se atrevió jamás a tocar— para acabar llegando, después de dar muchos tumbos, a las varias definiciones que, según él, había dado la Humanidad —¡como si no tuviera la Humanidad cosas más importantes que hacer!— del concepto de dignidad.
El hombre hablaba y hablaba como un verdadero diputado por Marsella o por Saint Etienne, y como decía cosas que yo no entendía, pero que me parecían contrarias a las buenas costumbres, le interrumpí de sopetón y le dije que se callase, que ya había dicho bastantes sandeces.
El sobrino del francés me dijo que le deletrease eso de sandeces, que no creía haber oído bien, pero cuando yo acabé de decirle vocalizando lo mejor que pude,

F-O-L-L-Y,

empezó a gesticular, a decirme que yo no conocía la corrección, que era un torero ambulante y un inadaptado, un tránsfuga del pensamiento y un hermano indigno; cosas que si le aguanté fue por la mucha gracia que me hicieron.
Cuando la calma le fue volviendo, se brindó a reanudar la conversación, pero puso como condición previa para hablar conmigo de aquellos asuntos el que me comportase con dignidad.
Yo nunca he pretendido tener ideas originales sobre la dignidad, aunque siempre he pensado que fuera virtud para barrigas llenas. El caso es que, casi sin pensarlo,

le solté un largo espich hablándole de lo que me iba saliendo, espich que tuvo una gran acogida y que terminó con un «¿Me exigís dignidad? ¡Dadme dinero!» a modo de broche, que fue muy celebrado.
En aquel momento me acordé de aquel sabio griego, me parece que fue Isósceles, cuando decía al Senado: «¿Queréis que mueva la Tierra? ¿Sí? ¡Pues dadme un punto de apoyo!»
Sentí que la grandeza del pensamiento y la elegancia de la actitud que en aquellos momentos poseía, corrían parejas con la beldad de Dafnis y Cloe o con la honradez de Cosme y Damián.
¡Loado sea Dios que está en los cielos y todo lo dispone! Con cuatro momentos como aquél, ¿qué fama de tribuno no se hubiera cimentado?

III

Cuando me hicieron presidente de la Cámara de Comercio de Miami, diez años más tarde, y director del economato de la *Philanthropic,* me acordé un buen día de repente de Betanzos.
Tuve unas terribles luchas conmigo mismo, de las cuales mi espíritu salía con harta frecuencia destrozado.
Hice mi equipaje y me marché.
Antes escribí una tarjeta al secretario de la Cámara. Decía así:

>   *"Hay un pinche de Betanzos*
>   *que se llama Serafín*
>   *y que cuece los garbanzos*
>   *en la marmita de Papín.*
>   *Good bye!"*

Juanito hacía ya un rato que tartamudeaba.

—¡El alcohol va a terminar con él! —decía don David.

—¿Será posible —exclamaba indignado don Lorenzo— que siempre lo deje todo a medio acabar?

El misterioso asesinato de la rue Blanchard

I

Joaquín Bonhome, con su pata de palo de pino, que sangraba resina, una resina amarillita y pegajosa como si todavía manara de un pino vivo, cerró la puerta tras sus espaldas.
—¿Hay algo?
—¡Nada!
Menchu Aguirrezabala, su mujer, que era muy bruta, con su ojo de cristal que manaba una agüilla amarillita y pegajosa como si todavía destilara del ojo de carne que perdiera en Burdeos, cuando la gripe, del golpe que le pegara su hermano Fermín, el transformista, se puso como una furia.
Toulouse, en el invierno, es un pueblo triste y oscuro, con sus farolitos de gas, que están encendidos desde las cinco de la tarde; con sus lejanos acordeones, que se lamentan como criaturas abandonadas; con sus cafetines pequeñitos con festones de encajes de Malinas alrededor de las ventanas; con sus abnegadas mujeres, esas abnegadas mujeres que se tuercen para ahorrar para el equipo de novias, ese equipo de novias que jamás han de necesitar, porque jamás han de volver a enderezarse... Toulouse era, como digo, un pueblo triste, y en los pueblos tristes —ya es sabido— los pensamientos son tristes también y acaban por agobiar a los hombres de tanto como pesan.
Joaquín Bonhome había sido de todo: minero, sargento de infantería, maquillador, viajante de productos farmacéuticos, *camelot du roi,* empleado de La Banque du

Midi, contrabandista, recaudador de contribuciones, guardia municipal en Arcachón... Con tanta y tan variada profesión como tuvo, ahorró algunos miles de francos, y acordó casarse; lo pensó mucho antes de decidirse, porque el casarse es una cosa muy seria, y después de haber cogido miedo a actuar sin más dirección que su entendimiento, pidió consejo a unos y a otros, y acabó, como vulgarmente se dice, bailando con la más fea. Menchu —¡qué bruta era!— era alta, narizota, medio calva, chupada de carnes, bermeja de color y tan ruin, que su hermano —que no era ninguna hiena— hubo de cargarse un día más de la cuenta, y le vació un ojo.

Su hermano Fermín había tenido que emigrar de Azpeitia, porque los caseros, que son muy mal pensados, empezaron a decir que había salido grilla, y le hicieron la vida imposible; cuando se marchó, tenía diecinueve años, y cuando le saltó el ojo a su hermana, dos años más tarde, era imitador de estrellas en el «Musette», de Burdeos. Bebía *vodka,* esa bebida que se hace con cerillas; cantaba *L'amour et le printemps;* se depilaba las cejas...

Joaquín, que en su larga y azarosa vida jamás hubiera tenido que lamentar ningún percance, fue a perder la pierna de la manera más tonta, al poco tiempo de casado: lo atropelló el tren un día al salir de Bayona. Él jura y perjura que fue su mujer que lo empujó; pero lo que parece más cierto es que se cayó solo, animado por el mucho vino que llevaba en el vientre. Lo único evidente es que el hombre se quedó sin pierna, y hasta que le pudieron poner el taco de pino hubo de pasarlas moradas; le echaba la culpa a la Menchu delante de todo el mundo, y no me hubiera extrañado que, de haber podido, la moliese cualquier día a puntapiés, y una de sus mayores congojas por entonces era la idea de que había quedado inútil.

«¡Un hombre —pensaba— que para pegarle una patada en el culo a su mujer necesita apoyarse entre dos sillas...!»
Menchu se reía en sus propias narices de aquella cojera espectacular que le había quedado, y Joaquín, por maldecirla, olvidaba incluso los dolores que tenía en el pie. En ese pie —¡qué cosa más rara!— que quién sabe si a lo mejor habrían acabado por echarlo a la basura.
El hombre encontraba tan inescrutable como un arcano el destino que hubiera tenido su pie.
¿A dónde habría ido a parar?
Tiene su peligro dejar marchar un trozo de carne, así como así, en el carro de la basura. Francia es un país civilizado; pudiera ocurrir que lo encontrasen los gendarmes, que lo llevasen, envuelto en una gabardina, como si fuera un niño enfermo, a la Prefectura... El señor comisario sonreiría lentamente, como sólo ellos saben sonreír en los momentos culminantes de su carrera; se quitaría el palillo de la boca; se atusaría con toda parsimonia los mostachos. Después, sacaría una lupa del cajón de la mesa y miraría el pie; los pelos del pie, mirados con la lente, parecerían como calabrotes. Después diría a los guardias, a esos guardias viejos como barcos, pero curiosos como criadas:
—¡Está claro, muchachos, está claro!
Y los guardias se mirarían de reojo, felices de sentirse confidentes del señor comisario... ¡Es horrible! Hay ideas que acompañan como perros falderos, e ideas que desacompañan —¿cómo diría?—, que impacientan los pensamientos como si fueran trasgos. Ésta, la del pie, es de las últimas, de las que desacompañan. Uno se siente impaciente cuando deja cavilar la imaginación sobre estas cuestiones. Miramos con recelo a los gendarmes. Los gendarmes no son el Papa; se pueden equivocar como cualquiera, y entonces estamos perdidos; nos llevan de-

lante del señor comisario; el señor comisario tampoco es el Papa, y a lo mejor acabamos en la Guayana... En la Guayana está todo infestado de malaria... A los gendarmes les está prohibido por la conciencia pedir fuego, por ejemplo, a los que pasamos por la calle, porque saben que siempre el corazón nos da un vuelco en el pecho; les está prohibido por la conciencia; pero ellos hacen poco caso de esta prohibición; ellos dicen que no está escrito, y no estando escrito...
Lo peor de todo lo malo que a un hombre le puede pasar es el irse convenciendo poco a poco de que ha quedado inútil; si se convence de repente, no hay peligro: se olvidará, también de repente, a la vuelta de cualquier mañana; lo malo es que se vaya convenciendo lentamente, con todo cuidado, porque entonces ya no habrá quien pueda quitarle la idea de la cabeza, y se irá quedando delgado a medida que pasa el tiempo, e irá perdiendo el color, y empezará a padecer de insomnio, que es la enfermedad que más envenena a los criminales, y estará perdido para siempre...
Joaquín Bonhome quería sacudirse esos pensamientos; mejor dicho: quería sacudírselos a veces, porque otras veces se recreaba en mirar para su pata de palo, como si eso fuera muy divertido, y en palparla después cariñosamente o en grabar con su navajita una J y una B, enlazadas todo alrededor.
—¡Qué caramba! ¡Un hombre sin pierna es todavía un hombre! —decía constantemente como para verlo más claro. Y después, pensaba:
«Ahí está Fermín, con sus dos piernas, y ¿qué?»
A Joaquín nunca le había resultado simpático el transformista. Lo encontraba, como él decía, «poco hombre para hombre, y muy delgado para mujer», y cuando aparecía por Toulouse, aunque siempre lo llevaba a parar a su casa de la rue Blanchard, lo trataba con despego

y hasta con cierta dureza en ocasiones. A Fermín, cuando le decía el cuñado alguna inconveniencia, se le clareaban las escamas y apencaba con todo lo que quisiera decirle. Su hermana, Menchu, solía decir que el ojo se lo había saltado de milagro, y no le guardaba malquerer; al contrario, lo trataba ceremoniosamente; acudía —cuando él trabajaba en el pueblo— todas las noches a contemplarlo desde su mesa del «Jo-Jo»; presumía ante las vecinas del arte de su hermano; le servía a la mesa con todo cariño grandes platos de setas, que era lo que más le gustaba...
—¿Ha visto usted la interpretación que hizo de Raquel? ¿Ha visto usted la interpretación que hizo de la Paulowa? ¿Ha visto usted la interpretación que hizo de la «Mistinguette»? ¿Ha visto usted la interpretación que hizo de «la Argentina»?
Las vecinas no habían visto nunca nada —¡qué asco de vecinas!—, y la miraban boquiabiertas, como envidiosas; parecía que pensaban algo así como:
«¡Qué gusto debe dar tener un hermano artista!»
Para confesarse después íntimamente y como avergonzadas:
—Raúl no es más que bombero... Pierre es tan sólo dependiente de la tienda de M. Lafenestre... Etienne se pasó la vida acariciando con un cepillo de púas de metal las ancas de los caballos de mademoiselle D'Alaza...
¡Oh, un hermano artista!
Y sonreían, soñadoras, imaginándose a Raúl bailando el *Retablo de Maese Pedro,* o a Pierre girando como un torbellino en el ballet *Petrouchka,* o a Etienne andando sobre las puntas de los pies como un cisne moribundo...
¡Ellos, con lo bastotes que eran!
Algunas veces, las vecinas, como temerosas de ser tachadas de ignorantes, decían que sí, que habían visto a Fermín —a «Garçon Basque», como se llamaba en las ta-

blas—, y entonces estaban perdidas. Menchu las acosaba a preguntas, las arrinconaba a conjeturas, y no cejaba hasta verlas, dóciles y convencidas, rendirse de admiración ante el arte de su hermano.

Joaquín, por el contrario, no sentía una exagerada simpatía por «Garçon Basque», y con frecuencia solía decir a su hermana que se había acabado eso de alojar al transformista en su desván de la rue Blanchard.

—Mi casa es pobre —decía—, pero honrada, y ha de dar demasiado que hablar el traer a tu hermano a dormir a casa; no lo olvides.

Menchu porfiaba; aseguraba que la gente no se ocupaba para nada del vecino; insistía en que, después de todo, no tenía nada de malo el que una hermana llevase a dormir a casa a un hermano, y acababa por vociferar, de una manera que no venía a cuento, que la casa era grande y que había sitio de sobra para Fermín. Mentira, porque el cuarto era bastante angosto; pero Menchu —¡quién sabe si por cariño o por qué!— no atendía a razones y no reparaba en los argumentos de su marido, que demostraba tener más paciencia que un santo.

En la rue Blanchard, en realidad, no había ni un solo cuarto lo bastante amplio para alojar a un forastero. Era corta y empinada, estrecha y sucia, y las casas de sus dos aceras tenían esa pátina que sólo los años y la sangre derramada saben dar a las fachadas. La casa en cuya buhardilla vivían Joaquín Bonhome y su mujer tenía el número 17 pintado en tinta roja sobre el quicio de la puerta; tenía tres pisos divididos en izquierda y derecha y un desván, la mitad destinado a trastera y la otra mitad a guarecer al mal avenido matrimonio Bonhome de las inclemencias del tiempo. En el primero vivían, en el izquierda, M. L'Epinard, funcionario de Correos retirado, y sus once hijas, que ni se casaban, ni se metían monjas, ni se fugaban con nadie, ni hacían nada útil; y en el derecha, M. Durand, gordinfloncillo y misterioso, sin profesión conocida, con mademoiselle Ivette, que escupía sangre y sonreía a los vecinos en las escaleras; en el segundo, en el izquierda, M. Froitemps, rodeado de gatos y loros, que ¡quién sabe de dónde los habría sacado!, y en el derecha, M. Gaston Olive-Levy, que apestaba a azufre y que traficaba con todo lo traficable y ¡sabe Dios! si con lo no traficable también; en el tercero, en el izquierda, M. Jean-Louis López, profesor de piano, y en el derecha, madame de Bergerac-Montsouris, siempre de cofia, siempre hablando de su marido, que había sido, según ella, comandante de artillería; siempre lamentándose del tiempo, de la carestía de la vida, de lo que robaban las criadas... En el desván, por último, y como ya hemos dicho, vivían Menchu y Joaquín, mal acondicionados en su desmantelado cuartucho, guisando en su cocinilla de serrín, que echaba tanto humo que hacía que a uno le escociesen los ojos. La puerta era baja, más baja que un hombre, y para entrar en el cuarto había que agachar un poco la cabeza; Joaquín Bonhome, como era cojo, hacía una reverencia tan graciosa al entrar, que daba risa verle. Entró, y, como ya sabemos, cerró la puerta tras sus espaldas.

—¿Hay algo?

—¡Nada!

Joaquín, el hombre que cuando tenía las dos piernas de carne y hueso había sido tantas cosas, se encontraba ahora, cuando de carne y hueso no tenía más que la de un lado, y cuando más lo necesitaba, sin colocación alguna y a pique de ser puesto —el día menos pensado— en medio de la calle con sus cuatro bártulos y su mujer. Salía todos los días a buscar trabajo; pero, como si nada: el único que encontró, veinticinco días hacía, para llevar unos libros en la prendería de M. Barthélemy, le duró cuarenta y ocho horas, porque el amo, que, rodeado de

trajes usados toda su vida, jamás se había preocupado de las cosas del espíritu, lo cogió escribiendo una poesía, y lo echó.
Aquel día venía tan derrotado como todos; pero de peor humor todavía. Su mujer, ya lo sabéis, se puso como una furia...

II

El señor comisario estaba aburrido como una ostra.
—¡En Toulouse no pasa nada! —decía como lamentándose... Y era verdad. En Toulouse no pasaba nada. ¿Qué suponía —a los treinta y seis años de servicio— tener que ocuparse del robo de un monedero, tener que trabajar sobre el hurto de un par de gallinas?
—¡Bah —exclamaba—, no hay aliciente! ¡En Toulouse no pasa nada! —Y se quedaba absorto, ensimismado, dibujando flores o pajaritos sobre el secante, por hacer algo.
Fuera, la lluvia caía lentamente, tristemente, sobre la ciudad. La lluvia daba a Toulouse un aire como de velatorio; en los pueblos tristes —ya es sabido— los pensamientos son tristes también, y acaban por agobiar a los hombres de tanto como pesan.
Los guardias paseaban, rutinarios, bajo sus capotillos de hule negro, detrás de sus amplios bigotes, en los que las finas gotas de lluvia dejaban temblorosas y transparentes esferitas... Hacía ya tiempo que el señor comisario no les decía, jovial:
—¡Está claro, muchachos, está claro! —y ellos, viejos como barcos, pero curiosos como criadas, estaban casi apagados sin aquellas palabras.
Dos bocacalles más arriba —¡el mundo es un pañuelo!—, en el número 17 de la rue Blanchard, discutían

Joaquín Bonhome, el de la pata de palo, el hombre que había sido tantas cosas en su vida y que ahora estaba de más, y su mujer, Menchu Aguirrezabala, que tan bruta era, con su pelambrera raída y su ojo de cristal. Fermín Aguirrezabala —«Garçon Basque»—, con su pitillo oriental entre los dedos, los miraba reñir.

—Horror al trabajo es lo que tienes, ya sé yo; por eso no encuentras empleo...

Joaquín aguantaba el chaparrón como mejor podía. Su mujer le increpaba de nuevo:

—Y si lo encuentras no te durará dos días. ¡Mira que a tus años y con esa pata de palo, expulsado de un empleo, como cualquier colegial, por cazarle el jefe componiendo versos!...

Joaquín callaba por sistema; nunca decía nada. Enmudecía, y cuando se aburría de hacerlo, se apoyaba entre dos sillas y recurría al puntapié. A su mujer le sentaba muy bien un punterazo a tiempo; iba bajando la voz poco a poco, hasta que se marchaba, rezongando por lo bajo, a llorar a cualquier rincón.

Fermín aquel día pensó intervenir, para evitar quizá que su cuñado llegase al puntapié, pero acabó por no decidirse a meter baza. Sería más prudente.

Quien estaba gritando todavía era su hermana; Joaquín aún no había empezado. Ella estaba excitada como una arpía, y la agüilla —amarillita y pegajosa— que manaba de su ojo de cristal, como si todavía destilara el ojo de carne que perdiera en Burdeos, cuando la gripe, parecía como de color de rosa, ¡quién sabe si teñida por alguna gota de sangre!... Iba sobresaltándose poco a poco, poniéndose roja de ira, despidiendo llamas de furor, llamas de furor a las que no conseguía amortiguar la lluvia, que repiqueteaba, dulce, contra los cristales; aquella lluvia que caía lentamente, tristemente, sobre la ciudad...

Fermín estaba asustadito, sentado en su baúl y veía desarrollarse la escena sin decidirse —tal era el aspecto de la Menchu— a intervenir; estaba tembloroso, pálido, azorado, y en aquel momento hubiera dado cualquier cosa por no haber estado allí. ¡Dios sabe si el pobre sospechaba lo que iba a pasar, lo que iban a acabar haciendo con él!...

¡Qué lejano estaba el señor comisario de que en aquellos momentos faltaban pocos minutos para que apareciese aquel asunto, que no acababa de producirse en Toulouse y que tan entretenido lo había de tener! Estaría a lo mejor bebiendo cerveza, o jugando al ajedrez, o hablando de política con monsieur le docteur Sainte-Rosalie, y no se acordaría de que —¡a los treinta y seis años de servicio!— en Toulouse, donde no había aliciente, donde nunca pasaba nada, iba a surgir un caso digno de él.

Joaquín había aguantado ya demasiado. Se levantó con unos andares de lobo herido que daba grima verle; arrimó dos sillas para apoyarse, se balanceó y, ¡zas!, le soltó el punterazo a su mujer. Fue cosa de un segundo: Menchu se fue, de la patada, contra la pared... Se debió de meter algún gancho por el ojo de cristal... ¡Quién sabe si se le habría atragantado en la garganta!...

A Joaquín, con el susto que se llevó con la pirueta de su mujer, se conoce que se le escurrió la silla, que perdió pie; el caso es que se fue de espaldas y se desnucó.

«Garçon Basque» corría de un lado para otro, presa del pánico; cuando encontró la puerta, se echó escaleras abajo como alma que lleva el diablo. Al pasar por el primero, Ivette le sonrió con su voz cantarina:

—Au revoir, «Garçon Basque»...

Al cruzar el portal, las dos hijas pequeñas de M. L'Epinard, que ni se casaban ni se metían monjas, ni se fugaban con nadie, ni hacían nada útil, le saludaron a coro:

—Au revoir, «Garçon Basque»...
«Garçon Basque» corría, sin saber por qué, ni hacia dónde, sin rumbo, jadeante. La lluvia seguía cayendo cuando lo detuvieron los gendarmes; esos gendarmes que no son el Papa, que se pueden equivocar como cualquiera...
«La Poste de Toulouse» apareció aquella noche con un llamativo rótulo. Los vendedores voceaban hasta enronquecer:
—¡El misterioso asesinato de la rue Blanchard!
El señor comisario, que tampoco es el Papa, que también se podía equivocar como cualquiera, sonreía:
—¡El misterioso asesinato de la rue Blanchard!... ¡Bah —añadía despectivo—, esos periodistas!...
Los guardias estaban gozosos, radiantes de alegría; el señor comisario les había vuelto a decir:
—¡Está claro, muchachos, está claro! ¡Esos transformistas! ¡Yo los encerraba a todos, como medida de precaución, para que no volviesen a ocurrir estas cosas!

... ...

La Guayana está infestada de malaria: «Garçon Basque» no conseguía aclimatarse...
Sentado en su baúl, veía pasar las horas, los días, las semanas, los meses... No llegó a ver pasar ningún año...

A la sombra de la Colegiata

I

Doña Julia había dicho a sus nietos:
—Y si sois buenos, ahora que viene la Navidad, os traeré a comer.
Pero la Navidad llegó cuando ya doña Julia se había marchado, como un pajarito, sin moverse siquiera, camino del cielo.
Fue la víspera de la Nochebuena. El entierro, que presidieron sus hijos y que llevó muchos coches detrás, pasó por todas las nevadas calles de la ciudad, camino del cementerio, haciendo correr los visillos tras los helados balcones, espantando en su alegría a los niños que cantaban villancicos al lejano y bronco sonar de las zambombas.
¡Pobre doña Julia! En la ciudad su marcha dejó un vacío inmenso, y aquellas Navidades... ¡Ay, aquellas Navidades fueron tristes y desamparadoras, como aquellas otras, ya casi remotas, que agüó la peste, o aquellas más cercanas, pero igualmente crueles, que preocupó la guerra de Melilla!
Don Estanislao, y don Pío, y don Juan y don Miguel, y don Lorenzo, y don Jesús, dejaron caer pesadamente la cabeza sobre el pecho.
—¡Cuántas sorpresas nos depara esta vida, este bajo mundo! ¡Quién lo había de decir aún ayer!...
Don Sebastián había dado vacaciones a sus muchachos. De no haber sido así, ¿hubiera podido al día siguiente decir, con el solemne empaque de siempre: «Y cuando el astro del día apagaba en los mares de Occidente su cabellera de fuego...»?

Eso es cosa que nadie sabe. ¿Quién es capaz de leer en el insondable fondo de los corazones?

II

En la ciudad, cuyos orígenes se perdían en las sombras misteriosas de la Edad Media, había una Colegiata. Sus campanas se estremecieron aquella noche de pavor, y su granito, varias veces centenario, sintió sus luengos años y el remordimiento de vivir.

La Colegiata era una Colegiata como las demás. Los hombres que la gobernaban (sistematicemos, en homenaje a don Sebastián, que en el fondo de su conciencia nos lo agradecerá) eran los siguientes:

Don Estanislao, su rector; sonrosado y barbilindo como una manzana, hablador y reverencioso como una dueña, menudito y satisfecho en su inefable y casi angélico ademán...

Sus cuatro canónigos, a saber:

Don Pío, orador sagrado, de grave y campanuda voz...

Don Santiago, padre de los pobres y organizador de cofradías y catequesis, y a quien todo el mundo distinguía con su respeto.

Don Juan, que tenía una rara semejanza con Figueirido, el criado del abuelo.

Don Julio, flaco y escurrido como una avutarda...

Su chantre, don Miguel García, inquieto y recortadito, con su voz de damisela encelada, que se ponía colorado al hablar...

Su sochantre, don Lorenzo Salgado, grande y peludo como un árbol...

Su organista, don Jesús, con azules ojos de artista, su

flotante cabellera de artista, su fúnebre chalina de artista, sus largas y huesudas manos de iluminado...
La Colegiata tenía tres torres —la Torre Gorda, la Torre del Miserere y la Torre del Francés —y un reloj que hacía desgranar en suaves arpegios —y de cuarto en cuarto de hora— su campanil para que los vivos se estremecieran, también de cuarto en cuarto de hora, ante la inexorable marcha hacia la muerte.
La primera vez que don Pío dijo, hace ya muchos años, en unos Juegos Florales en los que actuó de mantenedor, eso de los suaves arpegios, el señor Obispo y el señor Gobernador le felicitaron.
Como recuerdo, y con todas las firmas elegantemente grabadas sobre plata, sus amigos le dedicaron un pequeño homenaje: una placa, entonces lozana y brilladora y hoy olvidada en una pared de la vieja sacristía, al lado de un *Descendimiento,* dicen que de mucho valor.
De aquello hace ya tanto tiempo, que... ¿quién se acuerda?

III

La Colegiata agrupaba las casas a su alrededor, como una gallina a sus polluelos. Bajo la blanca toalla de la nieve, todas las casas parecían iguales; nadie, al verlas así, adivinaría ese mundo de graves preocupaciones, de profundos mínimos problemas, que familias enteras se obstinaban en no resolver; de alegrías fugaces que duran tan sólo un día de boda, unas horas de bautizo o de primera comunión...
Y, sin embargo, si ahora nos fuera dado verlas al claro y violento sol del estío, nos percataríamos de que no había dos iguales, de que se levantaban unas por enci-

ma de las otras, de que refulgían cada una de ellas con mil brillos o mil sombras diferentes.
Pero la ciudad, ¡era tan hermosa y tan disparatada!
Por encima de esos tejados que eran toda la ciudad, la Colegiata levantaba sus agujas, no tan orgullosas como bellas; sus escalonados y verdinegros campanarios románticos, casi tan viejos ya como los montes.
La casa de doña Julia y de don Sebastián estaba en la Cuesta de Abajo, a la salida de la ciudad, ante una campiña nevada y blanca por el crudo invierno, tímida y aireada como los caminos por donde bajan, en los belenes, los tres Reyes Magos, con sus caballos, sus camellos, sus criados y su misterioso y entrañable cargamento de sorpresas.
La casa de doña Julia y de don Sebastián tenía tres pisos, un balcón corrido con balaustrada de piedra, un escudo fusado con un yelmo que miraba hacia la izquierda —«No me explico quién de nuestros antepasados pudo haber pecado de bastardía», solía decir doña Julia, cuando todavía podía decir cosas, a su tertulia de clérigos, de pensionistas y de catedráticos; «no me lo explico»— y un aldabón de bronce, grande y macizo, que doña Julia mandaba, cuando todavía podía mandar, que lo quitaran por las noches.
—¡Hay tanto desaprensivo!

IV

Don Sebastián era catedrático de Instituto, catedrático de Historia.
Don Sebastián, por las mañanas, a las nueve, daba su clase acostumbrada. Con idénticas bien medidas palabras, todos los años explicaba idénticos y fundamentales sucesos históricos. Se los había aprendido de memo-

ria, a lo largo de treinta y cinco años de labor docente —como se dice—, y gozaba en repetirlos, monótonos y exactos como la marcha de los péndulos, como el pasar de las horas sobre la vieja ciudad universitaria y clerical, ante su juvenil auditorio, ante su moceril gentío, todos los años renovado y siempre eterno e inmutable.

Don Sebastián hablaba como un orador, como un verdadero y bien probado orador, y su discurrir casi castelariano, su ampuloso y dogmatizador discurrir de catedrático de Instituto de finales del XIX, hacía un desconcertador efecto fluyendo de su figura casi franciscana.

El día más feliz del curso era aquel en el que tenía ocasión para decir:

—Y cuando el astro del día apagaba en los mares de Occidente su cabellera de fuego, todos los soldados, de rodillas, entonaron el *Tedéum*, digno epinicio de tan gloriosa jornada.

¡Aquello era realmente hermoso! Y, además..., ¡qué caramba, desde la cátedra tenemos el sacrosanto deber de hacer patria!

Don Sebastián daba fin a sus lecciones con broche de oro. Carraspeaba después, guardaba, con su cotidiano primor, sus finos lentes de pinza, bebía su último sorbito de agua, sonreía con aquella inefable y casi imperceptible sonrisa que luchaba por escapar a través de su barba, ensayaba su «¡Queden ustedes con Dios!» de todas las mañanas...

Don Sebastián era querido de sus alumnos, muy querido; jamás ponía mala cara a nadie, jamás se enfurecía cuando hablaban o llegaban tarde, jamás se había dado el caso de que a nadie suspendiera...

¿Podría ahora, sin embargo, de no estar de vacaciones sus muchachos, decirles con el empaque solemne de costumbre aquello del epinicio y de los mares de Occidente, aquello del *Tedéum* y de la cabellera de fuego?

V

Don Sebastián hizo de tripas corazón.
—Que vengan los niños a comer.
Don Sebastián no podía olvidar que doña Julia les había dicho, pocos días antes de marcharse como un pajarito, sin moverse siquiera, camino del cielo:
—Y si sois buenos, ahora que viene la Navidad, os traeré a comer.
Y los niños... ¿Qué culpa tenían los niños para que nadie los invitara a comer, después de haber sido buenos como santos?
Don Sebastián daba vueltas alrededor de la mesa, ocupándose de todo. La mesa presentaba un aspecto brillante, con su albo mantel, su dibujada vajilla de loza antigua, sus fuentes de turrón, de frutas escarchadas, de figuritas de mazapán.
—Para los niños no ha pasado nada, ¿me entienden?
Había dicho don Sebastián a las criadas, para añadir a renglón seguido, casi pensativamente:
—¡Pobres criaturas...!
Y en una larga mesa, al fondo del comedor, el Nacimiento enseñaba a los atónitos ojos infantiles su áurea purpurina, su teñido serrín, sus bruñidos espejos que semejaban lagos. Sobre el Portal, pendida de un hilo casi invisible, una estrella de papel de plata se balanceaba mientras los niños hablaban.
—¿Y la abuelita?
Don Sebastián no supo qué contestar. Miró para la estrella que colgaba del cielo raso de la habitación y carraspeó un poco como si estuviera en clase.

Salió lentamente del comedor y se encerró en su despacho. Se echó sobre el sofá y dejó caer pesadamente la cabeza sobre el pecho, como el señor rector, como los cuatro canónigos, como el chantre, como el sochantre, como el organista.
Los muchachos de las zambombas seguían con su monótono sonar, deambulando por las nevadas calles de la ciudad.
La blanca toalla que todo lo envolvía...

Don Juan

I

El mes de abril empezaba a sembrar los verdes campos de campanillas azules, de margaritas —unas grandes y como doradas, otras blancas y pequeñas—, de delicados lirios y olorosas violetas. Los tojos florecieron, y los camelios, y los gardenios, y los magnolios, amplios y vetustos como las abuelas bretonas, se cubrieron de flores. Las lluvias cedieron y la brisa que subía del mar daba un sabor alegre y conocido al amplio valle.
Don Juan se pasaba largas horas en la galería, sentado ante su pequeña mesa de trabajo, ordenando sus versos, poniendo «un poco de armonía» en su larga obra pretérita.
—Mi cerebro se ha agotado —decía a los amigos—; se ha secado como un viejo cerezo; pero me queda la paciencia.
Y sonreía con su arcangélica sonrisa... Don Juan era poeta; había cantado al mar de adolescente; de joven, al amor; en sus años maduros, a la tierra... Sus versos llegaron a ser conocidos y admirados por sus paisanos, que se sintieron orgullosos de ellos con la misma presteza con que después los olvidaron, y hasta en Madrid, si hemos de decir toda la verdad, llegó a tener su triunfillo con motivo de la edición de su libro *Lira de soledades,* que apareciera con un estudio-prólogo de don Emilio Castelar.
Don Juan guardaba cuidadosamente pegados en un álbum, en el álbum número 1, los recortes de los periódicos en que había colaborado; en otro álbum, en el álbum número 2, guardaba con idéntico cuidado los

trozos que se ocupaban de él... Cuando se quedaba solo gustaba de recrearse paseando lentamente la mirada por la que había sido su obra; pasaba las hojas de sus álbumes con cariño, poco a poco, como avaro de gozar todas las evocaciones, todos los recuerdos. Después sonreía con su sonrisa amarga y profunda... Keyserling, que hubo de conocerlo ya viejo, decía de él que era un coleccionador de sonrisas.

A eso de las once de la mañana ponía sobre sus cuadernos y sobre sus cuartillas un pedacito de cuarzo cristalizado, que tenía desde hacía muchos años, y se iba a dar una vueltecita por el jardín. El jardín «era lo único que le quedaba». En invierno cuidaba, con su pequeño sacho, la capa de estiércol que cubría la sementera; en primavera miraba con su gesto inteligente el brote de la gardenia que plantara el año anterior, debajo de aquel vaso que se cubría por dentro de tenues gotitas de rocío; en verano ahuyentaba, a veces incomodado, al topo minero que le agujereaba todo el jardín; en otoño, por último, sacudía las rosas mustias, rastrillaba la hojarasca de los senderos, preparaba y escogía —con un mimo paternal— las varitas que habrían de darle, a la vuelta otra vez de la primavera, nuevos tallos... Don Juan había escrito, ya maduro, un pequeño tratado de Floricultura. Lo tituló *Manual del amante de las flores de jardín*. Anduvo con él en el bolsillo, enseñándoselo a unos y a otros; recogió opiniones, sencillas y dictadas por la sinceridad, las unas; ampulosas y equívocas, las otras; simplemente ingeniosas, las más; buscó vanamente editor; se incomodó un buen día, tuvo su gesto de desprecio... De poco le valió; como no tenía dinero se tuvo que aguantar.

«De nada me ha de servir desesperar —pensaba para consolarse—; si el libro es bueno, ya vendrán por él.»

Vano intento: el libro, que era bueno, pero que no interesaba a nadie, acabó durmiendo en el fondo de un cajón.

«Cada vez son menos los amantes de las flores de jardín», llegó a decirle un editor...

¿Habrá osadía?

Don Juan había desempolvado, aún no hacía mucho tiempo, su viejo manuscrito; gozó con todos los goces del descubridor al releerlo. Los capítulos le parecieron nuevos y los consejos para el mejor crecimiento de las flores se le antojaron recién nacidos. No volvió a sepultar su manuscrito en el fondo del cajón; ahora lo tenía, con su correspondiente pedacito de cuarzo encima, sobre su mesa de trabajo. Lo hojeaba de cuando en cuando, se lo mostraba a los amigos...

Los amigos de don Juan eran dos: el cura, que se llamaba don Nicolás, y el registrador, que se llamaba don Ernesto. Por las tardes, don Nicolás y don Ernesto iban, indefectiblemente, a casa de don Juan; éste los esperaba al pie de la escalera con su gorrito redondo de terciopelo verde oscuro y su acogedora toquilla azul marino. Cuando llegaban, sonreía.

—¡Vaya con don Nicolás, siempre tan lozano! ¡Caramba con don Ernesto; está usted hecho un pollo!

Y volvía a sonreír, medio rezongando para sus adentros «¡vaya, vaya!», mientras los acompañaba por el pasillo medio oscuro hasta el comedor.

En el comedor hacían la tertulia; se sentaban alrededor de la mesa: don Nicolás ocupando la cabecera; don Ernesto, en un lado; don Juan, en otro, y empezaban a hablar, al principio lentamente, después con mayor prontitud, como si temiesen que se les acabara el tiempo. Don Juan llamaba después al ama, tan viejecita y tan arrugada como él, que se llamaba Matilde, y que llevaba un pañuelo de seda negro a la cabeza; la lla-

maba con una campanilla de bronce, pequeña y puntiaguda, que producía un tintineo cristalino; pero al mismo tiempo, y como para dar mayor intimidad a la orden, gritaba con su vocecita cascada:
—¡Matilde, Matilde!...
Al poco rato llegaba Matilde, con sus cortitos pasos apresurados. No necesitaba averiguar lo que quería don Juan; ya lo sabía: don Juan quería lo mismo todas las tardes; quería el plato de galletas María; quería la botella del licor de cerezas —aquel licor de cerezas que hacía ella todos los años con la vieja receta casera que le enseñara su madre, ¡tantos años atrás!, como una tradición religiosa—; quería tres copitas...
Don Ernesto decía:
—¡Pero, hombre, don Juan! ¡Para qué molestarse!
Y don Nicolás, beatífico y cachazudo, interrumpía:
—¡Déjelo, don Ernesto, déjelo! ¡Dios se lo pagará!
Don Juan llenaba las copitas; cogía una galleta... Después sonreía.
Don Ernesto hubo de decirle un día:
—Usted es un contemplativo, don Juan; escribe sus versos, cuida sus flores, bebe su licor...
Don Juan no le contestó; se limitó a sonreír. Sacó las cartas, un poco antes que de costumbre, arrimó un poco más la silla a la mesa, carraspeó...
—Vamos a ver a quién le toca hoy el as de oros.
Fue dando las cartas, una a una y boca arriba, hasta llegar al as de oros. Le tocó a él. Las recogió poco a poco, las barajó parsimoniosamente...
Al cabo de un rato, a la primera jugada que ganó, don Ernesto exclamó triunfante:
—¡Las cuarenta!
Y don Nicolás, ¡a todo hay que conformarse!, decía, mirando para don Juan:
—¡Bueno! ¡Por lo menos ya sabemos quién las tiene!

Don Juan volvía a sonreír y miraba para don Ernesto; don Ernesto sonreía también, y decía que no tenía enemigo.
A las nueve se levantaban; don Nicolás decía, dirigiéndose a don Juan:
—Este condenado de don Ernesto ha vuelto a ganarnos una peseta a cada uno. ¿Qué le parece?
Y don Ernesto, ahuecando la voz, decía a don Nicolás:
—¡Vamos, vamos, señor cardenal! ¡No se queje! ¡Con la cantidad de entierros que tiene usted ahora!
Y se reía a grandes carcajadas mientras se alejaba con el cura carretera abajo, camino de las casas.

II

Un día don Juan dejó de sonreír. Eran las nueve de la mañana ya, y Matilde, por primera vez en su vida, no había aparecido con la bandeja del desayuno en la mano y el «¡Buenos días nos dé Dios, señor don Juan!» en los labios mientras empujaba la puerta suavemente con el hombro. Don Juan estaba extrañado; se incorporó en la cama, volvió a mirar el reloj... Una sensación de desasosiego le invadía; querría saber lo ocurrido; pero, por otra parte, lo temía. Volvió a mirar la esferita de su reloj; las nueve y diez. Sí; no había duda; algo había debido de pasar; se levantó se echó la bata sobre los hombros, se calzó las zapatillas de orillo que se ponía todas las mañanas mientras se lavaba y salió al pasillo.
—¡Matilde!
No contestó nadie. Su voz retumbó por toda la casa de una forma extraña; tan extraña, que don Juan no se atrevió a repetirla. Sintió miedo; miedo a lo que ya

no dudaba que había sucedido. Se dirigió precipitadamente al cuarto de Matilde; llamó con los nudillos muy bajito. Nada. Después, cuando se lo contaba a don Ernesto y a don Nicolás, decía:

—Cuando levanté el pestillo para entrar, temblaba como si tuviera fiebre. Abrí la puerta, y allí me la encontré, metida dentro de la cama, con el pañuelo puesto en la cabeza. Parecía dormida; pero la pobre estaba muerta, y bien muerta; le toqué la frente, que estaba fría como el hielo... Los ojos ya los tenía cerrados.

Don Ernesto y don Nicolás se quedaron muy pensativos.

Al día siguiente, cuando fueron a dar tierra al cadáver de la pobre Matilde, don Ernesto le decía a don Juan:

—¿No le parece que nuestro don Nicolás está como emocionadillo?

Don Juan buscó nueva criada; tardó en encontrarla; se alojó mientras tanto en la fonda «La Perla»... En un principio, las comidas de la fonda «La Perla» le sentaron mal; después, cuando se fue acostumbrando, apareció el ama buscada, y regresó de nuevo a su casa; pero, para colmo de desdichas, lo que le sentaba mal ahora eran los guisos que le preparaba Ramona, la nueva doméstica. Don Juan no comprendía aquella obstinación de Ramona por llenarle la comida de especias y de ajo. ¡Con lo fácil que era, pensaba, hacer una tortilla francesa y cocer un poco de merluza en blanco con dos o tres patatas! Al cabo de algún tiempo don Juan consiguió que Ramona echase algo menos de picante a la comida.

—Lo que no consigo —decía a don Ernesto— es volver a la tortilla y a la merluza. El otro día le hice una indicación; pero le pareció malísimamente; me dijo que para hacer la comida cocida no se necesitaba ser cocinera. Yo me callé, porque ¡usted me dirá qué se contesta en estos casos!

Don Juan encontró el jardín muy abandonado. Parece que no, pero en quince días hay que ver lo que se puede estropear un jardín; los niños habían derribado parte de la alambrada para mejor poder entrar y salir detrás de los albaricoques y de los melocotones; las gallinas pasaban por el agujero hecho por los chiquillos, arrasándolo todo...

A don Juan le empezó a invadir la tristeza. ¡A sus años, y con el cuidado que lo tenía todo, aquella devastación! Cuando fue a la galería a ver sus álbumes y sus montoncitos de cuartillas iba temblando; sin embargo, todo lo encontró ordenado, como lo había dejado. ¡Menos mal!

III

Un día don Juan se quedó en la cama. Le dolía un poco la cabeza.

A los cinco días, cuando fueron a enterrarlo, a don Ernesto se le ocurrió pensar, mirando para don Nicolás, que rezaba el responso, en lo efímero de esta vida. Para perpetuarla, cogió el pequeño Tratado de Floricultura de don Juan y se fue con él a La Coruña. Tardó tres días en volver. A su regreso le preguntó don Nicolás:

—¿Cómo tan pronto? ¿Ya resolvió usted todos sus asuntos?

Y don Ernesto le respondió:

—El único que allá me llevó, don Nicolás; el único importante con que me tropecé hasta hoy.

Al mes, o poco más, se recibió en el pueblo el primer ejemplar del libro de don Juan. Su portada decía así:

Manual del
amante de las flores de jardín

Compuesto para su solaz por
Don Juan Álvarez Piernas
Autor del libro de poesías *«Lira de soledades»*
y sacado a la luz por
Don Ernesto Solís Herrero
Registrador de la Propiedad y amante de las flores
Imp. S. Sanz
La Coruña
1903

La eterna canción

I

¿Usted cree que estoy loco? No; yo le podría asegurar que no lo estoy, pero no lo hago. ¿Para qué? ¿Para darle ocasión a exclamar, como todos los que lo oyeran: «¡Bah!, como todos... ¡creyéndose cuerdo! ¡La eterna canción!»? No, amigo mío; no puedo, no quiero proporcionarle esa satisfacción. Es demasiado cómodo venir de visita y sacar la consecuencia de que todos los locos aseguran que no lo están. Yo no lo estoy, se lo podría asegurar, repito, pero no lo hago; quiero dejarle con su duda. ¡Quién sabe si mi postura puede inclinarle a usted a creer en mi perfecta salud mental!
Don Guillermo no estaba loco. Estaba encerrado en un manicomio, pero yo pondría una mano en el fuego por su cordura. No estaba loco, pero —bien mirado— no le hubiera faltado motivo para estarlo... ¿Qué tiene que ver que se haya creído, durante una época de su vida, Rabindranath? ¿Es que no andan muchos Rabindranath, y muchos Nelson, y muchos Goethe, y muchísimos Napoleones sueltos por la calle? A don Guillermo lo metió la ciencia en el sanatorio..., esa ciencia que interpreta los sueños, que dice que el hombre normal no existe, que llama nosocomios a las casas de orates...; esa ciencia abstraída, que huye de lo humano, que no se explica que un hombre pueda aburrirse de ser durante cincuenta años seguidos el mismo y se le ocurra de pronto variar y sentirse otro hombre, un hombre diferente y aun opuesto, con barba donde no la había, con otros lentes y otro acento, y otra vestimenta, y hasta otras ideas, si fuera preciso...

II

Desde aquel día visitaba con relativa frecuencia —casi todos los jueves y algún que otro domingo— a don Guillermo. Él me recibía siempre afable, siempre deferente. Don Guillermo era lo que se dice un gran señor, y tenía todo el empaque, toda la majestuosidad, toda la campesina prestancia de un viejo conde, cristiano y medieval. Era alto, moreno, de carnes enjutas y sombrío y oscuro mirar... Vestía invariablemente de negro y en la blanca camisa —que lavaba y repasaba todas las noches, cuando nadie le veía— se arreglaba cuidadosamente la negra corbata de nudo, sobre la que se posaba, siempre a la misma altura, una pequeña insignia de plata que representaba una calavera y dos tibias apoyadas sobre dos GG: Guillermo Gartner.
Se mostraba cortésmente interesado por mis cosas, pero le molestaba mi interés por las suyas, de las que rehuía hablar. Me costaba un gran trabajo el sonsacarle, y algunas veces, cuando parecía que lo conseguía, se me paraba de golpe, me miraba —con una sonrisa de conmiseración que me irritaba— de arriba abajo, se metía las manos en los bolsillos y me decía:
—¿Sabe que es usted muy pillo?
Y se reía a grandes carcajadas, después de las cuales era inútil tratar de hacer recaer la conversación sobre el tema desechado.

III

En el manicomio lo trataban con consideración, porque, desde que había entrado —e iba ya para catorce años—, no había armado ni un solo escándalo. Entraba y salía al jardín o a la galería siempre que se le ocurría, se sentaba en el borde del pilón a mirar a los peces, inspeccionaba —siempre silbando viejos compases italianos— la cocina, o el lavadero, o el laboratorio... Los otros locos lo respetaban, y los empleados de la casa —excepto los tres médicos— no creían en su locura.

IV

Los días eran eternos, y don Guillermo, un día que estábamos hablando del otro mundo, me confesó que si no se había tirado a ahogar —no por desesperación, sino por cansancio— era porque las temperaturas extremas le molestaban.
—Me da grima figurarme —decía— medio acostado, medio flotando en el fondo del pilón, con la camiseta empapada en agua fría...; a lo mejor se me quedaban los ojos abiertos y el polvito del agua se me metería dentro y los irritaría todos... ¿A usted no le estremece un ahogado? Pero no para ahí lo peor; figúrese usted que de repente le toca, a uno el turno, comparece, y como uno es un suicida, lo envían al infierno a tostarse...; el agua de la camiseta, del pelo, de los zapatos, empieza a cocer y uno a dar saltos, saltos, hasta que el agua se evapora y uno la echa de menos, porque empiezan a gastarse los jugos de la piel...

V

Al jueves siguiente, no bien hube pasado de la puerta, salió el portero de su cuchitril, como un caracol de su concha, y me dijo:

—¿A dónde va usted? A don Guillermo le enterraron el sábado pasado. ¿Pero no se había enterado usted? El viernes por la mañana apareció ahogado en el fondo del pilón... El pobre tenía sus grandes ojos azules muy abiertos; el polvillo del agua se los había irritado como si se los hubieran frotado con arena... Estaba medio desnudo..., daba grima verlo, al pobre, con toda la camiseta empapada en agua fría...

Don Homobono y los grillos

Don Homobono vivía en la vieja ciudad de sus abuelos. Era un filósofo rural, verdaderamente lo que se llama un filósofo rural; se le notaba en el pantalón, de pana, que no era color de aceituna, como los vulgares pantalones de pana del alcalde o del jefe de la estación, sino color de conejo de raza, de un gris perla de ensueño, tornasolado, con las irisaciones más bellas por aquellos sitios donde el roce de tantas jornadas había dejado su huella indeleble.
Don Homobono era amante de las flores, de los prados, de los pájaros del cielo, de los insectos que el Señor crió para que se metieran por los agujeritos del suelo y por las grietas de las piedras.
Cuando algún mozuelo volvía hacia las casas con un nido en la mano, o con algún grillo metido en una lata, o con un par de saltamontes en el bolsillo de la blusa, huía siempre de don Homobono, que, indefectiblemente, ordenaba volver la libertad al prisionero.
—¿Te gustaría que hicieran eso contigo? —les decía.
El argumento no tenía vuelta de hoja. A ninguna criatura le gustaría que hicieran con ella la mitad de las cosas que ella hace con los grillos. Sin embargo, don Homobono, como queriendo dar mayor fuerza a su razonamiento, añadía entre condescendiente y orgulloso:
—Pues ya ves. Si la madre Naturaleza quiere...
Don Homobono se quedaba como cortado. Era que se solazaba con la idea de lo que iba a decir.
—Pues si la madre Naturaleza quiere, hace lo mismo contigo.
Don Homobono sonreía satisfecho. El chiquillo lo miraba absorto. «Verdaderamente, don Homobono tiene

razón —pensaba—. Lo mejor será soltar el grillo. ¡Mira que si a la madre Naturaleza se le ocurre!... No, más vale no pensar en ello.»
El grillo caía al suelo, levantaba al aire sus cortas antenas y corría a esconderse debajo de la primera mata.

* * *

Las noches de agosto son lentas y pesadas como losas, aun en aquella ciudad, estación veraniega.
Don Homobono, completamente desvelado, estaba nervioso.
¡Ese grillo!
El grillo, como si no fuera con él, seguía con su monótona canción, con aquella triste salmodia con la que ya llevaba tres horas largas.
—*¡Cri, cri!*..., *¡cri, cri!*..., *¡cri, cri!*...
Don Homobono, el filósofo rural de los pantalones de pana, estaba desazonado. Verdaderamente, la cosa no era para menos. El grillo seguía con su *¡cri, cri!* desesperadamente; con su *¡cri, cri!*, que contestaba al *¡cri, cri!* del grillo de la huerta, al *¡cri, cri!* del grillo de la carretera, al *¡cri, cri!* del grillo del vecino prado, al *¡cri, cri!*... ¡No, imposible! ¡No se puede seguir así!
Don Homobono se levantó como una furia del Averno. Encendió la luz... Allí, en el medio de la habitación, estaba el grillo, gritando estúpidamente *¡cri, cri!*, *¡cri, cri!*, como si eso fuera muy divertido.
Al principio pareció como no darse cuenta. Después se paró, dijo un poco más bajito su *¡cri, cri!*, dio unos cortos pasitos...
Don Homobono, con la imagen del crimen reflejada en su faz, con la mirada ardiente, el ademán retador y una zapatilla en la mano, se olvidó de sus prédicas y...

El grillo, despanzurrado, parecía uno de esos trozos de medianoche que quedan tristes y abandonados en el suelo después de los bautizos.

Culpemos a la primavera

I

La tierra está húmeda y el campo huele con el olor suave de después de la lluvia. Es la primavera. Los guisantes de olor han florecido ya, y ya la madreselva vuelve a colgarse otra vez de los caminos. Se nota como si la vida fuera más joven, ¡quién sabe!, como si todo se hubiera puesto de acuerdo para vivir aún con más alegría. Se levanta una piedra y allí nos encontramos al escarabajo, que brilla como si fuera de cobre, y al ciempiés, que huye velozmente y desaparece bajo la piedra de al lado; debajo de algunas piedras está también escondida la pequeña víbora de relucientes colores cuya picadura es capaz de matar a un hombre... El mirlo vuelve a silbar desde lo alto de los castaños; el jilguero vuelve de nuevo a columpiarse en las livianas ramas de las zarzas; los estorninos vuelven a volar en chillonas y negras bandadas, y las lavanderitas, con sus dos colas puntiagudas como hojas de laurel, vuelven a sus saltos de piedra en piedra del río. Es la primavera, que parece como si nos volcara nueva sangre en las venas.

La casa está escondida en el bosque de castaños. Los castaños son altos y gordos —tienen lo menos doscientos años cada uno— y alrededor de sus troncos crece la hiedra, que sube hasta arriba, hasta confundirse con las mismas hojas del árbol. Los castaños están muy tupidos y, a veces, sus ramas crecen tanto que cuelgan sobre el camino y casi no dejan pasar. Detrás de la casa hay un pabellón para el ganado y encima del pabellón unas habitaciones para los jornaleros. Como el mes de mayo ya está acabando, los jornaleros duermen con las ventanas abiertas de par en par.

Por entre los castaños hay un sendero que va a dar a la carretera y otro que va a dar al mirador: el mirador tiene un balconcillo de hierro, un banco de madera y una cúpula de trepadora y de madreselva, cuyo olor era ya tan penetrante que casi levantaba dolor de cabeza. Como era de noche y el ramaje que cubría el mirador no dejaba pasar la luz de la luna, no se podía ver el respaldo del banco, donde de día podía leerse *Cristina,* debajo de un corazón atravesado por una flecha... Lo había grabado a punta de navaja un jornalero que no era del país y que después hubo de marcharse para no volver.

Cristina no dormía en el pabellón; Cristina dormía, con las dos doncellas de la señora, en el desván de la casa, donde tenían un cuartito con cretonas en el tragaluz y alrededor de la bombilla. Cristina era la lechera, y las dos doncellas de la señora, que eran de la ciudad, la miraban por encima del hombro y la despreciaban. Cristina no les hacía caso...

En el pabellón no dormían más que hombres y alguna mujer ya vieja, ya sin peligro; la señora miraba mucho por la moral y a más de una muchacha ya había despedido... Sobre los jornaleros no tenía potestad, que era lo que más la irritaba. «¡Ah —decía—, si dependieran de mí estos galopines!» Cuando los cogía en algo se lo decía a su marido, pero por regla general tenía poco éxito; el viejo —que de joven había sido un tarambana— decía siempre, con un aire entre patriarcal y consentidor, aunque la Navidad aún no hubiera acabado de pasar: «Bah, culpemos a la primavera...», y se quedaba dando golpecitos con el bastón sobre el suelo, como distraído, o tamborileando con los dedos sobre el brazo de la butaca, con aquellos dedos

potentes de campesino donde llevaba su anillo de casado y su recia y gruesa sortija de hierro, aquella sortija que le hiciera famoso, allá por sus años juveniles, cuando le vaciara todas las muelas a su primo Guillermo... Siempre que esto decía cogía la puerta y se iba a dar una vuelta por los castaños. Si se cruzaba con alguna moza la saludaba sonriente...
Un día hizo llorar a Cristina; se la encontró en el sendero del mirador y estuvo hablando con ella. ¡Dios sabe qué cosas le dijo! Margarita, que era una de las doncellas de la señora, se rió de ella cuando se lo contó, pero al día siguiente, como hacía buen tiempo, se marchó sola y sin decir nada a nadie por el sendero. Se adornó la cabeza con margaritas blancas y amarillas y se puso un ramito de campánulas en el escote... El señor había salido a dar un paseíto y Margarita, cuando lo vio, le dijo: «Buenos días, señor». El señor se paró en medio del sendero y le dijo: «Buenos días, Margarita, hija...». Se quedaron callados y el señor, después, le preguntó si no tenía frío, tan desabrigadita como andaba...
Por la noche, Margarita se reía cuando se lo contaba a Esperanza, la otra doncella de la señora. Cristina daba vueltas y más vueltas en la cama, y como no podía dormir se levantó toda desazonada, se calzó y salió al campo. Como no hacía frío, le bastó con ponerse una blusa encima de la enagua.
Cristina imitaba el canto del cuclillo como nadie... A los cinco minutos subía, cogida del brazo, camino del mirador; en el mirador él le pasó la mano por la cintura. «Me dais miedo los hombres... Hoy estoy como rara...» Él no le contestó. Al volver, Cristina subió hasta su cuartito del desván con los zapatos en la mano. Aunque la noche era más bien templada, tenía frío tan sólo con la enagua... Se metió en la cama y se puso a escu-

char. Ni Margarita ni Esperanza habían vuelto todavía...

II

Los pájaros se aman al levantar el día y arman una algarabía de mil demonios con sus requiebros. Y los trabajadores, mientras los pájaros se aman, van con el hacha al hombro camino del bosque, o llevando entre dos la larga sierra, o sobre el carro de bueyes camino de los terrenos donde están sembradas las habas y las patatas. Por el sendero que va a la carretera baja Cristina con su gran jarra apoyada sobre la cadera; va a ordeñar. Baja alegre y risueña y no mira para el bosque de castaños donde los pájaros cantan y donde los helechos se elevan, alrededor de las fuentes, tan altos como hombres. Cuando llegue al establo ordeñará sus vacas, sentada en la banqueta de tres patas que le hizo el extranjero...
Ni Margarita ni Esperanza se habrán levantado todavía. Como la señora no madruga... El señor sí madruga, y desde bien temprano se le puede ver trajinando entre los trabajadores, con su gran barriga y su cinturón todo de cuero. Tiene ya sesenta años, pero es aseado como un mozo; su barba va siempre peinada con cuidado y sus manos son lavadas cada mañana.
La señorita tampoco madruga, hace como su madre. Es alta como ella, gruesa y colorada como ella, lleva su mismo nombre... La señorita tiene cuarenta años menos que la señora, y en esos cuarenta años las costumbres han cambiado. La señorita tiene veintidós años (la señora es algo más vieja que el señor) y al despertar se estremece dentro de su camisón, pero no se levanta; se da la vuelta y sigue metida en la cama, muy

tapada, mirando para la enredadera que da sobre los cristales, oyendo el gorjeo de los pájaros. La señorita duerme con la ventana cerrada, pero con las maderas sin echar, porque le gusta ver nacer el día todas las mañanas...
El señor llega hasta el establo apoyado en su bastón; pregunta a Cristina por el ganado y ésta se pone colorada y dice que está bien. Después se va hasta el bosque a ver cómo sigue la tala. Sonríe de una forma extraña. Pero es un trabajador y un andarín infatigable.
Cristina ha vuelto a llorar de algo que le dijo el señor. Pero ahora no se lo dirá a Margarita... Se levanta, coge unas amapolas y se las pone en la boca. Después sigue ordeñando hasta que termina. Levanta la jarra, se la coloca en la cabeza y emprende el regreso hacia la casa.
El señorito está pálido, ojeroso y lleno de granos; es algo más joven que la señorita. La señora siempre está diciendo, al desayuno: «Es una barbaridad tanto deporte, una barbaridad», y el señorito se estremece, porque él, sólo él, es quien sabe a dónde va Esperanza por las noches. En su defensa sale siempre el señor. «¿Que está delgado? ¿Que tiene ojeras? Natural, hija; muy natural. El mozo está en la edad...» Y sonríe antes de cortar la conversación con su «¡Bah, culpemos a la primavera!...».
El señorito huye de Cristina, porque la encuentra demasiado tosca, pero el vaquero, sin embargo, no la huye, porque es tosco también. Hacía mucho tiempo ya que le había dicho a Cristina una cosa al oído; la tenía abrazada cuando se lo dijo. Cristina se dejó abrazar, pero le dijo que no, que cuando se pusiese unas amapolas en la boca. El vaquero estaba escondido en los helechos; salió y cogió a Cristina de una mano. La jarra de leche la dejaron en el suelo. Después él le llevó

la jarra un largo trecho. Ella iba contenta, muy contenta, y saltaba como una cabra, pero cuando llegó a la casa le corrió un escalofrío por la espalda y se quedó muy pensativa: le pareció ver en todos los ojos como una mirada de malicia...
El señor marchaba a la ciudad y mandó ensillar su yegua. La señora —ahora que su marido no estaba para ayudarle a mantener el orden— habría de redoblar su vigilancia, porque estas criadas no son otra cosa que unas casquivanas, y estos jornaleros no pasan de ser unos sinvergüenzas la mayor parte de las veces. Pero Cristina, por la noche, quería salir a oler la madreselva con el otro, con el leñador, con el que sale vistiéndose para no perder tiempo cuando oye cantar al cuclillo. ¡Se está tan bien apoyada en su hombro, mirando para la luna en el mirador!
Margarita tampoco se quedaría acostada; cierto es que no estaba el señor, pero... El señor cuando volviese de la ciudad le traería tela de flores rojas para un vestido; ya se lo había ofrecido. Esperanza es la que saldría a escondidas, como siempre. Los grillos cantan ocupando toda la noche, pero tan seguido y tan igual que a veces se acostumbra uno y parece como si no los oyese, como si su canto fuera el sonido del silencio.
El médico ató su caballo a un castaño y se fue derechito hasta la casa. Contó: uno, dos, tres, cuatro..., pero como la noche era muy oscura se equivocó. Dio unos golpecitos con los dedos sobre el cristal: «¡María!...». No levantaba mucho la voz, porque no hacía falta; ella tenía buen oído.
La señora se extrañó de que llamasen a su balcón. «¡María!...». Abrió los cristales y un hombre se descolgó en su habitación. «¿Ves cómo es éste el mejor sitio?» La señora no decía nada, porque quería ver hasta dónde el médico iba a parar. Ella rechazaba con sus cinco senti-

dos aquella situación —¡No faltaría más!— y, sin embargo... Las tres potencias del alma la pusieron sobre aviso, pero el demonio de la carne... Lo notó y se dijo horrorizada: «¿Qué es esto?». No, no era posible; ella sólo quería saber hasta dónde iba a llegar el médico en su osadía.

En la habitación de al lado, la señorita se estremecía dentro de su camisón. Su cabecita trataba de desechar los falsos temores. «¡No habrá podido venir!», se decía, Cristina, cogida del brazo del leñador, miraba para la luna en el mirador, apoyados sobre la olorosa madreselva... Margarita se había puesto a pasear por delante del pabellón. Estuvo dando vueltas arriba y abajo lo menos diez minutos; después decía al panadero: «Si no hubieras llegado a tiempo, a estas horas estaría acatarrada. ¡Está tan fría la noche!».

El médico se dio cuenta en seguida de que se había equivocado. «No sé —dijo a la señora— cómo he podido estar tanto tiempo... ¿No oirá nuestra conversación vuestra hija? ¡Quién sabe si no pensaría algo malo! No sé cómo he podido estar tanto tiempo sin advertiros. En realidad, es un deber de conciencia; yo me decía: ¿dónde podré ver a María para ponerla sobre aviso? E inmediatamente pensé: ¡en su habitación!; por eso al entrar me decía: ¿no ves cómo es éste el mejor sitio? Pues sí, como os decía: en realidad es un deber... Vuestro marido...» «¿Mi marido?» «Sí, vuestro marido...» «¿Qué?» «Pues eso.» El médico inventó una fábula, porque nada sabía. Culpó a Cristina... «¡Yo los vi!», llegó a decir cuando se vio muy apurado. Salió otra vez por la ventana, buscó bien esta vez y llamó, un poco impaciente, con los nudillos. Le amaneció en los brazos de su amada.

Su caballo, a fuerza de tirar y tirar, rompió la brida que le sujetaba al árbol y salió disparado como un rayo. La yegua del señor se puso de manos y dio con el señor en tierra.

—¡Bah! —decía el señor desde el borde del camino—. ¡Culpemos a la primavera!

III

El leñador pidió ver a la señora y le dijo: «Señora, quien debe de salir no es Cristina, sino yo. Le ruego que me perdone». Pero Cristina ya había liado su hatillo, hecha un mar de lágrimas, y ya iba sendero abajo, camino de la carretera.
El señor estaba magullado y lo atendía su hija. La señora entró, se sentó muy sonriente a los pies de la cama y dijo que la amiguita del señor iba ya por la carretera. El señor frunció el entrecejo y miró para la maleta, donde traía la tela roja para Margarita. «¿Cómo será posible —pensaba—, si aún no hace diez minutos la vi pasar por el pasillo?» La señora volvió a decir con su risita: «Y me acabo de enterar que el leñador te hacía la competencia...». «¿Quién te lo dijo?» «Él mismo; acaba de estar conmigo.» «No, no digo eso. Digo el nombre de la otra.» «El médico, que estuvo esta noche en mi habitación...» La señorita dejó caer la fuente en que traía el desayuno del señor. Después le dio un ataque de histerismo y hubo que llamar al médico. El señor no quiso verlo y dijo a su mujer: «Pues te engañó miserablemente. No es Cristina, es otra; búscala, si quieres». Y en vista de eso, la señora tampoco quiso poner al médico los ojos encima. «En el fondo, es de confianza», se dijo para tranquilizarse. Y como era de confianza y estaba a solas con la señorita le quitó el ataque de una manera muy original.
El lechero llegó con la gorra en la mano hasta donde

estaba la señora. Tosió un poco y le dijo: «Señora: Cristina es inocente, se lo juro; un servidor...». «¿También?» La señora mandó buscar a Cristina, porque su pensamiento había evolucionado; ahora lo único que era pecado era ser la de su marido; las de los demás... Cristina volvió radiante de alegría y la besó los pies.
Después la señora mandó llamar a Esperanza y le dijo, para ver de sonsacarle algo: «Bueno, Esperanza. Estoy decidida a perdonar, pero tenéis que decirme por qué el señor...». Esperanza se echó a llorar y dijo: «¡Ay, señora! El señorito...». «¿Cómo el señorito?» Al señorito lo cogieron y lo mandaron interno a un colegio, pero por el camino fue rescatado por encargo de su padre, que lo alojó en la casita que había al otro lado del valle. Como a Esperanza la despidió la señora, el señor la encargó del cuidado de su hijo...
Entonces la señora mandó llamar a Margarita y la culpó de conspirar contra la felicidad de su hogar. Margarita dijo —de muy malos modos— que bueno, que dijese lo que quisiera, que ella no le hacía caso, y la señora, en vista de eso, la echó a la calle. Ella se fue a vivir a la aldea, que estaba algo lejos de la casa. Pero cuando el señor se puso bueno se la llevó a la casita del otro lado del valle. Sería conveniente ir pensando en arreglar la casita de una buena vez: había que limpiar toda la casa, que arreglar el jardín. El señor también se fue para allí: así podría vigilar mejor al señorito. La señorita sufría continuas crisis de nervios y el médico la aconsejó que cambiase de aires, que fuera a la casita, por ejemplo. Así podría atender a su viejo padre. El médico la visitaba con frecuencia... ¡Aquellos nervios!

IV

Pasó el tiempo, la primavera también pasó; llegaron los fríos que traen las pulmonías... Cuando enterraron a la señora en el cementerio que hay alrededor de la iglesia, una lluvia que casi no se veía iba calando a los acompañantes.

Estebita, despertador, colondrio, un sueño

Estebita era gramático, un gramático que inventaba palabras a las que la historia —«en su devenir», como decía Cloti, su madre política, que era un loro mastuerzo, un loro verde y colorado— llenaría de sentido a su debido tiempo. «A su debido tiempo» es una frase, una media frase, que pierde su sentido a fuerza de repetirla: «a su debido tiempo, a su debido tiempo, a su debido tiempo...». Pero esto es igual. Casi todo, bien mirado, es igual casi siempre. A su debido tiempo las cosas...
Bueno.
Estebita, cuando inventó la palabra «colondrio» —piececilla en forma de áncora que se ponen los sordos en el corazón— se quiso premiar y se compró un despertador. El despertador de Estebita terminaba en una campana rudimentaria como las capillas románicas.
—Con mi despertador —decía Estebita—, con mi despertador...
Y entonces Estebita, para sacarle el jugo a su despertador, se buscó un quehacer, un menester fuerte, muy fuerte, arrebatador.
—¡Je, je! A su debido tiempo sonará. Y yo me lavaré como un gato, según la vieja tradición de mi familia, y saldré a la calle, tomaré un tranvía, y me presentaré, sonriente, en mi quehacer.
—Buenas, aquí estoy. ¿Le extraña?
El jefe le colmará de satisfacciones y de enhorabuenas.
—Estebita es un funcionario ejemplar —se dirán unos a otros los jefes de negociado, que están por debajo del jefe—, un funcionario modelo, digno de salir en letra de imprenta.

Y Estebita, por dentro, se dirá «colondrio, colondrio, colondrio», que es la llave del éxito: un señor con el ceño fruncido y un dedo apuntando al título. «Colondrio, colondrio». Bien.
Estebita se acostó. Después se puso a contar ovejas: diecisiete mil novecientas treinta y siete, diecisiete mil novecientas treinta y ocho, diecisiete mil novecientas treinta y nueve. Y se durmió.
Una tormenta más bien floja le acompañó en su primer sueño.
—¡Qué ridiculez de rayos! ¡Qué rayos más canijos!
Cloti, la hija de Cloti, le dio en un hombro.
—¿Qué te pasa, Estebita? Despierta, Estebita. ¿Estás impaciente, Estebita?
—Colondrio.
—¿Eh?
—Colondrio.
—¡Ah!
Después, Estebita soñó con praderas verdes, con yeguas madres, con adjetivos esdrújulos, con niños huérfanos, con bosques madereros.
Y a su debido tiempo surgió el despertador. El despertador de Estebita era un despertador niquelado, un despertador rutilante, un despertador lleno de clavijas, de misteriosas clavijas en la espalda.
—¡Qué bien suena mi despertador! ¡Qué gozo de despertador! ¡Qué ilusión!
Y el despertador, mientras Estebita dormía, continuaba latiendo, resoplando, viviendo.
Cloti, hija de Cloti, no podía pegar los ojos. Cloti, hija de Cloti, pensaba así:
«Estebita, yo siempre te amé holgazán; yo te quiero como eres, Estebita, una calamidad, Estebita; un hombre sin despertador, sin quehacer, Estebita; un hombre que se hace el muerto en el sueño, como las señoras

gordas de las playas del sur, Estebita; como las señoras gordas de las playas del norte.»
Pero Estebita, que se había dormido a su debido tiempo, dormía con la cabeza estallante de tictacs.
A las tres y pico Estebita se despertó.
—¿No duermes, Cloti?
—No puedo, Estebita, hijo.
—¡Allá tú!
Y Estebita se volvió a dormir. El despertador sonaría cuatro horas más tarde, a las siete, una hora antes de que Estebita, con su mejor sonrisa, se presentase al jefe para decirle:
—¿Eh? ¿Qué tal? ¿Soy cumplidor o no soy cumplidor?
Cuando el demonio, en forma de cabra montés, le quiso quitar el despertador, Estebita se impacientó.
—¿Eh? ¿Adónde va? ¡Deje usted ahí ese despertador ahora mismo! ¡Ese despertador es mío! ¡Muy mío!
Pero el demonio, ante la justa indignación de Estebita, no insistió:
—Bueno, bueno, bueno; ahí le dejo a usted su despertador. ¡Caray, qué tío! Yo creo que no es para ponerse así. ¡Vamos, digo yo!
Estebita, a las cinco, estaba muertecito de risa. Estebita, a las cinco, soñó que Miss Europa se había quedado sorda y no podía oír su despertador.
—¿Por qué no me recomienda usted a la fábrica de colondrios, Estebita?
Pero Estebita, congestionado con la risa, no podía ni hacerle caso.
A las cinco y media, Estebita pensó:
«Mona sí es. ¡Pero, vamos!»
Cloti, hija de Cloti, no contaba ovejas. Cloti, hija de Cloti, contaba pollitos de incubadora, pollitos recién na-

cidos. Cloti, hija de Cloti, aunque no vivía en situación desahogada, era una muchacha llena de complejos.

—Ciento sesenta y tres mil ochocientos ochenta y seis...

Después, Estebita durmió como una flor, lleno de sobresaltos. Los peores sueños de las flores tienen firmes raíces y forma de rumiante.

—Enciende un poco la luz, Cloti; por favor, ¿me das agua?

Pero algo más tarde, cuando ahora que es el verano los pájaros desayunan en las acacias, Estebita se volvió a dormir.

—¡Qué despertador! ¡Qué gozo de despertador! ¡Qué maravilloso despertador! ¡Parece un despertador del otro mundo! ¡Parece un despertador para uso de ángeles y arcángeles, de querubines y potestades! Dentro de un rato, a su debido tiempo, romperá a tocar el timbre —trin, trin, tirrín...— para anunciarme que son las siete, que me debo levantar. ¡Qué gran invento este del despertador! Seguramente fue inventado por Edison. La humanidad tiene que estar muy agradecida a Edison. Trin, trin, tirrín...

Estebita oía, en su sueño más hondo, un timbre que sonaba como el violín de los valses.

—Miss Europa no puede oír el despertador. No se han inventado los despertadores para los oídos de Miss Europa, que es sorda como una tapia. ¡Je, je! ¡Qué barbaridad, Edison!

Cloti, hija de Cloti, no podía despertar a Estebita. Estebita estaba sumergido, como una murena, en los más misteriosos y acogedores abismos.

—Despierta, Estebita, que ya es la hora.

Y Estebita, sonriendo en los flecos del alma, lo escuchaba todo, todo; pero no podía despertarse.

—Las siete, Estebita; que son las siete.

No, no, no. Era que no. La palabra colondrio había que modificarla. Su significado era aún más misterioso, mucho más misterioso.
Trin, trin, tirrín... Inútil. Esto está visto.
—Estebita.
Ángeles y arcángeles, querubines, serafines y potestades, la lista de los reyes godos, las tres virtudes teologales, los afluentes del Ebro que nace en Fontibre, Santander. Inútil.
—Estebita, hijo...

Estebita no quiso oír hablar más de su quehacer.
—Bueno, déjame en paz; si no tengo quehacer, ¿qué?
Pero Estebita, que era un gramático que inventaba palabras, tenía un despertador, un despertador que no le despertaba, pero que le hacía soñar con los peores sueños de las flores; esos sueños que tienen firmes raíces, poderosas y voluntariosas raíces...

El bonito crimen del carabinero

Cuando Serafín Ortiz ingresó en el seminario de Tuy, tenía diecisiete años y era más bien alto, un poco pálido, moreno de pelo y escurrido de carnes.
Su padre se llamaba Serafín también, y en el pueblo no tenía fama de ser demasiado buena persona; había estado guerreando en Cuba, en tiempos del general Weyler, y cuando regresó a la Península venía tan amarillo y tan ruin dentro de su traje de rayadillo, que daba verdadera pena verlo. Como en Cuba había alcanzado el grado de sargento y como a su llegada a España tuvo la suerte de caerle en gracia, ¡Dios sabrá por qué!, a don Baldomero Seoane, entonces Director General de Aduanas, el hombre no anduvo demasiado tiempo tirado, porque un buen día don Baldomero, que era hombre de influencias en la provincia y aun en Madrid, le arregló las cosas de forma que pudo ingresar en el Cuerpo de Carabineros.
En Tuy prestaba servicio en el Puente Internacional y tal odio llegó a cogerles a los perros, que invariablemente le ladraban, y a los portugueses, con quienes tenía a diario que tratar, que a buen seguro que sólo con el cuento de sus dos odios tendríamos tema sobrado para un libro y gordo. Dejemos esto, sin embargo, y pasemos a contar las cuatro cosas que necesitamos.
Cuando Serafín padre llegó a Tuy, algo más repuesto ya, con el bigote engomado y vestido de verde, jamás nadie se hubiera acordado del repatriado palúdico y enclenque de seis meses atrás. Tenía buena facha, algo chulapa, no demasiados años, y unos andares de picador a los que las personas de alcurnia con quienes hablé me aseguraron no encontrarles nada de marcial, ni siquiera

de bonitos, pero que entre las criadas hacían verdaderos estragos.

Aguntó dos primaveras soltero, pero a la tercera (como ya dice el refrán, a la tercera va la vencida) casó con la criada de doña Basilisa, que se llamaba Eduvigis; doña Basilisa, que en su ya largo celibato gozaba en casar a los que la rodeaban, acogió la boda con simpatía, los apadrinó, con don Mariano Acebo, subteniente de carabineros y comandante de uno de los puestos; les regaló la colcha y les ofreció, solemnemente, dejar un legado para que estudiase la carrera de cura uno de sus hijos, cuando los tuviesen. Así era doña Basilisa.

Al año corto de casados vino al mundo el primer hijo, Serafín, que no es éste del que vamos a hablar, sino otro que duró cuatro meses escasos, y al otro año nació el verdadero Serafín, que, aunque por la pinta que trajo parecía que no habría de durar mucho más que el otro, fue poco a poco creciendo y prosperando hasta llegar a convertirse en un mocito. Tuvieron después otro hijo, Pío, y dos hijas gemelas, Isaura y Rosa, y después se mancó el matrimonio porque Eduvigis murió de unas fiebres de Malta.

Como Serafín, hijo, entró de dependiente en «El Paraíso», el comercio de don Eloy «el Satanás», donde tenía fijo un buen porvenir, el padre pensó que lo mejor habría de ser aplicar el legado de doña Basilisa, cuando llegase, a su segundo hijo, que aún no se sabía qué habría de ser de él y a quien parecía notársele cierta afición a las cosas de iglesia.

Pío parecía satisfecho con su suerte y ya desde pequeño se fue haciendo a la idea de la sotana y la teja para cuando fuese mayor; Serafín, en cambio, parecía cada hora más feliz en su mostrador despachando cobertores, enaguas y toquillas a las señoras, o tachuelas, piedras de afilar y puntas de París, a los paisanos que bajaban de las aldeas, y jamás pudo sospechar lo que el destino le tenía guardado para cuando el tiempo pasase.

Había conseguido ya Serafín ganarse la confianza del amo y un aumento de quince reales en el sueldo, cuando doña Basilisa, que era ya muy vieja, se quedó un buen día en la cama con un resfriado que acabó por enterrarla. Se le dio sepultura, se rezaron las misas, se abrió el testamento, pasó a poder de los curas el legado para la carrera de Pío, y éste entró en el Seminario.

Serafín, padre, estaba encantado con la muerte de doña Basilisa, porque pensaba, y no sin razón, que había llegado como agua de mayo a arreglar el porvenir de sus hijos, lo único que le preocupaba, según él, aunque los demás no se lo creyeran demasiado.

Con Serafín en la tienda, Pío estudiando para cura y las hijas, a pesar de su corta edad, de criadas de servir, las dos en casa de don Espíritu Santo Casáis, el cónsul portugués, Serafín, padre, quedaba en el mejor de los mundos y podía dedicar su tiempo, ya con entera libertad, al vino del Rivero, que no le desagradaba nada, por cierto, y a Manolita, que le desagradaba aún menos todavía y con quien acabó viviendo.

Pero ocurre que cuando el hombre más feliz se cree, se tuercen las cosas a lo mejor con tanta rapidez que, cuando uno se llama a aviso para enderezarlas, o es ya tarde del todo, como en este caso, o falta ya tan poco que viene a ser lo mismo. Lo digo porque con la muerte del seminarista empezó la cosa a ir de mal en peor, para acabar como el verdadero rosario de la aurora; sin embargo, como de cada vida nacen media docena de vidas diferentes y de cada desgracia lo mismo pueden salir seis nuevas desgracias como seis bienaventuranzas de los ángeles, y como de cierto ya es sabido que no hay mal que cien años dure, si bien podemos dar como seguro que el carabinero esté tostándose a estas fechas en poder de

Belcebú, como justo pago a sus muchos pecados cometidos, nadie podrá asegurar por la gloria de sus muertos que las dos hijas y el hijo que le quedaron no hayan tenido un momento de claridad a última hora que les haya evitado ir a hacer compañía al padre en la caldera.

El pobre Pío agarró una sarna en el Seminario que más que estudiante de cura llegó a parecer gato sin dueño, de pelado y carcomido como le iba dejando; el médico le recetó que se diese un buen baño, y efectivamente se acercó hasta el Miño para ver de purificarse aunque, sabe Dios si por la falta de costumbre o por qué, lo cierto es que tan puro y tan espiritual llegó a quedar, que no se le volvió a ver de vivo; el cadáver lo fue a encontrar la Guardia Civil al cabo de mucho tiempo flotando, como una oveja muerta, cerca ya de La Guardia.

Cuando Serafín se enteró de la muerte del hijo, montó en cólera y salió como una flecha a casa de las hermanas de doña Basilisa, de doña Digna y doña Perfecta.

Cuando llegó habían salido a la novena, y en la casa no había nadie más que la criada, una portuguesa medio mulata que se llamaba Dolorosa y que lo recibió hecha un basilisco y no le dejó pasar de la escalera; Serafín se sentó en el primer peldaño esperando a que llegasen las señoritas, pero poco antes de que esto sucediera, tuvo que salir hasta el portal porque Dolorosa le echó una palangana de agua, según dijo a gritos y, después de echársela, porque le estaba llenando la casa de humo.

En el portal poco tiempo tuvo que aguardar, porque doña Digna y doña Perfecta llegaron en seguida; él les salió al paso y nunca enhorabuena lo hubiera hecho, porque las viejas, que en su pudibundez en conserva estaban más recelosas que conejo fuera de veda, en cuanto que olieron el olor de tabaco, empezaron a persignarse y en cuanto que adivinaron un hombre saliéndoles al encuentro, echaron a correr pegando tales gritos, que mismamente parecieron que las estaban despedazando.

En vano fue que el carabinero tratase de apaciguarlas, porque cada vez que se le ocurría alguna palabra redoblaban ellas los aullidos.

—¡Pero doña Digna, por los clavos del Señor, que soy yo, que soy Serafín! ¡Pero doña Perfecta!

Lo cierto fue que como las viejas, cada vez más espantadas, habían llegado ya a la Corredera y parecían no dar mayores señales de cordura, Serafín prefirió dejarlas que siguiesen escandalizando y marchar a su casa a decidir él solo qué se debiera hacer.

Doña Digna y doña Perfecta aseguraban a las visitas que era el mismísimo diablo quien las estaba esperando en el portal (que rociaron a la mañana siguiente con agua bendita), mientras Serafín, por otra parte, decía a quien quisiera oírle que las dos viejas estaban embrujadas.

Serafín, en su casa, pensó que todo sería mejor antes que renunciar al legado de doña Basilisa, y a tal efecto mandó llamar a su ya único hijo para enterarle de lo que había decidido: que fuese el sucesor del hermano. En un principio, Serafín, hijo, se mostró algo reacio a la idea, que no le ilusionaba demasiado, y recurrió a darle a su padre las soluciones más peregrinas, desde que fuese él quien entrase en el Seminario hasta llegar a un arreglo con los curas para repartirse el legado. El padre, aunque la primera solución la rechazó de plano, pensó durante algunos días en la segunda, que si no llegó a ponerse en práctica fue probablemente por no estar ya por entonces en Tuy don Joaquín, quien se hubiera encargado de arreglar la cosa.

El hijo resistió todavía unos días más; pero, como era débil de carácter y como veía que si no cedía no iba a sacar en limpio más que puñetazos del padre, un buen día, cuando éste veía ya el legado convertido en misas, dijo que sí, que bueno, que sería él quien se sacrificaría si hacía falta, y entró. Tenía por entonces, como ya dijimos, diecisiete años.

Se vistió con la ropa del hermano, que le estaba algo escasa, y por encargo expreso de su padre fue a hacer una visita a doña Perfecta y doña Digna, quienes se mostraron muy afables y quienes le soltaron un sermoncete hablándole de las verdaderas vocaciones y de lo muy necesarias que eran, sobre todo para luchar contra el Enemigo Malo, que acecha todas las ocasiones para perdernos y que, sin ir más lejos, el otro día las estaba a ellas esperando en el portal.

El mocete se reía por dentro (y trabajo le costó no hacerlo por fuera también), porque ya había oído relatar al padre la aventura, pero disimuló, que era lo prudente, aguantó un ratito a las dos hermanas, les besó la mano después y se marchó radiante de gozo con la peseta que le metieron en el bolsillo para premiar su hermoso gesto, según le dijeron. Cuando Dolorosa le abrió la puerta aparecía compungida, quién sabe si por la ducha que le propinara pocos días atrás al padre de tan ejemplar joven.

Los primeros tiempos de Seminario no fueron los más duros y momento llegó a haber incluso en que se creyó con vocación. Lo malo vino más tarde, cuando empezó a encontrar vacías las largas horas de su día y a echar de menos sus chácharas tramposas con las compradoras y hasta los gritos de «el Satanás». Empezó a estar triste, a perder la color, a desmejorar, a encontrar faltos de interés el Latín y la Teología...

Miraba correr las horas, desmadejado, arrastrando los

pies por los pasillos o dormitando en las aulas o en la capilla, y a partir de entonces cualquier cosa hubiera dado a cambio de su libertad, de esa libertad que tres años más tarde había de recuperar.
El padre se seguía dando cada vez más al vino y tenía ya una de esas borracheras crónicas que le llenan a uno el cuello de granos, la nariz de colorado y la imaginación de pensamientos siniestros. Fue también a visitar a las hermanas de doña Basilisa, sacaron ellas su conversación favorita —la del demonio del portal—, y aunque Dolorosa podía echarlo el día menos pensado todo a perder contando lo que sabía, se las fue él arreglando de forma de sacarles los dineros, a cambio de su protección y gracias a los demonios que hacía aparecer para luego espantar, y tan atemorizaditas llegó a tenerlas que acabó resultándole más fácil hurgarles en la bolsa que echar una firma delante del comisario a fin de mes.
Pasó el tiempo, seguían las cosas tan iguales las unas a las otras que ya ni merecía la pena hacerles caso, doña Perfecta y doña Digna eran más viejas todavía...
Serafín, padre, iba ya todas las tardes a casa de las viejas, donde le daban siempre de merendar una taza de café con leche y un pedazo de rosca, y allí se quedaba hasta las ocho o las ocho y media, hora en que las hermanas se iban a cenar un huevito pasado y él se marchaba, después de haberse desprendido de sus consejos contra el demonio, a la taberna de Pinto, donde esperaba que le diera la hora de cenar.
En el figón de Pinto se hizo amigo de un chófer portugués que se llamaba Madureira y que llevaba un solitario en un dedo del tamaño de un garbanzo y tan falso como él. Madureira era un hombre de unos cuarenta y cinco años, moreno reluciente, con los colmillos de oro y con toda la traza de no tener muchos escrúpulos de

conciencia ni pararse demasiado en barras. Vivía emigrado de su país —según decía, por ser amigo de Paiva Couceiro—, y como el hombre no se resignaba a vivir como un cartujo, sino que le gustaba tener siempre un duro en el bolsillo, se buscaba la vida como mejor Dios, o probablemente el diablo, le diera a entender.

Serafín le veía con frecuencia en casa de Pinto, hablando siempre a gritos ante un coro de jenízaros que le miraban embobados, y aunque al principio no sentía por él ninguna atracción, ni siquiera curiosidad, por eso quizá de ser portugués, al final, como siempre ocurre, empezó a saludarlo, primero una vez en Puente Caldetas, donde coincidieron una tarde, después, en Tuy, por la calle, y por último en el figón, donde se encontraban todas las noches.

Al Madureira le llamaban por mal nombre «Caga n'a tenda», porque, según los deslenguados, le habían echado de la botica de don Tomás Vallejo, donde en otro tiempo prestara sus servicios, por haberle cazado el dueño haciendo sus necesidades debajo del mostrador, y tan mal le parecía el mote y tan fuera de sus cabales se ponía al oírlo, que en una ocasión y a un pobre viajante catalán, que no sabía lo que quería decir y debió creerse que era el nombre, le arreó tal navajazo en los vacíos y en medio de una partida de tute, que de no haber querido Dios que el catalán tuviese buena encarnadura y curase en los días de ley, a estas horas seguiría «Caga n'a tenda» encerrado en una mazmorra y más aburrido y más harto que una mona.

El Madureira y Serafín acabaron siendo amigos, porque en el fondo estaban hechos tal para cual, y la amistad, que fue subiendo de tono poco a poco y desde la noche en que los dos se sorprendieron, al mismo tiempo, haciendo trampas en el juego y se miraron con la misma mirada de cómplices, quedó sellada definitivamente con el más duradero de los sellos: el miedo de cada uno a la palabra del otro.

Desde aquel día, y sin que mediase palabra alguna de acuerdo, se consideraron ya como socios y empezaron a hablar de sus turbios manejos con la mayor confianza del mundo.

El Madureira enteró a Serafín de sus dos inmediatos proyectos, y como a éste le parecieron bien, dieron ya el golpe juntos. El cartero Telmo Varela se quedó sin las sesenta pesetas que llevaba para pagar un giro, y al cobrador de la línea de autobuses le arrearon una paliza tremenda por no querer atender a razones y entregarles las ciento diez pesetas que llevaba camino de la Administración.

A Serafín le encantó la disposición del Madureira y su buena mano para elegir la víctima, y como ni el cartero ni el cobrador pudieron reconocer a los que les llevaron los dineros, se frotaba las manos con gozo pensando en los tiempos de bonanza que le aguardaban con los cuartos de los demás.

Se repartieron las ganancias con igualdad, diecisiete duros cada uno, porque el Madureira en esto presumía de cabal, y siguieron planeando y dando pequeños golpes afortunados que les iban dejando libres algunas pesetas.

El Madureira, sin embargo, ansioso siempre de volar más alto y de ampliar el negocio, acosaba constantemente a Serafín para animarlo a dar el golpe gordo que había de enriquecerlos: el atraco a doña Perfecta y doña Digna, quienes, según era fama en el pueblo, guardaban en su casa un verdadero capital en joyas antiguas y peluconas.

A Serafín le repugnaba robar a las viejas a quienes visitaba todas las tardes y quienes encontraban en él un valedor contra el demonio, porque en el fondo todavía

le quedaba una llamita de conciencia; pero como «Caga n'a tenda» era más hábil que un rayo, y como acabó metiéndole miedo con no sé qué maniobra infalible que tenía en su mano para ponerlo, sin que pudiera ni rechistar, en manos de la Guardia Civil, acabó por ceder y por resignarse a planear el asunto, aunque desde el primer momento puso como condición no tocar ni un pelo de la ropa a las viejas, pasase lo que pasase.
Efectivamente, tomaron sus medidas, hicieron sus cálculos, echaron sus cuentas, dejaron que pasase el tiempo que sobraba, y un buen día, el día de San Luis, rey de Francia, dieron el golpe: el golpe gordo, según decía Madureira.
La cosa estaba bien pensada; Serafín iría como todas las tardes, tomaría su taza de café con leche y les hablaría del demonio, y Madureira llamaría a la puerta preguntando por él; subiría —con la cara tapada— y amenazaría a las dos viejas con matarlas si gritaban; Serafín haría como que las defendía, y entre los dos, se las arreglarían para encerrarlas en un armario ropero que estaba en el pasillo y de donde las sacaría Serafín, muy compungido, al final de todo.
Sólo quedaban dos problemas por resolver: la mulata Dolorosa y el interrogatorio que le harían a Serafín. A la primera acordaron ponerle una carta dos días antes desde Valença do Miño, diciéndole que fuese corriendo, que su hermana Ermelinda se estaba muriendo de lepra, que era lo que le daba más miedo, y en cuanto al segundo decidieron, después de mucho pensarlo, que lo mejor sería dejarlo atado y amordazado, y que dijese al juez, cuando le preguntase, que los ladrones eran dos; las viejas tendrían que resignarse a quedar encerradas en el armario, pero no se iban a morir por eso.
Tal como lo pensaron lo hicieron.

Cuando doña Digna le abrió la puerta a Serafín, tirando de la cadenita que iba todo a lo largo de la escalera, creyó oportuno disculparse:
—¡Como Dolorosa no está! ¿Sabe?
—¡Ah! ¿No?
—¡No! ¡Como tuvo que ir a Valença a la muerte de su hermana!
—¿Ah, sí?
—¡Sí! Que la pobre está a la muerte con la dichosa lepra, ¿no lo sabía?
—¡Ni una palabra, doña Digna!
—Es que no somos nada, Ortiz, ¡nada! ¡Sólo aquellos que se preparan para el servicio del Señor!...
A Serafín le dio un vuelco el corazón en el pecho al oír aquellas palabras, porque le vino a la imaginación la figura del hijo. Era extraño, él no era un sentimental, precisamente, pero en aquel instante poco le faltó para salir escapando. Estaba como azorado cuando se sentó enfrente de las viejas, como todas las tardes, y delante de su taza de café con leche; una taza sin asa, honda y hermosa como la imagen de la abundancia.
Doña Digna continuó:
Ya ve usted, Ortiz. ¡Quién había de pensar en lo de la pobre Ermelinda!
—¡Ya, ya!
—¡Pobre!...
Serafín no sabía qué hacer ni qué decir. Se azaró, se quemó con el café con leche, que no había dejado enfriar, tosió un poco por hacer algo...
Doña Digna seguía:
—Ya ve usted, ¡no puede una estar tranquila!
Doña Perfecta, que hacía media debajo de la bombilla, se pasaba la tarde dando profundos suspiros, como siempre.
—¡Ay!

Doña Digna volvía a coger por los pelos el hilito de la conversación.

—Y como una ya no es ninguna niña... Créame usted, Ortiz; algunas veces me da por pensar que Dios Nuestro Señor es demasiado misericordioso con nosotras... Que nos va a llamar, de un momento a otro, al lado de nuestra pobre Basilisa...

Serafín tenía miedo, un miedo extraño e invencible, como no había tenido nunca... Pensaba, para darse valor:

«¡Mira tú que un carabinero con miedo!», pero no conseguía ahuyentarlo. Serafín iba perdiendo aplomo, confianza en sí mismo... ¡Como Madureira no tuviese mayor presencia de ánimo!

Doña Digna no callaba.

—Y después el demonio, con sus tentaciones... ¡En el nombre del Padre, y del Hijo, y del Espíritu Santo, amén Jesús! Dicen que también los grandes santos sufrieron de tentaciones del Enemigo, ¿no cree usted?

Serafín parecía como despertar de un sueño profundo.

—¡Ya lo creo! ¡Y qué tentaciones; da horror sólo pensarlo!

Doña Digna empezaba a sentirse feliz. Ortiz, ¡sabía tantas cosas del demonio!

—¿Y recuerda usted alguna, Ortiz? ¡Usted siempre se acordará de alguna!

Serafín tenía que hacer un gran esfuerzo para hablar.

—¡La de San Pedro!

—¿San Pedro también?

—¡Huy, el que más!

—¿Y qué San Pedro era? San Pedro Apóstol, San Pedro Nolasco...

—¡Qué preguntas! ¡Qué San Pedro va a ser! Pues... ¡San Pedro!

—¡Claro! Es que una es tan ignorante...

Doña Perfecta, debajo de la bombilla, volvía a suspirar.
Doña Digna seguía acosando a preguntas sobre el demonio a Serafín. Y Serafín hablaba, hablaba, sin saber lo que decir, arrastrando las palabras, que a veces parecían como no querer pasar de la garganta, sin atreverse a mirarla, hosco, indeciso... Pensó despedirse y no volver a aparecer por allí; un secreto temor a «Caga n'a tenda», un secreto temor que sin embargo no quería confesarse, le obligaba a permanecer pegado a la silla. Tuvo una lucha interna atroz; su vida, toda su vida, desde antes aún de marcharse a Cuba, se le aparecía de la manera más absurda y caprichosa, sin que él la llamase, sin que hiciera nada por recordarla, como si estuviese en sus últimos momentos...
Se acordó del general Weyler, pequeñito, valiente como un león, voluntarioso, cuando decía aquellas palabras tan hermosas de la voluntad.
Pensó ser valiente, tener voluntad.
—¡Bueno, doña Digna! ¡Usted me perdonará!
Sentía vergüenza de permanecer allí ni un solo instante más.
—Hoy tengo que hacer en el Puente. ¡Mañana será otro día!
—¡Pero, hombre, Ortiz! ¡Ahora que me estaba usted instruyendo con su charla!
—¡Qué quiere usted, doña Digna! El deber...
—Pero, bueno, unos minutos más... Espere un momento; le voy a dar una copita de jerez. ¿O es que no le gusta el jerez?
—No se moleste, doña Digna.
—No es molestia, ya sabe usted que no es molestia, que se le aprecia...
Doña Digna fue hacia el aparador; andaba buscando una copita cuando sonó la campanilla, ¡tilín, tilín!

Doña Digna se incorporó.
—¡Qué extraño! ¿Quién será a estas horas?
Doña Perfecta volvió a suspirar:
—¡Ay!
Después dijo:
—¡Quién sabe si serán las del registrador! ¡Mira que no estar Dolorosa!...
Serafín estaba mudo de terror. Se sobrepuso un poco, lo poco que pudo, y dijo con menos voz que un agonizante:
—No se moleste, doña Digna; yo abriré.
Sus pasos resonaban sobre la caja de la escalera como sobre un tambor: bajó lentamente, casi solemnemente, apoyándose en el pasamanos. Doña Digna oyó los pasos y le gritó:
—¡Ortiz, puede usted usar el tirador! ¡Está ahí mismo!
Serafín no contestó. Estaba ya ante la puerta sin saber qué hacer; hubiera sido capaz de entregar su alma al demonio por ahorrarse aquellos segundos de tortura.
Arrimó la cara a la puerta y preguntó, todavía con una leve esperanza:
—¡Quién!
—¡Abre! ¡Ya sabes de sobra quién soy!
—¡No abro! ¡No me da la gana de abrir!
—¡Abre, te digo! ¡Ya sabes, si no abres!
Serafín no sabía nada, absolutamente nada; pero aquella amenaza le quebró la resistencia; aquella resistencia fácil de quebrar porque estaba más en las manos que en el corazón. «Caga n'a tenda» le tenía dominado como a un niño, ahora se daba cuenta...
Abrió. «Caga n'a tenda», contra lo convenido, no traía la cara tapada; se le quedó mirando fijamente y le dijo, muy quedo, con una voz que parecía cascada por el odio:

—¡Hijo de la grandísima!... ¡Ni eres hombre, ni eres nada! ¡Tira para arriba!
Serafín subió; iba en silencio, al lado del portugués, y los pasos de ambos sonaban como martillazos en sus sienes. Doña Digna preguntó:
—¿Quién era?
Nadie le contestó. Se miraron los dos hombres; no hizo falta más. «Caga n'a tenda» miraba como debieron mirar los navegantes de la época de los descubrimientos; en el fondo era un caballero. Serafín Ortiz...
«Caga n'a tenda» llevaba un martillo en la mano; Serafín cogió un paraguas al pasar por el recibidor.
Doña Digna volvió a preguntar:
—¿Quién era?
«Caga n'a tenda» entró en el comedor y empezó un discurso que parecía que iba a ser largo, muy largo.
—Soy yo, señora; no se mueva, que no le quiero hacer daño; no grite. Yo sólo quiero las peluconas...
Doña Digna y doña Perfecta rompieron a gritar como condenadas. «Caga n'a tenda» le arreó un martillazo a doña Digna y la tiró al suelo; después le dio cinco o seis martillazos más. Cuando se levantó le relucían sus colmillos de oro en una sonrisa siniestra; tenía la camisa salpicada de sangre...
Serafín mató a doña Perfecta; más por vergüenza que por cosa alguna. La mató a paraguazos, pegándole palos en la cabeza, pinchándole con el regatón en la barriga... Perdió los estribos y se ensañó: siempre le parecía que estaba viva todavía. La pobrecita no dijo ni esta boca es mía...
Saquearon, no todo lo que esperaban, y salieron escapando.

Serafín fue a aparecer en el Monte Aloya, con la cabeza machacada a martillazos. De «Caga n'a tenda» no volvió a saberse ni una palabra.

El revuelo que en el pueblo se armó con el doble asesinato de las señoritas de Moreno Ardá, no es para descrito.

Claudius, profesor de idiomas

I

Me dio un vuelco el corazón cuando supe que Claudius, profesor de idiomas, era mi viejo y entrañable amigo de los meses de Rotterdam, Claudius van Vlardingenhohen, a quien yo en un tiempo tanto quise y admiré.
A Claudius lo conocí en Rotterdam, precisamente, el año 34, con motivo de una reunión de veterinarios a la que fui invitado por su presidente, M. Paul Antoine de l'Aparcerie, un bretón calvo y ventrudo, que era amigo de mi familia y había sido socio industrial de un tío mío en no sé qué contrabando por los campos del Miño.
Claudius estaba de permiso y se pasaba el día deambulando para arriba y para abajo, las manos en los bolsillos del abrigo y la cabeza descubierta. Recuerdo que la primera vez que lo vi, ensimismado y casi sonriente, fue en el puerto, mirando cómo descargaban unas cajas del «Monte Athos», un vapor griego, sucio y lleno de mataduras, que venía de Bremen. Yo hubiera jurado que era un profesor de Ética o de Literatura; no sé por qué, pero me parecía que sus noches deberían estar dedicadas al estudio y a la lucubración. Cuando me dijeron que era el verdugo de Batavia, en las Indias Neerlandesas, sacudió todo mi cuerpo una extraña sensación entre chasco, desilusión y sorpresa.
—¿Es ése?
—Sí, señor; pero es afable y dulce, ya verá usted. Por los españoles siente una gran admiración; yo le oí, hace ya años, una conferencia en La Sorbona y pude perca-

tarme bien a las claras. La tituló..., no recuerdo bien...,
algo así como «Aportación al conocimiento de los espesores de la piel del cuello en la especie humana», y
de ustedes hizo un cumplido elogio. Verá, venga, que
se lo presente.

Su sonrisa era clara como una fuente, su bigote intentaba vanamente dar a su faz un aire misterioso, y sus
ojos, de un azul purísimo, tenían un inefable aire de
nostalgia; parecían los ojos de un joven poeta marinero que hubieran quedado clavados, con su corazón,
en cualquier punto de los lejanos mares del Sur.

—La vida, amigo mío —me dijo a renglón seguido de
la presentación—, está toda ella rebosante de amargas
decepciones.

—Cierto —le respondí sentenciosamente y no muy convencido.

—¡Y tan cierto! Ya ve usted, hace un rato yo me decía: «Claudius, si sabes de dónde viene este barco te
compro medio kilo de salchichas», y me respondía por
lo bajo: «De Liverpool». Pues ya ve usted, pregunto
finamente a un marinero: «¿Verdad que vienen ustedes de Liverpool?», y me responde con sequedad: «¡No!
¡De Bremen!», ¿usted cree que esto es justo?

—No.

—Naturalmente que no.

Claudius se quedó un instante parado mirando para el
barco; su ademán era más misericordioso que solemne,
más humilde y apabullado que retador y colérico.

—¿Ve usted aquel marinero de la camisa blanca que
cojea un poco?

—Sí, señor.

—¡Pues ése fue!

—Es terrible.

—Ya lo creo. Pero no para ahí todo. Después de mi
fracaso quise reivindicarme y me dije: «Claudius, si

aciertas lo que va dentro de las cajas te compro medio kilo de salchichas».
—¿Otro?
—No, señor; el mismo. Yo entonces murmuraba para mí: «Esas cajas llevan maquinaria agrícola». Pregunté y, efectivamente, las cajas no llevaban maquinaria agrícola; llevaban lavabos. Creí desesperar.
Claudius mostraba, todo él, un gran abatimiento. Yo traté de reanimarle.
—Amigo Claudius —le dije—, le regalo a usted medio kilo de salchichas.
—No —me respondió con los ojos llenos de lágrimas—, no puedo decir que sí. Tendría que ofrecerle algo mío a cambio, y usted no aceptará. Tendría al menos que acertar en algo, que complacerle en alguna cosa.
—Véngase usted conmigo.
—¿A dónde?
—A la sesión de esta tarde del Congreso de veterinarios.
—No puedo, amigo mío, y créame que lo siento; con gran dolor de mi corazón me veo obligado a decirle a usted que no puedo. Usted habrá podido observar que no le mentía cuando le aseguraba que la vida está toda ella...
—¡Llena de amargas decepciones!
—Exacto.
—¿Y a usted le violentaría mucho...?
—¿Acompañarle? ¡Espantosamente!
—¿Ni aun a cambio de medio kilo de salchichas?
—Ni aun así, amigo mío. Estuve una vez en el Congreso y creí morir. Yo, ¿sabe usted?, soy nacionalista, ferozmente nacionalista. Para mí no hay nada mejor, ni más bello, ni más grande que mi dulce país. Donde esté un buen queso holandés, que se quiten de en me-

dio la muralla de China, o la raza de guerreros de la Marca de Brandeburgo, o las glorias de Napoleón Bonaparte o, ¡perdone usted!, la catedral de Santiago de Compostela o las corridas de toros. Cuando empiezo a hablar de esto —dijo bajando la voz— no hay quien me pare; procuraré ser breve esta vez. Como le decía a usted, yo soy nacionalista. ¿Usted cree que hago mal?
—No, señor; hace usted perfectamente.
—Eso creo yo. Pues bien: ese es el motivo. Yo no puedo ir al Congreso, porque enfermo. Yo no puedo tolerar que sobre la mesa de la presidencia se lea en aquella horrorosa pancarta y en cinco idiomas diferentes:

VETERINARIOS DE TODOS LOS PAÍSES,
¡UNÍOS!

Mi amigo Claudius estaba todo él iluminado como las cabezas de los santos en las estampitas.
—Creo honradamente —continuó— que a eso no hay derecho.

II

La segunda vez que lo vi fue en París, aquel mismo año. Me había refugiado en el hall del «Mont Thabor», a oír un poco de español, cuando sentí que me llamaban con unos golpecitos en la espalda.
—¡Hola! ¿Cómo está usted? Yo soy Claudius, ¿no recuerda?, Claudius van Vlardingenhohen.
—¡Sí, hombre! ¿Cómo no voy a recordar? ¡Ya lo creo! ¿Y usted por aquí?

—Ya ve usted, a echar una canita al aire. ¡Rotterdam es tan aburrido!
—¿Pero usted... ha evolucionado?
—¡Ah, no! Entendámonos: decir que Rotterdam es aburrido no significa que sea malo.
—¡Ah, vamos!
—Significa que la vida es apacible, sencilla; una vida de hogar, dulce y patriarcal, hecha para el descanso de los armadores... uno aún es joven, ¡qué caramba!, uno aún está de buen ver. Aquí lo paso muy bien; esto es una ciudad maravillosa. Por algo se llama «La Ville Lumière», ¿no lo cree usted? Los bulevares son de ensueño; el «Bois de Boulogne» es encantador y el «Moulin Rouge», con sus aspas llenas de bombillas, y «Chez Maxim's»...
—¿Usted va mucho al «Moulin» y a «Chez Maxim's»?
—No; no he ido jamás. No me atrevo a entrar; me da la sensación de que todo el mundo se va a quedar mirando para mí. Pero los veo por fuera. ¡Son tan bonitos! Y Notre Dame es monumental, ¿no lo cree usted?
—Sí, sí.
—Y la Tour Eiffel. ¡Eso es un alarde de ingeniería, un verdadero alarde de ingeniería!
Se quedó un instante en silencio. Arrimó una butaca y se sentó.
—¡Oh, París, París! ¡Cómo enloqueces las mentes!
Claudius estaba sentimental. Lleno de entusiasmo como un escolar, parecía más que nunca un profesor de Ética o de Literatura; lo más que se podría sospechar de él es que fuera un profesor de Filosofía del Derecho.
—Yo aquí soy feliz —continuó—; siempre que puedo, hago una escapada a París. Me siento como el pez en el agua. Se nota un indudable sosiego en el espíritu deam-

bulando, como un enamorado, por las orillas del Sena. ¡Se está tan bien, apoyado sobre cualquier puente, viendo pasar las horas y las misteriosas aguas!
Le atajé en su camino.
—¿Usted ha leído mucha literatura francesa?
—¡Mucha; sí, señor! —me respondió con entusiasmo.
—¿A Baudelaire, ha leído usted?
—Sí, a Baudelaire; creo que es genial.
—¿Y a Verlaine?
—También he leído a Verlaine, el único, el inimitable...
Hizo una leve pausa y continuó, casi pensativamente, dejando caer las palabras con una voz ronca y venenosa que me sobrecogió.
—Ese nombre trae a mi mente una serie de bellos y tremendos recuerdos... El ajenjo...
Le interrumpí.
—Habla usted como un poeta, amigo Claudius, como un verdadero poeta maldito.
—¿Lo dice usted de verdad?
—Absolutamente de verdad.
—¡Ah! ¡Es usted muy bueno! ¡España es un hermoso país!
El hombre quería corresponder y me piropeaba indirectamente; cada cual corresponde como mejor le parece, y esa fórmula, a Claudius, probablemente, le parecía inmejorable.
—¿Ha leído usted a Balzac?
—Sí; pero no me gusta; lo encuentro un poco pesado, un poco lento.
—Ya, ya le entiendo.
Mi amigo Claudius había arrimado otro poco su butaca y estaba ya casi encima de mí. Sus ojos le brillaban de gozo. Me miró y volvió súbitamente sobre sus palabras.

—España es un bello país; sí, señor. Se lo digo a todo el mundo.
—Muy galante.
—No; no es galantería, es verdad. Yo siempre lo digo, con ligeras variantes. Unas veces digo España, otras Servia, otras Italia, otras Irlanda... La educación, amigo mío, ¡es algo tan olvidado por los hombres!
—Verdaderamente. ¿Y usted tiene muchos amigos españoles, servios, irlandeses, italianos?
—¡Muchos, sí, señor! Tantos como he conocido. ¡Me agradecían todos de tal manera unas frases sobre sus lejanos países!
—Es que somos todo corazón, amigo Claudius; es que somos unos sentimentales incorregibles, ¿no lo cree usted?
—Hasta cierto punto, amigo mío. Yo creo que si ahondamos un poco, con lo que nos topamos es con que todos tenemos un denominador común; con que todos nos sentimos nacionalistas. Yo tenía un viejo proyecto...
—¡Siga, siga!
—No merece la pena, no tuvo éxito alguno... ¡Pero lo quise tanto!
Claudius tenía la mirada perdida en el vacío. Suspiró profundamente y continuó:
—En fin... ¡Dios lo ha querido!
—¿Y usted proyectaba?
—Yo proyectaba, ¡no se lo diga usted a nadie!, yo proyectaba un gran Congreso al que serían convocados todos los nacionalistas del mundo. Las sesiones tendrían lugar en Rotterdam, que es una hermosa ciudad. El idioma...

III

A los dos meses me lo volví a encontrar por tercera vez. Cruzaba a toda prisa la plaza de la Concordia, saltando como un corzo, acosado por entre los taxis.
—¡Eh, Claudius!
—¡Adiós, adiós! ¡Voy con mucha prisa! ¡Voy a tomar el tren! ¡Vaya a verme; ya sabe: Binnenweg esquina a Crispynlaan! ¡Adiós!
—¡Pero, hombre, pare usted!
—¡No puedo! ¡Voy a tomar el tren!
Mi amigo iba cargado con unos paquetes de libros y accionaba con los codos.
—¡Voy a Rotterdam! ¡Adiós!
—¡Pero espere usted un momento, cuénteme algo!
Claudius pareció reaccionar y se paró a ocho o diez pasos para decirme:
—¿No perderé el tren?
—¡Hombre, no lo sé! Pero, después de todo, ¿qué más le da a usted perder el tren?
Como la faz del cielo cambia, en unos instantes tan sólo, en alta mar, cuando se navega ya por debajo del trópico, así cambió la faz de Claudius en aquella ocasión. Su rostro rubicundo recobró su habitual expresión; sus ojos se clarearon de nuevo y su bigote semejaba estar recién florecido.
—Me alegro de haberle visto, amigo mío —me dijo.
—¿Sí?
—Sí, iba preocupado. Esto de los trenes...
—¿Le da qué pensar?
—¡Espantosamente! Me paso el día echando cuentas. Las 17,50; bien, me pongo a calcular y digo: diecisiete menos doce, cinco; como cada hora tiene sesenta

minutos, son las seis menos veinte. Yo ya me entiendo, pero lo malo es que casi siempre me equivoco.

—Ya veo. Pero no le de usted importancia; véngase conmigo.

—¿Y el tren?

—¿A qué hora sale?

—A las 17,50.

—Todavía tiene usted tiempo de sobra. Son ahora las 15,15.

—¿Qué son?

—Es fácil; las tres y cuarto.

A Claudius se le quitó un peso de encima.

—Si deja usted el viaje le invito a cenar en «Maxim's» —le dije.

Claudius tenía muchas ganas de quedarse. Se lo conocí en la única objeción que se le ocurrió hacerme.

—¡Es usted un demonio tentador! Pero, ¿y el billete?

—Acérquese un momento a la estación y véndaselo a cualquiera.

—¡Hombre, pues es verdad!

—Ande; yo le espero en la cervecería «Jo-Jo».

—No, no corre prisa, me iré con usted; mañana por la mañana con más calma...

—No; tiene que ser ahora. Mañana por la mañana...

Salió corriendo sin dejarme terminar. Iba muerto de risa. Desde lejos me gritó:

—¡Ya he caído! ¡Ya he caído! ¡Ja, ja, ja! ¡Ya he caído! ¡Ya he caído!

A mis pies quedaron dos paquetes de libros. En uno me encontré con las «Noches florentinas» de Heine, los «Pensamientos» y el «Werther» de Goethe, la «Ética» de Kierkegaard y la «Aurora» de Nietzsche; en el otro aparecieron las obras completas de Tagore en ocho tomos, edición inglesa. Cuando regresó de vender su billete, se los devolví.

IV

En enero del 36 me lo encontré en Londres. Lo llevaban detenido por haber intentado bañarse en el Canal de sir George Ducketts, a espaldas del Parque Victoria. Fui a la Embajada, hablé con un diputado de la oposición, pagué una multa de una libra y lo saqué a la calle.
—Ha tenido usted una mala ocurrencia; los ingleses no quieren admitir que a un extranjero se le ocurra una extravagancia.
—Sí, lo reconozco; he estado poco oportuno.
—Sí, muy poco.
Íbamos por la calle de la Escuadra abajo, camino del Puente de Waterloo. La Torre del Temple se recortaba confusa sobre la niebla del río.
—¡Tiempos aquellos! —exclamó.
—¿Cuáles?
—Los del apogeo. ¡Cuántas cosas podría contarnos esa Torre!
Un nimbo siniestro rodeaba el viejo edificio. Claudius se mostraba abatido.
—¡Pobre María Estuardo!
Yo me sentí solemne; no lo pude evitar.
—¡Descanse en paz!
Hacía frío y Londres estaba desapacible. Cruzamos el puente y nos metimos en una taberna de la calleja Tennyson. Una moza con cara de golfa se nos acercó:
—¿Qué quieren tomar?
Claudius la miró a los ojos.
—Tila.
La criada y yo clavamos la vista espantadamente en Claudius. Tardamos unos instantes en reaccionar.

—No tenemos, señor; no la pide nadie. ¿Es usted francés?
—No.
La criada me miraba con aire suplicante.
—¿Usted?
—Cerveza.
—¿Y su amigo? —me preguntó bajando la voz.
—Nada, déjelo usted; está impresionado con la Torre del Temple.
La muchacha se marchó y Claudius levantó los ojos de la mesa.
—Esa mujer me sobrecoge; vayámonos de aquí.
—Pero, hombre, estése usted quieto.
—No puedo, no puedo... ¡Y sin tila!... Cuando me reconozca intentará asesinarme.
—¿Le ha hecho usted algo?
—No, pero me parezco mucho a un novio que tuvo hace cosa de un par de años, en Valladolid. Se llama Gilberto Poch Schneider; su padre era catalán y su madre alemana. Él había nacido en Palencia. «Pura casualidad», solía decir. Sería una historia muy larga de contar.
La criada vino con mi bock, y Claudius volvió a dejar caer la mirada en la mesa, como distraídamente. Se le veía hacer inauditos esfuerzos por conservar la presencia de ánimo.
—¡Ah, John Keats, divino John Keats —murmuraba por lo bajo—, que no me dijiste la oración para este caso!
Yo mandé a buscar un médico. Claudius debía estar muy malo. Su pulso estaba alterado y sus ojos denotaban la fiebre.
La criada nos miraba desde el mostrador y sonreía. Quizá se figurase que Claudius estaba borracho...
Cuando llegó el doctor Twopenny, del Asilo de Luná-

ticos, hubo hacia nosotros un espontáneo movimiento de simpatía en toda la taberna.
La taberna, como ya dije antes, estaba en la calle Tennyson.
Se llamaba «The Toothpick», que en castellano significa «El mondadientes». A su lado había otra que tenía un nombre más bonito, se llamaba «The White Wasp», «La avispa blanca».

V

Ahora me lo encontré en Madrid. Se me ocurrió aprender el alemán y busqué profesor. En la sección de anuncios por palabras de un diario de la mañana, vi uno que me pareció inteligente. Decía así: «Claudius, profesor de idiomas. Conversación a cambio de acompañar comidas». Fui a la agencia; pregunté por el número 2.713 y me remitieron a una pensión de la calle de la Montera.
—¿El señor Claudius?
—Espere usted un momento, está acabando la clase de violín.
—¿Es también profesor de violín?
—No, señor; es alumno.
—¡Ah, ya!
Me senté en un viejo sofá que había en el pasillo. Al otro lado de la casa se oía un violín que interpretaba «Scherezada», de Rimsky, de una manera un tanto fría y desapasionada; peor, desde luego, que Fritz Kreisler, el amigo de la señorita Estrella, la vecina de patio de mi amigo Samuel Amor López, quien me contaba los solos de gramola que su vecina se dio hasta que unos hombres vestidos de huertanos de la vega de Valencia se la llevaron en una caja, escaleras abajo...

El vuelo de mi imaginación me lo cortó la presencia de Claudius.
—¡Hola! —me dijo secamente.
—Pero... ¿Usted?...
—Sí, amigo mío, ¿le extraña?
Me dio un vuelco el corazón en el pecho. No podía creer lo que estaba viendo.
—Pero...
—Sí, sí.
Los dos estuvimos a punto de llorar. Nos abrazamos y pasó sobre nosotros un largo rato de silencio.
—Nihil sub sole novum —me dijo.
—Por Dios, Claudius, no me hable usted así.
Volvimos de nuevo al silencio, un silencio tan embarazoso como consolador.
—Está usted un poco pálido, Claudius.
—Las preocupaciones, amigo; en Batavia, ¡debo tener tanto trabajo atrasado!
La patrona se interpuso entre los dos.
—Señor Claudius, ¿come usted lombarda?

Literary Club

En los salones del Club, de extremo a extremo, rebotando en las cornucopias y en los espejos, enjugándose en las gruesas cortinas de terciopelo, la voz de Salvador Soto adquiría unas sonoridades de insospechado alcance.
—Yo estaba poseído de una intensa y casi santa fiebre, como un bracman en oración. ¡Ah, difícilmente podréis haceros cargo de lo que representa ese estado para un imaginativo como yo! Las ideas afluían a mi mente lentas como los bosques y tiernamente concretas como las mujeres tibetanas...
Debemos advertir, de pasada, que Salvador Soto, aunque en el fondo era un buen muchacho, quizás un poco pelma, adjetivando resultaba un poco pedante e indefinido: tan indefinido y tan pedante, por lo menos, como un intelectual francés. La lentitud de los bosques y la tierna concreción de las mujeres del Tibet quedaba tan vagarosa, tan sin explicar, como si de idéntico modo hubiera calificado a los secretarios de Ayuntamiento o a las escurridizas y digestivas lubinas; es posible que no hubiera hecho falta más que el propósito y el ocurrírsele a tiempo. Seguiría sonriendo con el mismo desprecio, no dudéis...
Salvador Soto seguía perorando.
—...como las mujeres tibetanas, y yo las iba pegando a las cuartillas, una a una, descuidadamente, con esa indolente vehemencia con que —aunque os parezca mentira— son empujadas, al nacer, las obras que perduran. ¡Ah, pero ya es sabido! Pasa el tigre cauteloso lleno de delicados odios, la pérfida y callada serpiente que enfría los latidos del bosque, el monstruoso patriar-

ca que es el elefante, y..., ¿os fijáis bien?, ¡nada ocurre! El bracman continúa su eterna plegaria la ofrenda, fuera del tiempo, de su oración; no se altera ni un solo músculo de su serena faz, y su corazón —aún no acelerado por la descarga de adrenalina que las sensibles glándulas suprarrenales de cualquier humano ya hubieran producido— continúa imperturbable. La fiera teme al fuego de su intenso mirar y acaba por retroceder, invadida del miedo. No lo olvidéis jamás: se teme siempre aquello que podemos referir a nuestra medida, al módulo según el cual regimos nuestras percepciones; tememos las neumonías y las inundaciones, los sabañones y los incendios, las disenterías, las fiebres tropicales o el zarpazo del oso de los hielos; pero no tememos, sin embargo, el final del mundo, las precipitaciones de los astros, o una nueva versión de los ejemplares castigos bíblicos. ¡Nos parece todo tan extraño, tan lejano!
Salvador Soto paseó una mirada de triunfo por toda la tertulia. En aquel momento era intensamente feliz.
—Pero probad ahora a enfrentar al bracman con un liviano, despreciable mosquito; depositad, si no, una diminuta pulga entre sus carnes enflaquecidas por la larga y rigurosa vigilia y su sábana ya rugosa, ya sobada, resobada y manchada por la distante muda. ¿Qué ocurrirá? ¡Ah! Ni uno sólo de los bracmanes de las cuatro castas pudo jamás sufrir en la impasibilidad los embates de los minúsculos enemigos; desazonados, inquietos, impacientes, acaban por moverse. El tigre era lo único que necesitaba para su zarpazo cruel —un levísimo movimiento de aquella hierática fisiología—, y al bracman, don Tancredo de la rumorosa jungla, tienen que acabar los demonios por buscarlo en la panza de la fiera.
Salvador Soto no parecía fatigado; no cabe duda que

en el fondo era un hombre admirable. Cambió de voz para gritar «garçon!», una de sus bromas favoritas con los camareros, y pedir más coñac con seltz, y continuó perorando en medio del sepulcral silencio con que siempre era escuchado.
—Pues bien: a mí me sucedió lo mismo. Todos sabéis la lucha de titanes que con mi propia y violenta personalidad sostengo desde hace tantos años como ya tengo, menos cinco...
Una ligera tos y otra vez la triunfadora mirada del orador paseándose por encima de todas las cabezas.
—...ninguno de vosotros tampoco ignora ese cúmulo de circunstancias que, vanamente, bien es cierto, se obstina en intentar torcer mi inmarcesible destino. ¿Qué se ha conseguido contra mi firme postura? Nada, absolutamente nada. ¡Lo sabéis tan bien como yo! Y, sin embargo, un fútil motivo, una causa cuasi no eficiente...
Otra vez la mirada. ¡Qué noche!
—...logró sacarme de mis casillas con su persistencia.
Salvador Soto, que había estado en París, siguió toda la noche hablando sin cesar. Los que le escuchábamos no nos atrevíamos a interrumpirle y nos íbamos adormeciendo al arrullo de su palabra, monótona y fascinadora como el lejano y sordo rumor del mar. A última hora, cuando se callaba —tampoco él muy seguro de haberse divertido—, nos despertábamos semiinconscientes, como en esas tibias estaciones de madrugada, donde para el tren casi dormido que nos lleva a los lejanos campos familiares.
Al salir a la calle siempre había un miembro de la tertulia que decía al oído de otro, como confidencialmente:
—Estas reuniones son de una gran utilidad. Hay un cambio de impresiones, nos damos a conocer nuestros proyectos...

El otro no le hace caso; con el sombrero calado hasta las orejas, las manos en los bolsillos y el cuello del abrigo subido, otea el horizonte esperando un tranvía, el último tranvía de la noche.

Un cuento en el tren

En los departamentos individuales del «sleeping» —me resisto a emplear el término del tenis, ¡qué quieren ustedes!— se hacen siempre, o casi siempre, descubrimientos realmente importantes. Son muchas las horas que uno se pasa encerrado a solas con el «camouflage» del lavabo, mirándose en el espejo, poniéndose y quitándose el sombrero, chupando pitillos, pidiendo agua de Solares, con la única esperanza —¡la soledad, señora!— de que le sonreían a uno durante algunos instantes; a uno que suele ser huraño, señora, según dicen —decían ¡ay!— aquellas damas encorsetadas y orondas, visita de la familia, que siempre encontraban a uno muy crecido y casi siempre a uno le preguntaban asomándose al oído el agridulce: «¿Qué? ¿Ya con novia?», que tan colorados nos ponía.
Los años pasaron, las señoras también; nosotros crecimos todo lo que nuestro pellejo dio de sí y hoy... ¡Seamos optimistas, señora! Sin duda alguna hoy parece que fue ayer. ¿Y por qué no?
Pues bien; según creo, íbamos en lo de los «sleeping». Sí. Se sacan del bolsillo esas cartas que quedan siempre —quizás en contra de nuestra propia voluntad— sin respuesta, se saca también la vieja estilográfica del tiempo en que las plumas seguían teniendo forma de flauta, y escribe:
Yo tenía una escopeta de caza. Era una escopeta de caza que daba gusto verla, con sus cachas de nácar, su gatillo de plata, sus dos cañones brillantes como la lata... aza... ácar... ata... ata... Bueno, dejémoslo; bien mirado, hasta hace bien, hasta parece algo así como una broma. Sigamos.

Mi escopeta de caza sólo tenía un defecto, un ligero defecto de orden moral; más bien una leve lacra de índole sentimental; con mi escopeta de caza mi papá —¡hace luengos años ya!— mató a mi pobre mamá, que, dicho sea de paso, nunca llevó una vida del todo feliz.

El hombre de la pluma piensa que todo va bien. A lo mejor acabamos de segar —con esa rueda, precisamente, que late debajo de nuestro asiento— el cuello a una criada de Guadalajara, a una criada que notó algún mareo, algún ligero vómito y prefirió —idea bastante generalizada entre criadas— el otro mundo a la deshonra. No importa.

El tren silba mientras uno vuelve a mirarse en el espejo. Ese espejo, casi todos los espejos, se complacen en hacernos mala cara.

Tampoco importa.

Mi papá, que se llamaba Raúl, como cualquier hermano marista francés, cargó con postas, dijo "¡Ahora verás!" y disparó sobre el corazón de mi mamá, que se llamaba Rosalía, como las lavanderas del Tambre.

Mi escopeta de caza, en cambio, se llamaba Juana, como mi niñera. La bautizó mi papá, y yo, temeroso de falsear los designios de los muertos, le conservé el nombre casi, ¿por qué no decirlo?, con devoción.

Mi papá —creo que ha llegado ya el momento de aclararlo— murió hace dos años envenenado por un boticario amigo suyo y dejando en la más negra desesperación a mi antigua niñera Juana.

El tren se para. No sé dónde estamos. Por el pasillo, el mónago crecido del restaurante suena su campanita.

En la mesa hay ya tres señores sentados. Parece ser que, gracias a Dios, no se conocen. El optimismo, sin embargo, pronto se esfuma. Poco dura la alegría en casa del pobre.

143

Uno de los señores me mira fijamente, impertinentemente.

Me dispara:

—¡Usted es C. J. C.!

—Sí, señor.

—Yo he leído algún libro suyo.

—Muchas gracias.

Otro señor me sonríe:

—¿Es usted editor?

—No, señor; debo confesarle a usted con pesar que no soy editor.

—¿Distribuidor?

—No, tampoco.

El señor pone un gesto de asombro.

—¿Entonces...?

Ensayo mi mejor sonrisa, la sonrisa que uso cuando voy de testigo a alguna boda.

—Yo, ¿sabe usted?, soy, ¿cómo decirle?, soy... escritor.

El hombre me mira paternal. Los escritores solemos inspirar una lástima profunda.

—Ahora he leído una novela muy buena.

—¿Sí?

—Sí; «La incógnita del hombre», de Alexis...

—Carrell.

—¡Ah! ¿Usted lo conocía?

Íbamos en Juana. Bien.

Debo confesar que nunca creí a Juana capaz de derramar tantas lágrimas por papá. Decía: "¡Ay, ay, que a Raúl se lo llevó la tierra, ay, ay!". A mí, aunque al principio no me gustó que Juana apease el tratamiento a papá, me pareció ejemplar la imagen de la tierra y el noble sonido de los "¡ay, ay!". En realidad, no era la primera vez que tal cosa oía; la tía religiosa de mi cuñada, un día que fuimos a verla al convento, se pasó la tarde diciendo lo mismo de los amigos que dejó en este mundo y que por entonces vagaban —ya deleitosos, ya atormentados— por los otros.

Levanto la cabeza. Pienso: «El lector de Carrell era un humorista». Esta idea me fatiga; lo mejor será echarse; es ya tarde, tarde para el tren, se entiende.

El pijama debe estar en el neceser. Me quedo desnudo en el departamento. El pijama no está en el neceser. Me miro por última vez en el espejo. No estoy tan delgado, la barriga me hace hasta dos o tres plieguecitos.

Apago la luz; sí, el cuento no empieza mal del todo, esa es la verdad.

La tierra de promisión

I

Todos los piojos de Alvarito el loco tuvieron mucho que aprender de lo que voy a relatar, y aún hoy, a los seis meses, al cabo de tantas generaciones, corre el sucedido por las costuras de la camiseta de Alvarito, de boca en boca de los piojos, como una enseñanza que no conviene olvidar, como una historia que para los tiernos piojitos de mayo construyeron los vetustos piojos de diciembre.
Alvarito tenía muchos piojos. Tenía piojos en la gorra, pequeñitos y color de sangre; tenía piojos en la camisa y en la camiseta y en el calzoncillo, gordos y satisfechos y de color pardo. Los del calzoncillo, que eran guerreros, no se trataban con los de la camisa y la camiseta, que eran agricultores.
Los piojos del calzoncillo llevaban una vida azarosa y todos los días, cuando Alvarito se quitaba los pantalones, tenían ocasión de alardear de sus dotes estratégicas escapando a todo escapar a guarecerse en los más recónditos recovecos de la piel o de la ropa de Alvarito, no por miedo a éste, que era bueno y no les hacía daño, sino por miedo al frío, que los dejaba tiesecitos y duros como un grano de sal.
Los piojos de la camisa, en cambio, vivían tranquilos y apacibles, sin miedo al frío porque —que se recuerde— desde los lejanos tiempos de los primitivos colonizadores, Alvarito no se había quitado jamás la camisa.

II

—¡Ya le digo a usted que no tengo cama...! Las tres que tengo están ocupadas y hasta pasado mañana, por lo menos, no quedará ninguna vacía.
Pero como el señor Jacobo, el comerciante, no iba a dormir en medio de la calle, llegaron a un arreglo con Alvarito para que le dejase un pedacito de su cama.

III

Martínez era un piojo desarreglado y muy revolucionario. No encontraba de su gusto el pellejo de Alvarito y, lejos de conformarse, que era lo que la prudencia aconsejaba, estaba todo el día renegando y decía que no había Dios ni nada. A los piojitos jóvenes no les dejaban andar con Martínez, porque era un demagogo y un desagradecido, y ya sabemos todos lo propensa que es la juventud para dejarse minar por las teorías disolventes.
Martínez quería reglamentarlo todo. Quería que los piojos marchasen todos en la misma dirección; quería repartir las costuras con arreglo al principio de la autodeterminación; quería fiscalizar los cruzamientos para el rápido mejoramiento de su raza de guerreros.

IV

—¡La ocasión ha llegado, camaradas! ¡El señor Jacobo es un terreno virgen por explotar! ¡Es la tierra de promisión que ha llegado a nuestros alcances para que

en ella nos asentemos y en ella organicemos, racionalmente, nuestra vida futura!
Martínez se secaba las gruesas gotas de sudor que corrían por su frente.
—¡No hagáis caso de lo que os dicen esos carcamales del Senado! El agradecimiento... ¿qué es el agradecimiento?, ¿qué tenemos nosotros, piojos libres, que agradecer a ese agotado continente que es Alvarito?

V

Martínez se consolaba de no haber hecho ni un solo adepto con la satisfacción que sentía paseándose a sus anchas por la barriga del señor Jacobo.
—¡Éstos son horizontes! —decía—. ¡Preparémonos para empezar una nueva vida de regeneración!
Y se dejaba deslizar, como si estuviese patinando, por la tersa piel recién conquistada...

VI

El señor Jacobo era un ser de extrañas costumbres. No bien empezó Martínez a explorar el nuevo terreno, el señor Jacobo saltó de la cama y se puso en pie en medio de la habitación, completamente desnudo.
—¡Qué frío! —decía Martínez en voz alta, como para convencerse—. ¡No se ha hecho el mundo para los débiles de espíritu! ¡Quien algo quiere... algo...!
No pudo acabar la frase porque la sangre se le heló en el corazón. Intentó agarrarse con sus patitas al suelo, pero el suelo era liso y resbaladizo y sus pasos no prendían. Quiso aconsejarse serenidad, pero temblaba como si tuviera fiebre.

Estaba sobre una inmensa losa, rosada como la piel, pero lisa como el cristal...
Martínez cerró los ojos. No quiso verse temblar en la hora final y prefirió esperar a que las dos uñas del señor Jacobo, el comerciante, que no iba a dormir en medio de la calle, se encontrasen sobre su cuerpo, esbelto y blanco —¡bien es verdad!—, pero impotente y flaco para oponerse a los designios de la Divina Providencia.

La doma del niño

Dada la finalidad docente de mi trabajillo (inspirado —nada más que inspirado, bien es cierto— por la más consecuente de las antipatías: la que profeso, incansablemente, a todos los cómplices en el fallido —¡loado sea Dios!— asesinato de mi infancia y de mi adolescencia), es por lo que me permito usar esta mecánica monotécnica de maestro de escuela que hoy ofrezco a mis lectores.
Veamos.
El señor profesor. — Señor Cela, don Camilo José... ¡No enrede usted! ¡A ver, demuestre usted su preparación en el tema de hoy! ¡Recítenos la lección!
El señor Cela, don Camilo José, a voz en grito. — Miño, Duero, Tajo, Guadiana...
El señor profesor, interrumpiendo. — ¡Alto, alto! Debería usted comenzar diciendo: «Los ríos de España, si bien no demasiado importantes...». ¿O es que no lo recuerda usted? ¡Es usted un papagayo! ¡Eso, un papagayo!
Esos niños repugnantes que, después, de mayores, son gordos y blancos, sonreían con la sonrisa de ganar puntos de conducta. El señor profesor, animado por su éxito, por ese éxito en el que no debiera dudar, ya que jamás le falla, sigue en su invectiva.
—¡Y un fonógrafo también! ¡Eso, un fonógrafo!
Los niños de los puntos de conducta ríen ahora a carcajadas. A la salida, empezarán a decir que si tal y que si cual y que si patatín, que si patatán. ¡Así es la vida!
A los pocos días, el señor profesor insinúa dulcemente al señor Benítez:

—Señor Benítez, don Federico. Sustracción de números decimales.

El señor Benítez, don Federico. — Para la resta de decimales se han de colocar los datos de modo que correspondan...

El señor Benítez siguió hasta el final diciendo vaciedades. Después paseó su mirada de triunfo por el aula... Le dieron diez puntos. En su recuerdo escribo yo estas líneas. Y las que siguen.

Los pedagogos se distinguen de los que, gracias a Dios, no lo somos todavía, en una serie de detalles evidentes, si bien no numerosos, que podemos enunciar como sigue:

1.º Visten de negro, como los huertanos valencianos y los empleados de las funerarias.
2.º Tienen mayor acidez de estómago que el resto de los españoles, que ya es decir.
3.º No se lavan los dientes.
4.º Escupen salivitas al hablar.
5.º Desearían la muerte, entre horribles tormentos, a los niños a quienes se les ve en la cara que no han de ser gordos y blancos jamás.

Pues bien: un pedagogo, un auténtico pedagogo vestido de luto, con cara de ácido clorhídrico y con los dientes poblados de hongos, algas y líquenes; un pedagogo que al hablarme me hacía recordar mi origen marinero, y en cuya cara veía yo el designio cierto de sus intenciones respecto a mi salud, fue el autor del libro. Estaba radiante en medio del escaparate, con sus tapas de color chocolate y sus apagadas letras góticas verdes; estaba bien situado, a la derecha de un tomito azul en el que se leía:

Capitán Gilson
La salud por el Ejército

y a la izquierda de un volumen en rústica en cuya tapa podía leerse:

Sebastián Izquierdo Amor
La cría del cerdo

Era breve y enjundioso (según me dijeron) y contenía todo un sistema de doma por él inventado y patentado. Los que, como yo, fuimos en nuestros tiernos años domados a palos, más como los caballos de los circos que como los caballos corrientes y molientes, gozábamos de mirar a hurtadillas para el escaparate. Nunca nos atrevimos a comprar un ejemplar; nos daba vergüenza, una vergüenza que no podíamos vencer, la misma vergüenza que nos daría una complicidad equívoca con el librero... Nos conformábamos con sonreír al leer:

Herminio Martínez
La educación de la infancia

porque, aunque habíamos sido muy mal tratados, nos limitábamos, honradamente, a no saludar por la calle a nuestros maltratadores y a compadecer a los que ahora tienen —¡todavía!— la edad que nosotros tuvimos.
Que eso es lo que nos diferencia de los pedagogos, que sienten justamente lo contrario porque es más fácil.

El capitán Jerónimo Expósito

Seamos honrados, señores, pongamos las cartas boca arriba. Yo de mí tengo que decir que no soy hijo de ningún amor, ni siquiera de ese amor no sancionado por la ley del que hablan los periódicos. Soy hijo... ¡Bien! ¿Para qué? No me avergüenza mi origen, no ha sido culpa mía. Sé leer y escribir lo suficiente para pelear y el miedo lo he perdido hace ya muchos años. Me llamó Jerónimo Expósito, como todos sabéis, tengo veintiocho años y soy de aquí, de Almendralejo. He perdido un ojo de la cara por la Patria y dos dedos de la mano por la Guardia Civil; con un ojo y los ocho dedos que me quedan, soy todavía capaz de dejar ciego o manco a cualquiera. Mi proyecto ya sabéis cuál es, echarme al mundo con un puñado de hombres detrás de la gloria y del dinero. Con once hombres me basta, once y yo doce, una docena. El que quiera que se apunte; ya sabe: el nombre, el sitio, los años y el oficio. El que sepa escribir que eche una firma; el que no, que ponga un dedo y una cruz. No quiero sentimentales ni valencianos. Ahí tenéis el papel.
La taberna de Jesús Conejo era estrecha, fría y baja de techo. El dueño, de codos sobre el mostrador, atendía en silencio al discurso del capitán. Su mujer, la Paca, a quien en el pueblo llamaban «Culebra», por mal nombre, se estaba lavando los pies en una tina al fondo de la tienda; silbaba por lo bajo unos compases de una polca que había estado de moda quince años atrás.
En el local no había más luz que una bombilla de veinticinco bujías. Eran ya las diez y media de la noche. El viento silbaba en las ventanas y en el tejado.

En tres o cuatro mesas juntas, un grupo de hombres tenía los ojos clavados en el capitán.

—Ahí tenéis el papel, el que quiera que se apunte. Yo me voy a ver a la Rosa, estaré de vuelta dentro de una hora.

El capitán se marchó, estuvo una hora con la Rosa y, al volver, se encontró la taberna vacía.

Sobre una mesa y sujeta con un vaso, había una lista que decía, con unos caracteres variados, toscos y decididos, lo siguiente:

1. Papiano Grillo Pampín, alias «Grillo», Órdenes (Coruña), 45 años, cantero. Una cruz y un dedo.
2. Claudino Suárez Rey, alias «el Minero». Mieres (Asturias), 20 años, cantero. Firmado.
3. Abilio Palencia, alias «Culo Blando», 33 años, confitero, también sabe de cante y baile. Una cruz y un dedo.
4. José Caudete Caudete, alias «Guerrita», 41 años, dependiente de comercio. Firmado. Es de Jaén, capital.
5 Fulgencio Gómez López, alias «Pincho», Cartagena, 19 años, no tiene oficio. Firmado.
6. Enrique García Escudero, alias «Pernalete», 55 años, porquero, Almendralejo. Una cruz y un dedo.
7. Rafael Heredia, alias «Colmenero», cantador. Firmado.
8. Cipriano Gori Altuna, alias «el Francés», 39 años, Bilbao. Firmado.
9. Carlos Gil Grande, alias «Rabo», 36 años, factor de ferrocarril. Almendralejo. Firmado.
10. José Huelves Tomás, alias «Filete», 30 años, cerrajero. Almendralejo. Firmado.
11. Salustiano Porcano Mediano, alias «Chevrolet», 50 años, mecánico, San Fernando de Jarama (Madrid). Firmado.

El capitán cogió el papel y lo leyó de arriba abajo.

—¡Buena gente!

Sonrió levemente, guardó la lista y se sentó a liar un pitillo. Lo fumó con calma, con parsimonia. El tiempo pasó de prisa y a Jerónimo, dormido sobre la mesa, vino a despertarlo el dueño, Jesús Conejo.

—¡Capitán!

—¿Qué hay?

—¡Pues que me voy contigo!

—¿Y tu mujer?

—Mal.

—¿Mal?

—Sí. Cuando se lo dije se tiró de la cama y se escagarrió en la bacinilla. Después estuvo llorando como una monja. «¿Y el vino, decía, quién va a ir a comprar el vino?» Yo me voy, ¿qué quieres? Cada uno es cada uno, es como Dios lo haya hecho.

El capitán lo miró de los pies a la cabeza y lo apuntó.

—Somos trece, al primero que me gamberree me lo cargo, ¿estamos?

—Estamos.

—¿Sabes de cuentas?

—Sí.

—¿Mucho?

—Bastante, las cuatro reglas.

—¿Y el interés?

—No, el interés no.

—Bueno, es igual. Tú vas a llevar los cuartos y a apuntar lo que se gaste. Cuando quede poco, avisas. ¿Estamos?

—Estamos.

—Y antes pones: «Cuentas del capitán Jerónimo Expósito», ¿entendido?

—Sí.

—Pues así: «Cuentas del capitán Jerómino Expósito», y después puedes poner si quieres, que siempre hace bien: «Las lleva al día Jesús Conejo, por el procedimiento de la partida doble».

El tabernero y el capitán siguieron hablando toda la noche de asuntos administrativos. Los primeros clarores de la mañana los cogieron sobre la mesa, haciendo números.

La Paca sollozaba en la cama.

—¿Y el vino, quién va a ir ahora a comprar el vino?

En la estación, en la lampistería, jugaban al mus «el Rabo», «Chevrolet», «el Grillo» y «Pernalete». «Culo Blando» cantaba por lo bajines unas guajiras del «Niño de Ayamonte». «El Pincho» contaba lo de Isaac Peral al «Guerrita» y al «Minero».

«Colmenero», «el Francés» y «Filete», dormían en unos bancos.

La banda estaba reunida, esperando la orden.

El jefe y el cajero, mano a mano, daban los últimos toques a la empresa.

El violín de don Walter

Había una vez, a lo mejor hace ya muchos años, muchísimos años, un viajero irlandés, comilón, andarín, bebedor y gordinflón, que se llamaba de nombre don Walter.
Don Walter poseía un humor excelente y todas las sabidurías antiguas. Don Walter conocía la ciencia de las estrellas, entendía el lenguaje de los pájaros, sabía tocar el violín y hablaba el español. Don Walter distinguía el chorizo de Burgos del chorizo de Pamplona, los vinos de dos cepas hermanas, los trigos de dos eras separadas tan sólo por un río, los atardeceres de dos días idénticos a una legua tan sólo de camino. Don Walter tenía también unas ansias enormes de descubrir el mundo cada mañana.
Un día, un día cualquiera, llegó hasta la costa de Hendaya y le dijo a un barquero:
—¿Cuánto me llevas por pasarme hasta España?
Y el barquero le respondió:
—Dos pesetas, señor.
Don Walter miró el paisaje de alrededor, miró para el mar azul y las colinas verdes de la tierra, y añadió:
—Bien. Te daré cuatro pesetas si vas despacio, no llevo prisa ninguna, tengo toda mi vida por delante.
El barquero soltó los remos y se puso a hablar con don Walter. Le contó historias de contrabandistas de Irún y de St. Jean de Luz, de alijeros de Fuenterrabía y de Urrugne y de Espelette, de marineros de Pasajes y de Capbreton.
Don Walter desembarcó en la playa de Fuenterrabía. Cogió su macuto, su bastón y su violín y entró en la ciudad. Aquel día hizo tres descubrimientos: la cocina

del aceite de oliva, los niños más alegres, más triscadores, más anárquicos del mundo, y los mendigos como institución. Don Walter llevaba el ánimo dispuesto para rociar las cosas y las personas de ternura, de una infinita ternura.
Tiró por el camino —Fuenterrabía ya casi a las espaldas— y se encontró con un buhonero parlanchín y lleno de resignación.
—Aquí no se saca ni para la cama de la posada. ¿Adónde va usted?
—Voy a San Sebastián.
—Yo también. Haremos el viaje juntos.
El hombre de las baratijas llevaba un paso endiablado. Don Walter casi no podía seguirle. Pensó quedarse sentado en la cuneta, por donde corría un hilito de agua, echarse a dormir debajo de cualquier árbol del campo, pero una fuerza superior le hizo sacar energías de flaqueza, hacer de tripas corazón, y seguir dócilmente, casi con presteza, al primer amigo que la Providencia puso en su primer camino español.
Ya se veían, a distancia aún, las luces de San Sebastián.
Al llegar a la ciudad —la medianoche sonando en las campanas de los relojes de la calle, esos relojes que tanto acompañan, casi siempre, pero que, a veces, tanto desasosiegan—, don Walter y su compañero de etapa se fueron a dormir: una habitación abuhardillada, el hospedaje; dos camas sin hacer, el lecho acogedor, y un aguamanil de hojalata para lavarse la cara al día siguiente. En el fondo de la jofaina, una mosca nadaba, moribunda, en dos dedos de agua sucia. En el suelo, polvo, y en las paredes, mugre. Una conciencia optimista en un cuerpo rendido. Don Walter durmió doce horas de un tirón.
Lo despertó su amigo —a la vuelta ya de una excursión

sobre el asfalto, en pos de las criadas presumidas y de las señoritas con poco dinero—, que se había levantado varias horas atrás, con los gallos del alba.
—¡Arriba, holgazán!
Don Walter inició, no más, una ligera protesta y se levantó. Los dos salieron a la calle.
El vendedor de cintas y de collares, de alfileritos de gruesa cabeza de vidrio de color, de perlas falsas y de culos de vaso engarzados en estaño, de pomadas para las bellas y azules y sonrosados y amarillos papelitos en los que se predice, ¡tan sólo por diez céntimos, señor!, el porvenir, enseñó a su amigo don Walter los Cafés de la ciudad.
—Acuérdate de éste; aquí podrás sacar un durito.
Más tarde, pensando en su marcha, en su caminar de cada día, y ahorrándole, queriéndole ahorrar a don Walter la soledad, el hombre le presentó al irlandés a un guitarrista gitano, el tío Lucas, un viejo bizco que se quejaba, casi sin decirlo, de la situación.
—A ver cómo te portas; es un amigo mío extranjero que no conoce el país y que quiere ganarse la vida tocando el violín.
El viejo casi ni levantó la cabeza.
—Poco puedo hacer... ¡Está todo tan revuelto!
El tío Lucas dejó caer sus palabras con mucha lentitud, diríase las últimas gotas de un grifo que se cierra.
—Ya ves, hoy no he podido ni tomarme una copa de aguardiente.
Lo decía con una amargura profunda, con una amargura de histrión antiguo.
Don Walter pidió aguardiente, tres copitas de aguardiente.
El tío Lucas sonrió. El trato estaba abierto.
Don Walter se tomó una copa e hizo memoria. Sí, se acordaba de algunas palabras de caló.

—Tío Lucas, tenemos que ser amigos, yo también soy cañí, es de ley que me ayudes.
El tío Lucas se atragantó.
—¡Chavó! ¿Que tu eres romí? ¡Cualquiera te diría gitano con esa cara de payo!
Don Walter y el tío Lucas se dieron la mano. De romí a romí no había recelo. El trato estaba cerrado.
Con la noche, los dos amigos cayeron sobre las terrazas de los Cafés. El viejo de los ojos bizcos organizaba la expedición: él sabía las esquinas estratégicas, él sonreía a la gente mientras pasaba la gorra, él hacía una seña casi imperceptible a don Walter. Don Walter, obediente, se dejaba llevar...
Aquella noche —la primera noche en que su violín sonó en España— don Walter tocó en todas las encrucijadas de San Sebastián.
—Hoy te corresponde todo —le dijo el gitano a la hora de la retirada—; desde mañana iremos a medias.
Sobre el San Sebastián de la madrugada, llegaba a los oídos de don Walter el lejano murmullo del rompeolas.

El aullido de la charca

Cubierto de polvo, galopando hacia el sol poniente, un jinete se perdía a lo lejos, más allá de la charca.
Media hora antes, quizá lo hubiéramos visto discutir con el dueño de la casa y con su yerno.
—¿Y el ganado?
—No pasa.
—¡Allá tú!
Sobre el campo, dejado de la mano de Dios, el sol parecía como entretenerse en acerar los brillos del agua remansada.
No se oía ni una voz ni se veía un solo hombre en todo alrededor.
Echado en el suelo, a la puerta de la casa, un mastín dormía con una oreja levantada y, a su lado, jugando con la tierra, una niña silenciosa esperaba la noche.
Detrás, la casa, alta, grande, sombría, casi negra.
En la cocina, una mujer trajina de un lado para otro; destapa una olla, tira unas patatas podridas en la lata del cerdo, mata una cucaracha con el pie.
En el zaguán, dos hombres fuman parsimoniosamente. El más joven lee un periódico atrasado, un periódico que habrá venido de la lejana ciudad envolviendo cualquier cosa. En la cocina, la mujer enciende un candil.
—¡Niña!
La niña que jugaba con la tierra entra en la casa y se sienta, siempre en silencio, sobre el escalón que une la cocina con el portal.
Parece que, con la penumbra de la luz de aceite, se oyen ahora lejanos murmullos que antes no se escuchaban, próximos ruidecillos de las vigas.

Una suave neblina se posa sobre la charca, y la luna, poco a poco, como trabajosamente, se deja ver, de vez en vez, entre los plateados bordes de las nubes.
Un aullido prolongado cruza por el campo.
—Ya está ahí la charca.
—¡Hacía días!
La niña que está sentada en el escalón rompe a llorar.
—¡Calla!
La cena pasa en silencio. En la cocina, tres mujeres y la niña y dos hermanas suyas, mocitas ya.
En el zaguán cenan los dos hombres; un muchacho y un niño rebañan los platos de los hombres. Nadie habla.
El largo aullido sigue cortando la noche.
El joven es el que manda.
—¡A dormir! Marta, tráete dos copitas.
La mujer se dirige a su marido:
—¿Vas a salir esta noche?
—¡A ti qué te importa!
La mujer, que ya hace muchos años que no llora, se marcha con la cabeza baja.
El hombre se va tras ella y se sienta en la cocina a verla hacer. Están solos.
Pasa un rato de silencio. El hombre mira para el suelo.
—Pues sí, voy a salir, ¿no oyes la charca? Voy a salir, como salgo siempre, hasta que un día me cojan en el lazo...
—¡Calla!
—¡No callo!... Hasta que un día me cacen como a un lobo y tú...
—¡Calla!
—¿No ves a tu hermana Dolores?
La mujer estaba pálida como muerta.
—Vete, si quieres. Yo rezaré por ti como todas las noches. ¡Que Dios me lo perdone!

El viento silbador se había desatado sobre la llanura y los escasos árboles se doblegaban, serviles, a su paso.
El caballo ya conocía el tembloroso camino de tantas noches.
Apretado contra su jinete, buscaba calor para el escalofrío que le corría por el espinazo.
La charca seguía cantando, cada vez más ululante, y su voz se perdía, sin eco, en el final del llano.
Ramón descabalgó.
Un hombre cruzó rápido por la sombra.
—¡Quién va!
Nadie respondió. Había empezado a llover y la charca resonaba como un pandero.
Se oyeron, entre el silbar del viento y el lamentarse del agua, los juncos que se quiebran para que pase el hombre en su huida.
Ramón se arrimó a su caballo, que sudaba bajo la lluvia, el belfo temblón, los cascos impacientes.
Un silbido poderoso le retumbó en los oídos. Prestó atención y vio otro hombre cruzando las junqueras. Sintió no haber traído su escopeta.
Fue andando por la orilla camino de los juncos, con el cinturón de gruesa hebilla de hierro en la mano.
Si hubiese tenido sosiego, quizás hubiese pensado en la viscosa lama, en la traicionera lama que, desde los labios de la charca, esperaba imperturbable la propicia presa.
Cuando notó que un pie se le escurría ya había dado el paso, ya apoyaba la otra pierna —medio metro más adelante— sobre el suelo huidizo.
Por su mente cruzó como una chispa la idea de que se portaba mal con su mujer. Fue sólo un instante.
—¡Socorro!
Tenía la cabeza fría por dentro y el agua de la lluvia no bastaba para lavarle la sudorosa frente.

—¡Socorro!
Los juncos se cimbrearon al sonar de su voz y el caballo, impaciente, se debatía con las manos trabadas en la brida.
Ramón hubiera visto en la oscuridad. Sus ojos ardían como dos ascuas.
—¡Socorro!
Tres hombres se le acercaron por detrás y tiraron de él.
—Ya te esperábamos.
—¿Por qué?
—Ya ves..., cosas que a uno se le ocurren. ¿Ya no preguntas por el ganado?
—¡Déjate de eso!
Ramón se limpiaba las botas con unas hierbas. El hombre que había hablado fumaba en gruesa pipa de tapadera.
—¿Para qué llevas el cinturón en la mano?
—¡Psché...!
Los cuatro hombres llegaron al caballo de Ramón.
—Te compro el caballo.
—Cógelo, te lo doy.
—No; mañana iré a tu casa a buscarlo.
—Es peor; llévatelo ahora. A Marta le iba a extrañar...
—Sí, verdaderamente.
Ramón, descabalgado, volvió sobre sus pasos. Al llegar a la casa le salió la mujer a esperar.
—No te oí llegar.
—Es que vine a pie.
—¿Y el caballo?
—Allá se quedó.
—¿En la charca?
—Sí.
La mujer trataba de mirarle a los ojos.

—¿Qué te pasa?
—Nada... ¿Has rezado por mí?
—Sí.
—¡Más ha valido!
—¿Y ésos?
—Ya lo ves.
Ramón entró a calentarse en la cocina. Tenía las ropas caladas por la lluvia y estaba temblando.
—¿Estás malo?
—No, no es nada. Dame una copa caliente.
Marta se la trajo y Ramón se la bebió de un trago.
—Oye, Marta.
—Dime.
—¿Te hice daño anoche cuando te retorcí el brazo?
—No hables de eso.
—¿Tú me quieres igual?
—Sí; anda, calla y vámonos a dormir. Es ya muy tarde.

Un niño piensa

Da gusto estar metido en la cama, cuando ya es de día. Las rendijas del balcón brillan como si fueran de plata, de fría plata, tan fría como el hierro de la verja o como el chorro del grifo, pero en la cama se está caliente, todo muy tapado, a veces hasta la cabeza también. En la habitación hay ya un poco de luz y las cosas se ven bien, con todo detalle, mejor aún que en pleno día, porque la vista está acostumbrada a la penumbra, que es igual todas las mañanas, durante media hora; la ropa está doblada sobre el respaldo de la silla; la cartera —con los libros, la regla y la aplastada cajita de cigarrillos donde se guardan los lápices, las plumas y la goma de borrar— está colgada de los dos palitos que salen de encima de la silla, como si fueran dos hombros; el abrigo está echado a los pies de la cama, bien estirado, para taparle a uno mejor. Las mangas del abrigo adoptan caprichosas posturas y, a veces, parecen los brazos de un fantasma muerto encima de la cama, de un fantasma a quien hubiera matado la luz del día al sorprenderle, distraído, mirando para nuestro sueño... Se ve también el vaso de agua que queda siempre sobre la mesa de noche, por si me despierto; es alto y está sobre un platito que tiene dibujos azules; en el fondo se ve como un dedo de azúcar que ha perdido ya casi todo su blanco color. Si se le agita, el azúcar empieza a subir como si no pesase, como si le atrajese un imán... Entonces, uno ladea la cabeza, para verlo mejor, y del borde del vaso sale un destello con todos los colores del arco iris que brilla, unas veces más, otras veces menos, como si fuera un faro; es el mismo todas las mañanas, pero yo no me canso nunca de mirarlo. Si

un pintor pintase un vaso con agua hasta la mitad y un reflejo redondo en el borde con todos los colores, un reflejo que parece una luz y que saliese del cristal como si realmente fuera algo que pudiésemos coger con la mano, estoy seguro de que nadie le creería.
Volvemos a dejar caer la cabeza sobre la almohada y tiramos del abrigo hacia arriba; notamos fresco en los pies, pero no nos apura, ya sabemos lo que es; sacamos un pie por abajo y nos ponemos a mirar para él. Es gracioso pensar en los pies; los pies son feos y mirándolos detenidamente tienen una forma tan rara que no se parecen a nada; miro para el dedo gordo, pienso en él y lo muevo; miro entonces para el de al lado, pienso en él, y no lo puedo mover. Hago un esfuerzo, pero sigo sin poderlo mover; me pongo nervioso y me da risa. Los cuatro dedos pequeños hay que moverlos al mismo tiempo, como si estuvieran pegados con goma; los dedos de la mano, en cambio, se mueven cada uno por su cuenta. Si no, no se podría tocar el piano, la cosa es clara; en cambio, con los pies no se toca el piano; se juega al fútbol y para jugar al fútbol no hay que mover los dedos para nada... Entonces desearía ardientemente estar ya en el recreo jugando al fútbol; miro otra vez para el pie y ya no me parece tan raro. A lo mejor, con este pie, saco de apuros al equipo, cuando el partido está en lo más emocionante y se ve al P. Ortiz que cruza el patio para tocar la campana. Después, en la clase, todos me mirarían agradecidos. ¡Ah! Pero, a veces, ese pie no me sirve para nada; me cogerán hablando y me ponen debajo de la campana, mirando para la pared; la pared es de cal y con el pie me entretengo en irle quitando pedazos, poco a poco. Pero eso tampoco es divertido...
Vuelvo a tapar el pie, rápidamente; de buena gana me pondría a llorar...

Pienso: a las botas les pasa como a las violetas o a las hortensias azules... Es curioso: se van a dormir al *office* porque nadie se atreve a dejarlas de noche dentro de la habitación... Cuando pienso unos instantes en las violetas me invaden unas violentas ganas de llorar. Después lloro, lloro con avidez unos minutos, y llego a sentirme tan feliz al ser desgraciado que de buena gana me pasaría la vida en la cama, sin ir al colegio, sin salir a jugar a ningún lado, sólo llorando, llorando sin descanso...

Me disgusta no ser constante, pero cuando lloro, por las mañanas acabo siempre por quedarme dormido. Duermo no sé cuánto tiempo, pero cuando me despierta mi madre, que es rubia y que tiene los ojos azules y que es, sin duda alguna, la mujer más hermosa que existe, el sol está ya muy alto, inundándolo todo con su luz.

Me despierta con cuidado, pasándome una mano por la frente como para quitarme los pelos de la cara. Yo me voy dando cuenta poco a poco, pero no abro los ojos; me cuesta mucho trabajo no sonreír... Me dejo acariciar, durante un rato, y después le beso la mano; me gusta mucho la sortija que tiene con dos brillantes. Después me siento en la cama de golpe, y los dos nos echamos a reír. Soy tan feliz...

Me visten y después viene lo peor. Me llevan de la mano al cuarto de baño; yo voy tan preocupado que no puedo pensar en nada. Mi madre se quita la sortija para no hacerme daño y la pone en el estantito de cristal donde están los cepillos de los dientes y las cosas de afeitarse de mi padre; después me sube a una silla, abre el grifo y empieza a frotarme la cara como si no me hubiera lavado en un mes. ¡Es horrible! Yo grito, pego patadas a la silla, lloro sin ganas, pero con una rabia terrible, me defiendo como puedo... Es inútil; mi ma-

dre tiene una fuerza enorme. Después, cuando me seca, con una toalla que está caliente que da gusto, me sonríe y me dice que debiera darme vergüenza dar esos gritos; nos damos otro beso.
Si el desayuno está muy frío, me lo calientan otra vez; si está muy caliente, me lo enfrían cambiándolo de taza muchas veces...
Después me ponen la boina y el impermeable. Mi madre me besa de nuevo porque ya no me volverá a ver hasta la hora de la comida.

Purita Ortiz

Amador Muñoz, de treinta y nueve años de edad, soltero, natural de Azuqueca de Henares, provincia de Guadalajara, de profesión periodista, con cédula, etcétera, etcétera, llamó discretamente con los nudillos en el despacho del director.
—¿Se puede?
—Pase usted, hijo.
—Quiero leerle la nota.
—Sí.
—«Ayer tarde falleció, rodeada del cariño de los suyos y reconfortada con los auxilios espirituales, nuestra particular amiga la señorita Purita Ortiz, joven en la que se unían, a una belleza singular, una bondad y una inteligencia sin par. Frisaba la finada en los treinta y siete años, cuando un mal traidor, que le minaba el organismo desde fecha aún no lejana, vino a arrancárnosla de nuestra compañía. Sus dotes excepcionales la habían hecho amable de todos los que la conocíamos y admirábamos y su nombre llegó a vibrar, aureolado de un nimbo de gloria, en todos los oídos de la región. ¡Que Dios la haya acogido en su santo seno! A nuestro director, don Julio...»
El director, que era un hombrecito pequeño y melenudo, un hombrecito con botines y corbata de lazo, dejó caer las palabras con una seriedad tremenda.
—Bien, Amador, bien; está muy bien. Eso de «aureolado de un nimbo de gloria» está muy bien, se lo digo yo. El final está también bien: esa exclamación: «¡Que Dios la haya acogido en su santo seno», es seria y edificante. Sí, sí; hay que dar al periodismo el tono y la altura que le corresponden. ¡Ya lo creo!

El director tosió un poquito y se pasó el dorso de la mano por la boca. Después exclamó, satisfecho como si acabara de descubrir, perdida en los recovecos de su memoria, la idea genial que le faltaba para redondear su carrera de periodista.
—Y además, le felicito a usted, Amador; a mí me gusta ser ecuánime en mis juicios. Así como cuando no estoy conforme con su labor...
Cuando el director empezaba así era para echarse a temblar. No paraba hasta exponer su teoría completa sobre las dotes de mando. ¡Y era tan larga!
Al cabo de media hora salió Amador del despacho de don Julio. En sus ojos brillaban solamente dos lágrimas, porque la azarosa vida del periodista no permite concesión alguna a los sentimientos; pero cuando se quedase solo —¡ah, cuando se quedase solo!—, entonces se vengaría de la vida, de esa difícil vida que le atenazaba como la boa al corderillo, de esa vida dura que le sujetaba a la mesa de la Redacción como el forzado al banco de la galera, de esa cruel vida que le impidió, con sus exigencias, estar a la cabecera de la amada cuando exhaló el último suspiro.
«¡Pobre Purita! —pensó—. ¡Con lo buena que era, con aquellos sus ojos azules como el cielo y aquella cabellera rubia como la mies...! Desechemos los pensamientos funestos; seamos fuertes, afrontemos la vida como nos la mandan. A lo hecho, pecho, y al toro, por los cuernos; es el lema de don Julio. ¡Ah, don Julio! Don Julio es un espíritu fuerte...»
La cuartilla con la nota necrológica de Purita Ortiz llevaba por detrás en lápiz rojo y de puño del director la nota escueta y tajante con que los espíritus fuertes hacen frente a las adversidades. Napoleón, en Moscú, no hubiera escrito muchas más palabras que don Julio en Guadalajara: «Pág. 3, a dos columnas, con foto».

Amador estaba anonadado. ¡Qué presencia de ánimo la del hombre que, si Dios hubiera querido, hubiera acabado por ser su suegro!
Volvió a la Redacción. Llevaba triste la mirada y como desnutrido el bigote. Quiso darse ánimos y pidió al ordenanza una copa de coñac.
—Del bueno —dijo.
«¡Después de todo!», pensó.

El ataúd con Purita dentro bajó difícilmente las escaleras. Hubo momento en que hasta pudo pensarse que acabaría rodando. Los doloridos hombros de los tres hermanos —uno, veterinario, José; otro, médico, Faustino, y otro, farmacéutico, Fidel— y de Amador, su prometido, no parecían demasiado seguros entre el peso y la congoja.
El señor gobernador civil envió al secretario del Gobierno con su representación, y el señor general en jefe de la plaza mandó a un teniente coronel, ayudante suyo.
La concurrencia de amigos y conocidos era tan selecta como nutrida, y al frente, con la cabeza ligeramente inclinada hacia el suelo, don Julio hacía de tripas corazón.
«¡Al dolor con el ánimo!», pensaba.

Amador cerró los ojos cuando las cuerdas corrieron bajo la caja, que se deslizó hasta el fondo de la fosa, impensadamente ligera. Dentro de los ojos, en vez de ver negro, veía como estrellitas amarillas que corrían veloces de un lado para otro.

Todo sucedió. La larga fila de los asistentes y un prolongado apretón de manos cortado, casi sin sentirlo, en doscientos trocitos.

—¡Arriba el espíritu, Amador! ¡Ha sido la voluntad de Dios!

—¡Sí, don Julio!

El nombre del director le salió de la garganta como un velado sollozo.

—Esta noche, como siempre. Quiero que sea usted quien redacte unas breves líneas.

—Sí...

—¡A lo hecho, pecho, amigo!

—Sí...

Se alquilan galas nupciales

Efectivamente, el señor Basilio había conseguido un hermoso rótulo. Aquello de «Galas nupciales» era a todas luces más moderno, más original, más atractivo y elegante que aquello otro, tan manido ya, que todavía conservaban algunas prenderías obstinadas en no evolucionar con los tiempos, y que decía, igual que si estuviéramos en los años de la guerra de Cuba: «Se alquilan trajes de novia. Hay velos».
El señor Basilio hubiera querido hacer aún más suave su letrero; hubiera preferido decir, en bella letra inglesa, con los gordos y los finos bien perfilados: «Se ceden galas nupciales». Aquello sí que hubiera resultado realmente *chic*. Lo malo es que la gente, ¡resulta a veces tan torpe para entender! Eso de «Se ceden», ¡se prestaba a tan torcidas interpretaciones!
Dio dos o tres pasitos atrás, se apoyó en la pared de enfrente y lo volvió a mirar, con los ojos ligeramente entornados y soñadores.
Sí, realmente no había queja. Las dos primeras palabras —«Se alquilan»— aparecían casi veladas en su sencillez, y las otras dos, las importantes —«Galas nupciales»— brillaban en su fresco y albo barniz, rodeadas de ligeras, suaves alegorías de bellos trazos curvos y flores de azahar.
Llamó a su mujer:
—¡Genoveva!
Genoveva, afanada en quitar las manchas y brillos a un chaquet que acababa de entrar, parecía como no oírle.
—¡Genoveva!
Verdaderamente, estos chaquets viejos y carcomidos,

casi verdes a la violenta luz del sol, dan un trabajo que
¡ya, ya! Después, a lo mejor, están años y años en la
trastienda muriéndose de risa. Claro que eso, ¡cualquiera lo sabe!
—¡Genoveva!
—¿Qué quieres, hombre?
—¡Ven aquí, verás qué bonito hace!
—¡Anda allá! ¡Como si una no tuviera más cosas que hacer que estar ahí con la boca abierta!

El señor Basilio —«Peluquín» le llamaban en el barrio— sudaba bajo el torcido bisoñé.
En el soporcito de la siesta, divagaba su imaginación por los más bellos y lejanos parajes.
—Y entonces yo voy y le digo: «No trae usted los papeles en regla, no puede pasar. Aquí somos serios, ¿sabe usted?, pobres, pero serios; ya dijimos bien claro, en la circular número 6, que para viajar de una provincia a otra había que andar con salvoconducto nuevo cada vez. ¿No lo quieren hacer? Pues mira: después pasan las cosas». Él, entonces, me dijo: «Mire usted, señor Basilio...»
Su mujer llamaba a gritos desde el piso de arriba:
—¡Basilio!
El señor Basilio, a la hora de la siesta, se quedaba como sordo.
—Él, entonces, me dijo: «Mire usted, señor Basilio...»
Genoveva seguía voceando, como si nada:
—¡Basilio!
El señor Basilio dio una vuelta en la hamaca.
—...mire usted, señor Basilio, yo fui a ver al señor gobernador y me dijo: Cuando llegue usted a Madrid,

175

busque al señor Basilio, el de la prendería de la calle de Latoneros, y le dice con muy buenos modos: «Mire usted, señor Basilio...».
—¡Basilio! —volvió a rugir la mujer.
El señor Basilio se despertó sobresaltado.
—¿Qué pasa, mujer?
—¡Esos niños, que te van a ensuciar el letrero!
El señor Basilio se levantó como un rayo y cayó sobre la puerta.
—¿Os parece decente, mocosos? ¡Ya os daría yo si os cogiese, ya!
La nube de muchachos huyó, desparramándose en todas direcciones, como cuando se deja caer agua sobre un hormiguero.
Desde las esquinas le gritaron, como desafiándole:
—¡«Peluquín»! ¡«Peluquín»!

—Vea usted, señorita. Lo más *chic* es el tul ilusión; es algo más caro, cierto es; pero hace un gran efecto, créame.
—¿Y organdí?
El señor Basilio sonrió.
—¡Señorita, una novia con velo de organdí! Eso es para primeras comuniones...
—Ya, ya.
—Yo le aconsejaría que llevara uno de tul; si el tul ilusión le parece un poco caro, podríamos buscar algún otro...
—Muchas gracias; le preguntaré a mi novio.
El señor Basilio se quedó un instante viendo salir a la muchacha de la tienda; andaba muy bien aquella chica, ¡ya lo creo! ¡Qué tobillos tenía, santo Dios!
Dobló cuidadosamente los velos, los metió en las cajas

y se subió al mostrador para colocarlos en los estantes. En el comercio, el orden es algo fundamental.
Su mujer entró.
—Ya te vi de palique con esa chica. ¡Mucho le habrás vendido en más de media hora de cháchara!
—Pues... la verdad es que no mucho...
—¿Conque esas tenemos, carcamal? ¡Mira que a tus años y con peluca!
—¡Genoveva!
—¡Vete por ahí, pasmado! ¿Esta tarde tienes también que ir a ver a tu amigo?

La nueva vida de Encarnación Ortega Ripollet,
alias «Mahoma»

Los pisos de goma de las zapatillas no dejan mucho, dejan más otras cosas: las botellas, las guerreras de caqui y las botas de caballero. Con los pisos de goma de las zapatillas no sale una de pobre; se va tirando, y ya es bastante, porque una, no hay que engañarse, ya no es la que fue y ya está para poco. Ampliando el negocio, las ganancias no tardarían en dejarse ver. A una lo que le gustaría era disponer de unos cuartos para explotar la sastrería y reponer existencias. La sastrería sí deja sus beneficios y, además, es más limpia y provechosa. La ropa usada, sobre todo si es de caballero, deja más margen. En un pantalón, al que no se le clareen los fondillos, se pueden ganar dos duros y hasta tres. Cuando mi Esteban dejó este valle de lágrimas, le saqué a su sastrería para el entierro y para el luto, y aún me sobró.
Encarnación Ortega Ripollet, alias «Mahoma», era feliz con sus filosofías. Encarnación Ortega Ripollet, alias «Mahoma», tenía tres aficiones: la filosofía, el vino de Valdepeñas y un vidriero fontanero de la calle del Amparo, que, la verdad sea dicha, no estaba nada, pero que nada mal. El vidriero fontanero de la calle del Amparo se llamaba Estanislao, y había querido ser matador de reses bravas (novillos y toros).
—Pero, hombre, Estanislao —le decían los amigos—, ¿tú no te percatas de que con ese nombre no se puede ser torero?
—¡Anda, y por qué no! ¡Lo que hace falta para la tauromaquia es arte y echarle valor! ¿Qué tendrá que ver el nombre?

Estanislao de Dios había conocido a la Encarna en un baile de los de caballero tres pesetas y señoritas por rigurosa invitación.
—¿Baila usted, joven?
—Y esto, ¿qué es?
—Nada: un mambo. Todo seguido.
La Encarna y Estanislao pronto intimaron, porque, como Estanislao decía, tenían muchos puntos comunes de contacto.
—¿Eh?
—Pues nada, que tenemos muchos puntos comunes de contacto.
La Encarna puso un gesto de circunstancias.
—Pero sin propasarse, ¿eh?
El Estanislao, al día siguiente, le dijo a la Encarna que habían nacido el uno para el otro.
—¡Qué tío, cómo habla! —le explicaba «Mahoma» a una clienta.
—¿Y cómo es?
—¿Que cómo es? Pues, ¿cómo le diría a usted? ¿Ve usted al marqués de la Valdavia? Pues igual de fino, aunque peor trajeado. ¡Un tipazo! Y lo que es más importante, ¡todo un caballero!
—Bueno, bueno, pues que la cosa marche y que sean ustedes muy dichosos...
Encarnación Ortega Ripollet entornó los ojos y se calló.

A la Encarna, un día, le dijo el Estanislao:
—Oye, Encarna, chata: he pensado que debías ampliar el negocio. A mí me parece que lo mejor era atender la sastrería. Al tiempo que vamos se encuentran abrigos y americanas en buen precio; en el invierno valen el doble.

—Sí...
—Pues claro. Si a ti te parece podíamos formar sociedad. Yo tengo una cartilla en la Caja de Ahorros, una miseria, y si tú quieres la invertimos en sastrería.
La Encarna estaba emocionada; los pisos de goma de las zapatillas no daban más que para ir mal tirando.
—Bueno, si a ti te parece...
El Estanislao, al día siguiente, se fue a la Caja de Ahorros y retiró sus cuartos.
—Oiga —le dijo al de la ventanilla—, ¿a cuánto asciende?
Y el de la ventanilla sacó un lápiz para echar la cuenta de los intereses y le respondió:
—A dos mil ciento diecisiete con sesenta y tres.
El Estanislao dejó una con sesenta y tres y se llevó el resto.
—No es mucho —le dijo a la Encarna—, pero para arrancar ya tienes.
—¡Anda, pues claro! ¡Muchas habrán arrancado con menos!
La Encarna, con sus cuartos guardados en el escote, empezó las primeras compras.
—¿Seis duros por esta americana? ¡Usted está loco, pollo! Por esta americana no le puedo dar a usted más de seis pesetas, si las quiere.
—¿Seis pesetas?
—Sí, hijo, seis pesetas y al contado, y ni una más. ¡Pero si esto es algodón y del peor!
—¡Hombre, señora! ¡Será algodón, pero, vamos, seis pesetas! ¿Da usted cuatro duros?
—No. Esa americana no vale más de seis pesetas. Mire usted, para no discutir, ¿quiere usted siete cincuenta?
—Pues hombre, no. Con siete cincuenta, ¿adónde voy?
—¡Anda, y yo qué sé! Váyase usted a dar una vueltecita por el río, que siempre es económico.

El joven de la americana volvió a la carga.
—Mire usted, señora, el último precio, ¿me da usted tres duros?
La Encarna se horrorizó.
—¿Tres duros? ¡Quite usted allá! Mire usted, caballero, no se lo quería decir, pero esa americana huele a muerto.
—¡Anda! ¿Y a qué quería usted que oliese, a malvavisco? Este olor se le va en cuanto que usted la tenga colgada al aire un par de días. Después de todo, tampoco es nada malo. Vamos, ¡digo yo!
Al cabo de hora y cuarto de discusión la Encarna se quedó con la americana por nueve pesetas.
La Encarna puso un gesto conciliador.
—Ande, ande. Déjala ahí, me ha ganado usted por la simpatía...

Encarnación Ortega Ripollet, alias «Mahoma», y Estanislao de Dios López, alias «Vidrio», acabaron contrayendo. Cuando un hombre y una mujer se aman, ya se sabe: primero toman vermú con gambas; después, se cogen de la mano; más tarde, se aman, y al final, si no hay impedimento, contraen. Entre la Encarna y el Estanislao no había impedimento: los dos eran libres como el pájaro y, además, no eran primos, que siempre entorpece.
La pareja hizo el viaje de novios a Navalcarnero, donde la Encarna tenía una hermana muy bien casada.
—Veniros a Navalcarnero —les había dicho la hermana de la Encarna—; aquello es muy saludable.
—Bueno.
La hermana de la Encarna tenía tres hijos mayorcitos, pero uno, sobre todo, era el que más llamaba la aten-

ción. Su nombre era Maximino y tenía la cabeza gorda y una pata seca, tan seca que parecía hecha de cecina.

—El Maximino, ahí donde usted lo ve —le decía la hermana de la Encarna al Estanislao—, es más listo que el hambre. Verá usted. Maximino, ¿quieres una pesetas?

—Muuu...

—¿Lo ve usted? No se le escapa una.

Maximino, aunque ya tenía catorce años, todavía no hablaba. Maximino lo único que decía era «muuu..., muuu...», como si fuera un choto; pero su madre lo entendía muy bien.

—Eso debe ser el instinto de la maternidad —se decía el Estanislao—; a esta criatura, el día que le falte la madre, lo mejor que le podía pasar es que lo pisase el tren.

Al Estanislao, eso de estar todo el tiempo escuchando mugir al Maximino, le daba mucha tristeza. El Estanislao era muy sentimental, siempre había tenido muy buenas inclinaciones.

—Oye, Encarna —le dijo un día a su señora—; yo creo que nos debíamos volver a Madrid; a mí el Maximino me trastorna, ¡qué quieres!

—¡Pero si es muy buen chico!

—Sí; yo no digo que sea malo...

La Encarna y su marido, a los dos días de la conversación sobre el Maximino, se volvieron a Madrid. En el autobús, la Encarna se puso tierna y le dijo a su marido:

—Oye, Estanislao, ¿de qué le habrá venido eso al Maximino?

—¡Anda, hija! ¿Y yo qué sé?

La Encarna hizo todo el viaje preocupada.

—¿Te mareas?

—No; me estaba acordando del Maximino. Oye, Estanislao.
—¿Qué?
—Pues que digo yo que, para que salga como el Maximino, más valdría no tener hijos, ¿verdad?
—¡Claro! El pobre Maximino es una desdicha; a la criatura no hay por dónde cogerle. Pero, vamos, si nosotros tenemos un hijo, no ha de ser así. El Maximino es lo que se llama una excepción.

El sol de la primavera, que sobre el Rastro se pintaba con la amorosa y doliente color de la calderilla, sacaba destellos de frac de las chaquetas sin dueño que colgaba la Encarna en su tenderete.
—¿Tiene usted un chaleco canela en buen uso, señora?
—Sí, caballero, en mi tienda nada falta, una tiene de todo...
Encarnación tenía, efectivamente, de todo. Encarnación Ortega no se podía quejar. Encarnación Ortega Ripollet tenía un marido guapo, un puesto de su propiedad, un alma de artista y, para que nada le faltase, un niño cabezota y tartaja, que decía «muuu... muuu...», por todo decir y que se parecía a su primo Maximino como una gota de agua a otra gota de agua.
Pero Encarnación Ortega Ripollet, alias «Mahoma», no lo veía.
—¿Verdad, usted, que está muy crecido? —solía decir a los compradores que se acercaban a su negocio a mercar el pantalón que había dejado, como un frío y lejano suspiro, un muerto de sus mismas carnes, poco más o menos.

Dos cartas

La carta de don Evaristo Montenegro de Cela, elegante prosista y capitán de la Marina, decía así:

«A bordo de mi "Touliña", anclada frente a Maceio, a 8 de noviembre de 1844.
A la señorita Rosinha Alagoas, hermosa perla de los cafetales de su padre.
Mi distinguida señorita:
He tirado por la borda, para que se los comieran los tiburones, que tanto os atemorizan, los dos carneros que ayer me regaló vuestro padre. Es posible que mañana vaya también al mar el negro Santos; me parece que está sarnoso. Espero que no toméis a desprecio mi determinación; os agradezco el presente en todo lo que vale, pero reconoced que la sarna es un feo mal que precisa del agua.
Y bien, Rosinha, ¿cómo habéis dormido? ¿Habéis perdonado mi atrevimiento? Con vuestro bucle he mandado hacer un dije de oro que jamás descolgaré de mi cuello, os lo prometo. Cuando muera —si muero en tierra firme— ordenaré quemarlo sobre mi corazón; si muero en medio de la mar —como parece mi deber— bajaré al reino de las algas sin habérmelo desprendido y se lo brindaré a la primera sirena en la que os reconozca. Las sirenas brasileiras —según es fama en la Mitología— son dulces y bondadosas, y jamás cantan melodiosamente, para buscar la ruina de los navegantes; a una conocí, bañándose en la desembocadura del río Jaguaryba, allá por la Pascua del año pasado, que me lo contó. Se llamaba Diamantina, y era hija del primer blanco que cruzó la sierra del Roncador; tenía

muchos años, pero el dios Neptuno le otorgó el privilegio de no representar nunca más de catorce —la edad en que se murió caída de un cocotero—. Su madre la lloró por todo el Matto Grosso y su padre ofreció secar el río Grande si la muerte respetaba su sonrosado color. El cuerpo de Diamantina desapareció una noche en la que había dibujadas sobre las palmas tantas estrellas como jamás se habían visto y, transformada ya en sirena, se presentó cierta vez a su padre, aguas arriba del Grande, para mostrarle su felicidad.
Es una hermosa historia para contar en camisón, suavemente despiertos bajo el mosquitero, entreoyendo a lo lejos el ceder de la bajamar. Confiemos y hagamos méritos; nada —¡bien lo sabe Dios!— se alcanza sin esfuerzo.
Lo que os iba diciendo; con vuestro bucle he mandado llenar un dije de oro, en cuyo envés figurará la leyenda de mi abuelo Sebastián, sabio licenciado que murió de amor una tarde que ya no pudo más: «No duermo, sólo lo parece». A él brindaré en mis oraciones el eterno amor que os profeso, Rosinha, y de él tomaré ejemplo cuando vea que mi ánimo —frágil a la tentación— flaquea en vuestra reverencia.
Los hombres, mi amada señorita, somos volubles e inconstantes, según dicen determinadas mujeres, aquellas sobre las que jamás rozó el liviano vuelo de nuestra volubilidad o la distraída atención de nuestra inconstancia. Y yo os afirmo que quizá más valgamos así, nada solemnes ni prometedores —aun jurando a cada instante nuestro insatisfecho amor—, nada farisaicos, os digo, sino todo corazón, que fallece —día a día, hora a hora, minuto a minuto— por ese beso que aún vuestros labios no obsequiaron.
Quizás os extrañe todo esto, después de lo pasado. Es lo mismo; pensad que así es más hermoso. Vivimos el

siglo del progreso, y día llegará —es posible que ya no lejano— en el que nuestras ideas corran a la velocidad de la máquina de vapor.
Besa vuestros pies, vuestro rendido,

E.

P. D. secreto. — Te escribo esta carta tratándote de vos por temor a que llegue a ser leída por la tierna bestezuela de tu madre. Te abraza con el mismo frenesí de anoche.

Evaristo.»

Pudo el negro Santos seguir padeciendo gustosamente su sarna al ser rescatado por la amorosa señorita Rosinha Alagoas, quien lo devolvió al cafetal. Don Evaristo recibió a las pocas horas un perfumado billetito de su amada, que decía así:

«Al señor Evaristo de Montenegro.
Señor:
No sé si sois un hombre o un monstruo, si un ángel o un demonio. Al negro Santos —cristiano como yo— lo he enviado de nuevo al cafetal; habla de vos con espanto y dice que tenéis el mirar brillante como el del jaguar. Yo —¡pobre Santos!— ya lo sabía...
Pensad que entre nosotros todo ha terminado. Es pena que os haya querido tanto, hace aún tan pocas horas, para que tan presto hayáis hecho sangrar lágrimas a mi corazón.
Confío que Nuestra Señora de Belén os muestre algún día el buen camino. Si no —casi no me atrevo a escribirlo—, ordenaría a mi hermano que os castigase como a un perro.
Olvidaos de la desengañada,

Rosinha.»

Don Evaristo ordenó azotar al correo y se encerró cerca de dos horas en su caramote; se puso la casaca azul eléctrico de bajar a tierra y dirigió sus pasos a casa de la familia Alagoas. Llevaba dos largas pistolas colgadas del cinturón; tenía la cara del color de la cera y los ojos como de haber llorado. Unas violáceas ojeras le sombreaban dulcemente, casi trágicamente, la mirada.
—¿Pero tú?
—Sí; vengo a merendar con vosotros.
—¿Recibiste mi carta?
—La recibí; pensé que era mejor no contestarla.
Don Joaquín y doña Rosa, los padres de Rosinha, aparecieron ante don Evaristo sonrientes, como siempre y, como siempre, serviles.
—El señor Montenegro merendará con nosotros...
—A eso vengo, Alagoas. Es para mí un honor...
—Muy agradecido, don Evaristo.
A lo lejos se oyó el ladrar distraído de un perro vagabundo. Rosinha, sobresaltada, miró para el invitado.
—Yo soy el protector de todos los perros de este mundo, Alagoas, absolutamente de todos. Al que ante mí se jacte de castigar a un perro lo derribo de un tiro; es la orden de mi andante caballería.
Don Evaristo bebió un sorbo de refresco.
—Sólo lo perdono si es mujer.
Rosinha, con la vista clavada en el suelo, notó cómo don Evaristo le sonreía. Todas las miradas fueron, una a una, a posarse sobre su cabeza.
—Está mustia la niña y de mala color.
—Cosas de la edad, doña Rosa; ya los años que todo lo secan, hasta las bellas fuentes, que manan mustiedades y palideces, se irán encargando de arreglarlo todo.
Rosinha rompió en un llanto desaforado y se marchó de la habitación. A su padre no se le ocurrió más cosa que levantar la voz para decir:

—Dejadla, son mimos.
Don Evaristo, sonriente, empuñó una pistola de su cinturón.
—A veces, una emoción fuerte hace reaccionar el ánimo más abatido.
Tiró, y del primer disparo descolgó la lámpara de la habitación, que hizo un estruendo infernal al irse, en pedazos, contra el suelo. Guardó el arma y contempló la escena. Doña Rosa, presa de un ataque de nervios, se debatía en la mecedora de mimbre. Una nube de criados asomaba, entre maravillada y atónita, por todas las puertas y, en medio de ellos, cubriendo su gozo de fingido susto, la señorita Rosinha dejaba ver sus morenas y gordezuelas facciones.
—¡Pero, hombre, don Evaristo! —se le ocurrió decir a don Joaquín Alagoas.
—No se preocupe, amigo; los comerciantes no tienen recuerdos de familia.
Don Evaristo, cuando llegó la noche, se despidió dejando a don Joaquín la pistola como recuerdo.
Volvió a la bricbarca y se encontró con Rosinha, que le esperaba en su camarote. Ordenó levar anclas para las once y, como justificación, envió a Alagoas una carta poniendo las cosas en claro. La llevó un marinero que se llamaba José; antes de partir, don Evaristo le dio un saquito de onzas de oro y le ordenó que lo fuera a esperar a la desembocadura del San Francisco.
—No sé lo que tardaré, porque tampoco sé adónde querrán llevarme los ángeles que guardan a la señorita. Tú espérame allí.
—Está bien.

La naranja es una fruta de invierno

La naranja es una fruta de invierno. Un sol color naranja se fue rodando, más allá de los montes, por los remotos caminos del mundo, por los ignorados y lejanos caminos del mundo.
En la sombra, al pie de una colina de pedernal, de una colina que marca a chispas veloces la andadura de la caballería, dos docenas de casas se aprietan contra el campanario. Las casas son canijas, negruzcas, lisiadas; parecen casas enfermas con el alma de roña, que va convirtiendo las carnes en polvo de estiércol. El campanario —un día esbelto y altanero—, hoy está desmochado y ruinoso, desnudo y pobre como un héroe en desgracia. El viento, a veces, se distrae en llevarse una piedra del campanario, una piedra que sale volando, como una maldición, contra cualquier tejado y rompe cien tejas, que después ya no se repondrán jamás. Sobre el campanario, el vacío nido de la cigüeña espera los primeros soles rojos de la primavera, los soles que marcarán el retorno de las aves lejanas, de las extrañas aves que conocen el calendario de memoria, como un niño aplicado.
El vacío nido de la cigüeña ha echado misteriosas raíces, firmes raíces en la piedra. Al vacío nido de la cigüeña —doce docenas de secos palitos puestos al desgaire— no hay viento de la Sierra que lo derribe, no hay rayo de la nube que lo eche al suelo. Sobre el vacío nido de la cigüeña quizá vuele, como un alto alcotán, la primera sombra de Dios.
Al caserío le van naciendo, con la noche, tenues rendijas de luz en las ventanas que no ajustan del todo, en

las ventanas que siempre dejan un resquicio abierto, quién sabe si a la ilusión, al miedo o a la esperanza: como un corazón anhelante, como un corazón que no encuentra consuelo en la soledad.
Entornando el mirar, las rendijas de luz semejan flacos fantasmas atados a las sombras, hojas de las peores facas, las facas que tienen luz propia como los ojos de los gatos, como los ojos de los caballos, como los ojos del lobo, que muestran el color del matorral del odio. Y su figura. Y su andar, que nos muerde los nervios de la cabeza, que forman un raro árbol dentro de la cabeza, un árbol que mete sus ramas espantadas por entre las junturas de los sesos.
Un vientecillo que pincha baja por la ladera, husmea como un can con hambre por las callejas y se escapa ululando por el olivar del Cura, el olivar que se pinta con el ceniciento color de la plata vieja, la plata de las monedas antiguas, el confuso olor del recuerdo.
Al pie del olivar del Cura, conforme se sale hacia el arroyo, una cerca de adobe guarda del lobo negro de la noche las ovejas de Esteban Moragón, alias *Tinto*, mozo que va a casar. La alta barda de adobe se corona de espinas erizadas, de secas y heridoras zarzas, de violentas botellas en pedazos, de alambres agresivos, descarados, fríamente implacables. El *Tinto* se guarda lo mejor que puede.

La taberna de Picatel es baja de techo. Picatel es alto. La taberna de Picatel es húmeda y lóbrega. Picatel es seco y tarambana. La taberna de Picatel es negra y rumorosa. Picatel es albino, pero también decidor.
Picatel tiene cincuenta años. Picatel no come. A Picatel le zurra su mujer. Picatel es un haragán. Picatel es un pendón. Picatel es fumador, es bebedor, es jugador.

Picatel es faldero. Picatel fue cabo en África. En Monte Arruit le pegaron a Picatel un tiro en una pierna. Picatel es cojo. Picatel está picado de viruela. Picatel tose. Esta es la historia de Picatel.

—¡Así te vea comido de la miseria!
—...
—¡Y con telarañas en los ojos!
—...
—¡Y con gusanos en el corazón!
—...
—¡Y con lepra en la lengua!
Picatel estaba sentado detrás del mostrador.
—¿Te quieres callar, Segureja?
—No me callo porque no me da la gana.
Picatel es un filósofo práctico.
—¿Quieres que te cuente otra vez lo de tu madre, Segureja?
Segureja se calló. Segureja es la mujer de Picatel. Segureja es baja y gorda, sebosa y culona, honesta y lenguaraz. Segureja fue garrida de moza, y de rosada color.
Segureja se metió en la cocina. Iba en silencio.

El *Tinto* y Picatel no son buenos amigos. La novia del *Tinto* estuvo de criada en casa de Picatel. Según las gentes, Picatel, a veces, entraba en la cocina y le decía a la novia del *Tinto:*
—No te afanes, muchacha; lo mismo te van a dar. Que trabaje la Segureja, que ya no sirve para nada más.
Según las gentes, un día salió la novia del *Tinto* llorando de casa de Picatel. La Segureja le había pegado una paliza, que a poco más la desloma. La Segureja, según la gente, le decía a la gente:

—Es una guarra y una tía asquerosa, que se metía con Picatel en la cuadra a hacer las bellaquerías.
La gente le preguntaba a la mujer de Picatel:
—Pero, ¿usted los vio, tía Segureja?
Y la mujer de Picatel respondía:
—No; que si los veo, la mato; ¡vaya si la mato!
Desde entonces, el *Tinto* y Picatel no son buenos amigos.

De las vigas de la taberna de Picatel cuelgan unos chorizos y unas tiras de papel engomado que aún guardan las moscas del verano, las moscas zumbadoras y pendencieras de julio y de agosto.
Tinto es un mozo jaquetón y terne, que baila el pasodoble de lado. El *Tinto* lleva gorra de visera. El *Tinto* sabe pescar la trucha con esparvel. El *Tinto* sabe capar puercos silbando. El *Tinto* sabe poner el lazo en el camino del conejo. El *Tinto* escupe por el colmillo.
Las artes del *Tinto* le vienen de familia. Su padre mató una vez una loba a palos.
—¿Dónde le diste? —le preguntaban los amigos.
—En el alma, muchachos; que si no, no lo cuento.
El padre del *Tinto,* otra vez, por mor de dos cuartillos de vino que iban apostados, entró en una tienda y se comió una perra de todo: una perra de jabón, una perra de sal, una perra de cinta, una perra de clavos, una perra de azúcar, una perra de pimienta, una perra de cola de carpintero, tres piedras de mechero, una carpeta de papel de cartas, una perra de añil, una perra de tocino, una perra de pan de higo, una perra de petróleo, una perra de lija y una perra que sacó el amo del cajón del mostrador. Los seis reales los pagó el de la apuesta.

Después, el padre del *Tinto* se fue a la botica y se tomó una perra entera de bicarbonato.

El *Tinto* entró en la taberna de Picatel.
—Oye, Picatel...
Picatel, ni le miró.
—Llámame Eusebio.
El *Tinto* se sentó en un rincón.
—Oye, Eusebio...
—¿Qué quieres?
—Dame un vaso de blanco. ¿Tienes algo de picar?
—Chorizo, si te hace.
Picatel salió del mostrador con el vaso de blanco.
—También te puedo dar un poco de bacalao.
El *Tinto* estaba recostado en la pared, con dos patas de la banqueta en el aire.
—No. No quiero el bacalao. Ni el chorizo.
El *Tinto* sacó el *chistero,* encendió su apagado cigarro y echó una larga bocanada de humo, con la cabeza atrás, casi con deleite.
—Me vas a traer un papel de las moscas. Hoy me da la gana de comerme el papel de las moscas.
Picatel dejó el vaso de blanco sobre la mesa.
—El papel es mío. No lo vendo.
—¿Y las moscas?
—Las moscas también son mías.
—¿Todas?
—Todas, sí. ¿Qué pasa?

Lo que pasó en la taberna de Picatel, nadie lo sabe a ciencia cierta. Y si alguien lo sabe, es seguro que no lo quiere decir.
Cuando llegó la pareja a la taberna de Picatel, Picatel

estaba debajo del mostrador, echando sangre por un tajo que tenía en la cara.

La pareja levantó a Picatel, que estaba blanco como la primera harina.

—¿Qué ha pasado?

Picatel estaba como tonto. La herida de la cara le manaba sangre, lenta y roja como un sueño siniestro. Picatel, en voz baja, repetía y repetía la monótona retahila de su venganza.

—Por donde más te ha de doler... Te he de pinchar por donde más te ha de doler...

Los ojos de Picatel le bizqueaban un poco.

—Por donde más te ha de doler... Te he de pinchar por donde más te ha de doler...

La pareja se acercó al *Tinto,* que esperaba en su rincón sin mirar para la escena.

—¿Qué comes?

—Nada, papel de moscas. A la guardia civil no se le hace lo que yo coma.

La naranja es una fruta de invierno. El sol color naranja aún ha de tardar varias horas en oír la letanía de Picatel:

—Por donde más te ha de doler... Te he de pinchar por donde más te ha de doler...

La Segureja restañó la herida de Picatel con un pañuelo mojado en anís. Después le puso vinagre en la frente, para que espabilara.

—Por donde más te ha de doler... Te he de pinchar por donde más te ha de doler...

—Pero, ¿qué dices?

Picatel con los ojos cerrados, no escuchaba la voz de la Segureja.

—Por donde más te ha de doler... Te he de pinchar por donde más te ha de doler...

En el cuartelillo, el *Tinto* le decía al cabo que él no había querido más que comerse el papel de las moscas.
—Se lo puedo jurar a usted por mi madre, señor cabo. Yo, en comiéndome el papel de las moscas, me hubiera marchado por donde entré.
El cabo estaba de mal humor; la pareja le había levantado de la cama.
Cuando la pareja dio dos golpes sobre la puerta de su cuarto, el cabo estaba soñando que un capitán le decía:
—Oiga usted, brigada, se trata de un servicio difícil, de un servicio que tiene que ser prestado por un hombre de mucha confianza.
El cabo no entendía del todo lo del papel de las moscas.
—Pero bueno, vamos a ver: usted, ¿por qué se quería comer el papel de las moscas?
El *Tinto* buscaba una buena razón, una razón convincente:
—Pues ya ve usted, señor cabo: ¡un capricho!

La gente, la misma gente que había preguntado a Segureja lo que había pasado entre su marido y la novia del *Tinto,* se agolpó ante la cerca de adobe que hay al pie del olivar del Cura, conforme se sale hacia el arroyo.
Una hora antes, Picatel había saltado como un garduño la alta barda de las espinas y las zarzas, de los vidrios y los alambres desgarradores.
Picatel llevaba en la mano una faca de acero brillador, una faca cuya luz semejaba en la noche el temblor de una tenue rendija en la ventana que no ajusta del

todo, en la ventana que siempre deja un resquicio abierto, quién sabe si a la venganza, al miedo o a la desesperación.
Picatel llevaba en la boca la temerosa salmodia que le empujó por encima de los adobes del corral del *Tinto*.
—Por donde más te ha de doler... Te he de pinchar por donde más te ha de doler...
Picatel se acercó a las ovejas, tibias y prometedoras, aromáticas y femeniles. Su corazón le andaba a saltos, como cuando se encerraba en la cuadra con la novia del *Tinto*.
Picatel paseó entre las ovejas, celoso como un gallo, rendidamente lujurioso como un sultán que vaga su veneno por entre las confusas filas de un ejército de esclavas desnudas.
A Picatel se le hizo un nudo en la garganta.
—Por donde más te ha de doler... Te he de pinchar por donde más te ha de doler...
Picatel palpó los lomos a una oveja soltera, a una cordera que miraba como su mujer, de moza, o como la novia del *Tinto* derribada sobre el suelo de estiércol de la cuadra.
A Picatel le empezaron a zumbar las sienes. La cordera se estaba quieta y sobresaltada, como una novia enamorada y obediente.
A Picatel se le nublaron los ojos... La cordera también sintió que la mirada se le iba...
Fue cosa de un instante. Picatel echó el brazo atrás y descargó un navajazo temeroso en el vientre de la cordera. La cordera se estremeció y se fue contra el suelo del corral.
Una carcajada retumbó por los montes, como el canto de un gallo inmenso y loco.

La gente, la misma gente que decía que entre Picatel y la novia del *Tinto* había más que palabras, seguía, firme y silenciosa, ante el corral que queda al pie del olivar del Cura, conforme se sale del pueblo, camino del arroyo.
La pareja no dejaba arrimar a la gente.
Ese hombre que llega tarde a todos los acontecimientos, preguntó:
—¿Qué ha pasado?
—Nada —le respondieron—; que Picatel despanzurró a las cien ovejas del *Tinto*.

Sí; la naranja es una fruta de invierno.
Cuando el sol color naranja llegó rodando, más acá de los montes, por los remotos caminos del mundo, por los lejanos e ignorados caminos del mundo, ya Picatel marchaba, más allá de la colina de duro pedernal, de espaldas a las casas canijas, negruzcas, lisiadas, por aquellos caminos que llevaban al mundo, andando como un sonámbulo, repitiendo a la media voz del remordimiento:
—Por donde más te ha de doler... Te he de pinchar por donde más te ha de doler...
El sol color naranja alumbraba la escena, sin darle una importancia mayor.
Sí; sin duda alguna, la naranja es una fruta de invierno.

Una rueda de mazapán para dos

Cuando llegue a Madrid, será la Navidad. Es posible que pueda llegar el mismo día de Nochebuena. La pobre Concha estará ya repuesta, ya podrá levantarse, incluso estará guapa y arreglada como nunca. Yo le llevaré una gran rueda de mazapán. Bueno, una gran rueda de mazapán, no; para dos no hace falta una gran rueda de mazapán. Le llevaré una rueda de tamaño mediano, pero de buena clase, una rueda con frutas escarchadas haciendo adornos y todo el borde rizado de almíbar. Por cuarenta pesetas yo creo que encontraré una rueda que esté bastante bien. Y cuarenta pesetas, aun contando con el billete de ida y vuelta, y aunque allí tenga que hacer algún pequeño gasto, sí tengo. Y más también. La pobre Concha se pondrá muy contenta al verme. Estas separaciones son crueles; pero el tiempo pasa, las cosas tienden a arreglarse, y quizá dentro de dos años pueda casarme y traerla conmigo a la provincia. Su salud no es buena, pero yo pienso que poco a poco se irá reponiendo; lleva ya una temporada bastante bien. Yo creo que cuando llegue a Madrid podrá recibirme de pie. ¡Qué gran ilusión! Pensar que fuese a esperarme a la estación sería pedir demasiado. La pobre Concha no está para muchos trotes. La crujida que pasó fue muy fuerte, y ya nos conformamos con que la pobre haya podido salir adelante. Pero ella es una mujer joven, animosa, de buen humor, y yo creo que esas condiciones son muy buenas para recuperar la salud. Si estuviese todo el día diciendo: «¡Ay, qué horror, esto no es vida!», probablemente no se curaría nunca, se iría quedando lánguidamente delicada, como esas señoritas que se pasan la vida tocando valses y polonesas en el piano, y se le pondría el mirar profundo y febril, las manos transparentes y marfilinas, el pecho hundido y suspirador. Pero no; ella es de otra manera, de otra forma distinta de ser; lo que ha pasado no ha sido más que un bache en su vida; ella es dinámica, activa, organizadora, es una mujer admirable, absolutamente admirable, una mujer que jamás diría, aunque se estuviera muriendo: «¡Qué horror, qué horror; esto no es vida!».

El señorito Antonio era el héroe doméstico de doña Clotilde, la dueña del fonducho donde vivía.
—Es un santo —decía doña Clotilde a todo el mundo—, lo que se dice un verdadero santo, que no hace más que ir de casa a la Diputación y de la Diputación a casa y pasarse todas las horas del día contando las alabanzas de su novia, de la pobre Concha, como él dice, que para mí es una de esas señoritas de Madrid con más vueltas que un caracol, aunque él está convencido de que si no es Juana de Arco es porque no le dio la gana. Pero lo que yo digo es que el señorito Antonio está como alelado y con el seso sorbido, y un día se va a encontrar con un lío en su oficina, porque el jefe le va a decir de repente: «Oiga usted, Antonio, tráigame la *Gaceta* del 3 de mayo de 1919», y el hombre no se va a acordar de dónde había guardado la *Gaceta* del 3 de mayo de 1919. El jefe puede ser que le grite; pero si eso empieza haciéndolo todos los días, acabarán por echarlo, y entonces de nada le servirá que vaya a ver al jefe y le diga: «Hombre, no me eche usted a la calle, que soy ex cautivo», porque el jefe le dirá: «Sí, ya lo sé, pero no me sirve usted para nada

y, además, hay por ahí la mar de ex cautivos e incluso ex combatientes que harían esto mucho mejor que usted». Y sería una pena, porque el señorito Antonio es muy buen chico; que el hombre esté un poco a pájaros no significa nada, que también hay muchos sabios que están a pájaros y de paso inventan medicinas para curar la tos ferina y hasta el asma.

Don Leonardo era el jefe de la Sección de Cédulas Personales de la Diputación Provincial. Don Leonardo era un señor pequeñito, bondadoso, atildado, que nunca se hubiera atrevido a decirle al señorito Antonio: «Mire usted, Antonio: hay que aplicarse más; lo veo a usted más holgazán esta temporada». No, jamás. Don Leonardo, si hubiera tenido que reñir al señorito Antonio, le hubiera dicho: «Verá usted, Antonio: ya sabe usted que yo lo quiero como a un hijo; yo tendría que decirle... vamos, que rogarle... ¿cómo diríamos?... Usted ya me entiende... Usted para mí es como un hijo, como un verdadero hijo; yo no tengo que decirle nada; usted es un chico inteligente que sabe de sobra lo que quisiera decirle... ¡A buen entendedor...!». Pero don Leonardo no tuvo que decirle nada; don Leonardo estaba muy contento del comportamiento del señorito Antonio.
Un ujier se metió en el archivo donde trabajaba el señorito Antonio.
—Oiga, que el jefe dice que vaya.
—¿Yo?
—Sí. Usted.
El señorito Antonio se arregló un poco la corbata y se pasó la mano por la cabeza para alisarse el pelo.
Por los oscuros pasillos de la Diputación, el corazón

latía en el pecho del señorito Antonio, al mismo ritmo que sus rápidos pasos.
—¿Da su permiso?
A través de la gruesa puerta de madera, y como amortiguado por los legajos que cubrían las paredes hasta el techo, al señorito Antonio se le figuró oír un lejano: «¡Adelante!»
—Siéntese usted, Antonio; tengo que hablar con usted sobre este permiso de Navidad.
Al señorito Antonio se le secó la garganta de repente; quiso decir algo así como «Muy bien, lo que usted guste», pero no pudo.
—A mí me parece muy razonable su pretensión. Querer pasar la Navidad con la prometida, sobre todo cuando, por las circunstancias, se permanece separados todo el año, me parece justo y razonable, muy razonable. He hablado con el señor Jefe de Personal y no ha puesto objeción alguna; su expediente es bueno y ha accedido gustoso a su petición...
Al señorito Antonio, por la parte de dentro de los ojos, le empezaron a volar, vertiginosamente, como una nube de veloces y zigzagueantes golondrinas de color de plata. Cerró un momento los ojos, y las golondrinas le picaban en los párpados, para que los abriese...
—...de que el permiso se le amplíe en dos días para poder llegar el mismo día de Nochebuena a Madrid. Y aquí tengo el oficio firmado por el señor Presidente. Tómelo usted, y enhorabuena. Que sea muy feliz y que Dios les bendiga a su prometida y a usted.
Don Leonardo sonrió.
—Y a ver si el año que viene ya me la presenta usted como su señora.
El señorito Antonio ni se movió ni dijo una palabra. Quiso sonreír, pero tampoco pudo sonreír. Quiso alargar la mano para recoger el oficio firmado por el señor

Presidente, pero tampoco pudo alargar la mano para recoger el oficio firmado por el señor Presidente.
—¿Qué le pasa? ¿Se siente mal?
El señorito Antonio estaba pálido. Un hombre muy inteligente hubiera adivinado en sus ojos una alegría inmensa.
—Serénese, Antonio, serénese un poco. ¿Se siente mal?
Don Leonardo se levantó y fue por el botijo.
—Beba usted agua y váyase después a tomar un café. Eso le hará bien.
Don Leonardo sostuvo el botijo para que el señorito Antonio pudiese chupar dos o tres tragos. El señorito Antonio sonrió y habló con una voz ronca y extraña, con una voz que parecía sonar detrás de un tabique.
—Gracias, don Leonardo, muchas gracias; es usted muy bueno conmigo, con nosotros. La pobre Concha también se lo agradecerá... ¿Puedo marcharme?
—Sí, hijo, váyase usted. Guarde usted bien el oficio...
El señorito Antonio, al verse en el pasillo, salió corriendo como un niño asustado. Después se echó a llorar. Después se fue a tomar un café.
El señorito Antonio era profundamente feliz.

Desde la ventanilla del vagón de tercera se veía un campo triste, inhóspito, desolado, un campo de fríos charcos, de árboles desnudos y ateridos, de pajaritos de plumas grises que volaban resignadamente bajo el frío.
Quizá desde las ventanillas de los vagones de primera se divisase un bello paisaje blanco y navideño, blandamente nevado como en los cuentos de Andersen, cruzado de vez en cuando por alegres campesinos que cantaban villancicos y llevaban un haz de leña al hombro

para encender el gran fuego de la Nochebuena. Todo puede ser.
El señorito Antonio, sentado en su vagón de tercera, con la rueda de mazapán bien envuelta y puesta sobre las rodillas, no atendía a la conversación de los demás viajeros.
—El tren llegará a Madrid sobre las ocho. Es muy buena hora. Concha ya habrá recibido mi telegrama, ya estará impaciente la pobre...
En el vagón de tercera hacía un frío cruel, un frío que se metía en los huesos y allí se quedaba, buscando un poco de calor. En un rincón, dos guardias civiles, enfundados hasta las orejas, fumaban en silencio el lento y negro tabaco del aburrimiento. Una señorita mayor, con aire de pensionista, llevaba trescientos kilómetros comiendo avellanas; de vez en cuando preguntaba qué hora era. Dos mujeres y un hombre gordo, lustroso y sin corbata, hablaban por los codos y bebían de una botella de vino blanco de marca. Un mocito flaco, como de catorce años, miraba, abstraído y silencioso, para los bultos de la rejilla, amontonados, resignados y quietos como emigrantes...
—La pobre Concha se pone muy nerviosa en estos casos. Yo la animaré, y le diré: «¿Te das cuenta de que ya es una Navidad menos que pasaremos solteros?». Ella, a lo mejor, se emocionará demasiado. No; será mejor que no le diga nada, que le diga otra cosa menos, ¿cómo diría?, menos cariñosa. Mi cariño ya no se lo tengo que demostrar; ya ella sabe, desde hace tiempo que es mucho y de buena ley...

Con su rueda de mazapán debajo del brazo, el señorito Antonio bajó corriendo las escaleras del Metro. Al entrar en el vagón, una mujer le tropezó con violencia.

—Señora, por Dios, no empuje usted así. ¿No ve que, por poco, me aplasta usted mi rueda de mazapán?
Al llegar a su estación, el señorito Antonio, que salió como un loco, atropelló a la mujer. El señorito Antonio ni la miró ni le pidió perdón. El señorito Antonio tenía otras cosas en que pensar.
Desde la boca del Metro hasta casa de Concha habría unos cuatrocientos pasos. El señorito Antonio entró como una bala en el portal. El ascensor estaba subiendo y había que esperar. ¡Qué fatalidad!
El portero le saludó muy fino:
—¡Felices Pascuas, señorito Antonio, y bien venido! La señorita Concha dejó una carta para usted.
—¿Eh?
—Que la señorita Concha dejó una carta para usted.
El señorito Antonio procuró simular tranquilidad.
—¡Ah, sí! A ver, démela usted.
La carta de la señorita Concha decía así: «Adiós. Pienso ser más feliz que contigo. Que Dios te ayude. *Concha*».
El señorito Antonio no dejó caer la rueda de mazapán, la apretó con más fuerza. El señorito Antonio se encontró, de repente, completamente tranquilo. El señorito Antonio sonrió.
—Óigame, Serafín: ¿me hace un sitio en su mesa de Nochebuena?
Serafín era el que estaba al borde del llanto. Algo adivinaba que le producía ganas de llorar.
—Ya sabe usted que sí, señorito Antonio; pero no piense usted que va a comer pavo...
Serafín y el señorito Antonio se fueron hacia la portería.
—Yo pongo esta rueda de mazapán. No tocaremos a mucho, claro, porque ésta era una rueda de mazapán para dos.

Serafín se fue para dentro y al cabo de unos instantes volvió con su mujer y con todos los chicos.
La mujer de Serafín le dijo al señorito Antonio:
—Ya me dijo mi Serafín lo que le pasa. ¡Hay que ver lo que hizo la señorita Concha!
Y el señorito Antonio le dijo a la mujer de Serafín:
—¡Qué vamos a hacerle, señora Engracia! ¡Cada cual mira por lo suyo!

Fuera, un perro vagabundo, con el rabo entre piernas, las orejas lacias, las lanas empapadas, pasaba a un trotecillo aburrido, como escapando, sin demasiada ilusión ni esperanza, de su propia soledad.

Guerra en el fin del mundo

I

La guerra empezará en el fin del mundo, ya lo verán ustedes. Después se irá extendiendo poco a poco, como una inundación, y no van a ser muchos los que libren el pellejo.
Doña Fabiola tenía un lunar en la mejilla, un lunar grueso y peludo en forma de tiesto.
—El mundo anda ya mal desde hace un montón de años; para mí que no hay quien lo arregle.
Doña Gala Domínguez estuvo casada con un brigada de carabineros que murió en La Alberguería, provincia de Salamanca, hace ya tiempo, de unas tercianas que lo fueron dejando amarillo y cuarteado como un pájaro muerto al que le ha llovido por encima. Doña Gala tenía seis hijos de su matrimonio. Bueno.
—Oiga, doña Fabiola, entre chinos y coreanos, ¿cuántos habrá?
—¡La mar de ellos, amiga Gala! ¡Lo menos tres veces más que españoles!
—¡Qué atrocidad! A eso no debía de haber derecho.
Doña Fabiola Padilla se cortaba, a veces, los pelos del lunar. Los domingos se daba algo de colorete, y el 21 de marzo, que es el día de su santo, se ponía un traje de terciopelo verde y un sombrero con un grueso alfiler dorado. El resto del año andaba siempre de luto.
—¡Pompas, pompas! ¡Pompas y vanidades! En fin... Oiga, amiga Gala, ¿vino su marido?
—¡Ay, no, hija! Lo estuvimos convocando toda la noche, pero, ¡que si quieres arroz, Catalina!

—¿Cómo?
—Pues eso, que no compareció.
—¡Vaya por Dios!
La niña menor de don Generoso estaba novia de Hilario. Hilario vivía del sable y del tupé.
—¿Por qué no haces unas oposiciones?
—Pues porque no me da la gana.
Ferminita sonreía gozosa.
—¡Ay, chato, qué hombre eres!
Don Generoso Cortés coleccionaba sortijas de puros.
—No vaya usted a creer que esto es una chifladura o una mentecatez. Esto se llama la vitofilia, y viene del latín *vito,* vitola, y *filia,* colección; yo antes creía que *filia* significaba hija, pero después me dijeron que no, que hija era otra cosa.
Hilario, a veces, le guardaba alguna y después se la daba.
—Gracias, hijo, que Dios te lo pague.
—De nada. Oiga, don Generoso, que no es coba, ¿eh?, que es aprecio.
Don Generoso tenía un jilguero que antes, hace unos meses, se llamaba Hilario; después le cambió el nombre y le puso Plácido.
Hilario y Ferminita, cuando tenían un duro, se metían en un cine de barrio, en un cine de sesión continua, y allí se estaban las horas muertas, muy acurrucaditos, con las caras muy juntas. La chica se encontraba tan a gusto, que algunas veces hasta se dormía. Hilario es hijo de doña Gala y del carabinero muerto. Cuando el carabinero se murió, doña Gala le decía a las visitas:
—Como un angelito, se quedó como un angelito. Cuando iba a expirar, me dijo: «Oye, Gala», y yo le dije: «¡Qué!», y él me miró y me dijo: «Acércate, que voy a decir mis últimas palabras». Yo me puse muy nerviosa «Anda, di», y él me miró con los ojos muy

tiernos y me dijo: «Que mis hijos me conduzcan a la última morada». Yo le dije: «Bueno», y expiró.
Hilario, como los hermanos no pudieron llegar a tiempo, se puso el ataúd a la cabeza, como una cesta de manzanas o un cántaro de agua. Por el camino del cementerio, Hilario iba pensando: «¡Qué poco pesa!». Después se puso a pensar que pronto iban a levantar la veda. Una calandria silbaba en el trigal, que parecía teñido con manzanilla.
Doña Gala tenía las manos apoyadas sobre el vientre. Era una postura muy cómoda, esa es la verdad.
—Oiga, doña Fabiola, ¿llegarán los chinos a Madrid?
—Vaya usted a saber, amiga Gala. ¡Cosas más raras se han visto!
—¡Ya, ya! Oiga, pero, ¿usted no cree que los españoles les podremos?
Doña Fabiola, ¡zas!:
—¡Raza de heroicas virtudes es la nuestra!
—¿Eh?
—Pues que sí, que a lo mejor, sí.
Doña Fabiola se desinfló.
—En la tienda quieren darnos unas judías más malas que un dolor.
—Déjese de eso, doña Fabiola. Oiga, ¿los chinos tienen aviación?
—¡Anda, pues claro que tienen aviación!
—A mí no me cabe en la cabeza. Yo no puedo creer que los chinos tengan aviación.
—Pues la tienen.
—Bueno, la tendrán. Pero, ¡mire usted que los chinos con aviación!
Hilario Ríos Domínguez le había dicho un día a la Ferminita:
—Oye, nena, yo estoy harto de no tener un chavo. Si no se me arreglan las cosas, me marcho al Tercio.

La Ferminita rompió a llorar como una Magdalena.
—Pues si tú te vas al Tercio, yo me bebo una botella de lejía y me muero.
Hilario ya no volvió a decir más lo del Tercio.
Doña Gala le preguntó a don Generoso, cuando ya iban bajando las escaleras:
—Oiga, ¿usted cree que doña Fabiola acertará?
Don Generoso se apoyó en el pasamanos. Tenía la mirada luminosa, como un poeta mal alimentado, y la voz ronca, igual que una recién casada.
—Yo, Gala, sólo sé que cada día que pasa la quiero más a usted.
—¡Ay, Jesús! ¡Ay, Jesús!
—Sí, Gala, yo no puedo vivir sin usted. Mi vida, sin usted, es como una noche oscura.
—¡Cállese, pecador!
—No, Gala, amar no es pecado. Los dos somos libres. Vivamos el uno para el otro. ¡Seamos felices!... Adiós, doña Matilde, siga usted bien...
—Adiós, don Generoso. Adiós, doña Gala. ¡Caray, parecen ustedes dos novios!
Doña Gala se echó a llorar. Doña Matilde, cuando iba por el quinto, miró por el hueco de la escalera. Don Generoso y doña Gala, sentados en el primer peldaño del principal, se abrazaban en silencio, con una resignada alegría.

II

Doña Fabiola, en la tahona del señor Senén, se puso a hablar con la Ferminita. El día estaba algo lluvioso, igual que cuando enterraron al papá de Hilario, que fue un carabinero muy aparente, un carabinero muy reglamentario.

La Ferminita tenía aire de estar pasada de frío, dentro de su abriguillo de algodón.
—¿Y tu papá, rica?
—Pues ya lo ve usted, doña Fabiola, con la que nos ha salido ahora. ¡A la vejez, viruelas! El pobre lleva tres días sin comer y componiendo versos.
—¿Y qué dice?
—Pues dice que no hay nada tan bello como el amor y que quiere morirse.
—¡Pero, hombre!
—Sí, señora, yo estoy la mar de preocupada. Estas cosas del corazón nunca se sabe en lo que van a parar.
—Ya, ya. Y tu novio, ¿qué dice?
—Pues ya ve usted, mi novio se ha puesto muy burro, no es nada comprensivo. Dice que hay que ser más decentes y que ya podían haberse acordado antes.
Doña Fabiola se sonó las narices; hizo un ruido tremendo, un ruido como de trompeta partida.
—Pues, hija, no creas que no le falta razón. ¡Mira tú que la pareja!
La Ferminita se sobresaltó.
—¿Qué le pasa a la pareja? Es una pareja como otra cualquiera. Si se quieren, ¿por qué no se lo han de decir?
—¡Anda! Entonces, ¿tú ves bien ese lío?
—No es un lío, doña Fabiola. Mi papá es un hombre decente. Yo pondría una mano en el fuego porque no le toca un pelo de la ropa hasta que estén casados como Dios manda.
Doña Sabina, la dueña de la tahona, la mujer del señor Senén, está espantada de lo que viene oyendo desde hace ya varios días. La verdad es que ella, a pesar de todo, nunca se hubiera atrevido a dar demasiado crédito a las habladurías. La gente, ya se sabe, habla muchas veces por hablar.

«¡Bah! —pensaba—. ¡Qué ganas tiene la gente de inventar!»

Cuando la Ferminita se marchó, doña Sabina le dijo a doña Fabiola:

—Oiga, doña Fabiola, ¿hay algo nuevo de esa maldita guerra de los chinos? Para mí, que de ahí no va a salir nada bueno, ya lo verá usted.

—Pues, sí, amiga Sabina, las cosas no marchan como fuera de desear.

—Ya, ya. Al final nos van a liar a todos, ya verá.

Doña Fabiola sentía como una oleada de felicidad subiéndole por el pecho.

—Pues, sí, es eso lo malo. Es como una inundación, igual que una inundación. Van a ser pocos los que libren el pellejo.

—¡Qué horror, doña Fabiola! ¡Dios nos coja confesados!

Doña Fabiola puso el mirar profético y evadido, parecía un mirlo.

—...La guerra empezará en el fin del mundo...

Doña Sabina sonrió, orgullosa de entender.

—Eso digo yo; esta guerra va a ser el fin del mundo.

Doña Fabiola miró a doña Sabina con extrañeza. Las madres de familia —desmadejadas, pálidas, tiernas— y las criadas de servir —garridas, rebosantes, rozagantes—, cortaban sus cupones y contaban sus cuartos en silencio.

Fuera, un perro enamorado olfateaba un farol con delicadeza, con aplicación, incluso henchido de buenos propósitos.

La última carta de sir Jacob, joven sentimental

La condesa María Alexandrovna tenía los ojos claros como el cristal. Sentada en su sillón Queen Anne semejaba una reina sacada de las tragedias de los románticos alemanes.
Su marido, el conde Federico, coronel de húsares, estaba en la guerra. Sus dos hijos mayores, tenientes de Artillería los dos, también. La condesa María sufría atrozmente; sin embargo, su papel de madre no le permitía decaer. Su única hija, Berta, viuda del príncipe Csarky, muerto a los pocos días de operaciones al frente de su escuadrón, era muy desgraciada.
Cirilo, su tercer hijo varón, de trece años de edad, con la cabeza erguida como un árabe y serio como un arzobispo, no se dignaba despegar los labios. Estaba ofendido con su madre, que le exigió promesa de no huir a la guerra. Cuando su padre volviera... De pie, con las manos en los bolsillos de la levita y la mirada fija en el crepitar del leño de encina de la amplia chimenea, se pasaba las horas muertas. Su preceptor había caído en desgracia; un día le dijo el pequeño Cirilo a su madre:
—No tengo edad ya para andar guardado por un pope. Va siendo hora de ser acompañado por un oficial.
Y a la condesa María se le llenaron los ojos de lágrimas...
Los dos hijos pequeños, Yeugenia y Mytia, una Evita y un Adán, rubios y soñadores, apoyaban sus cabezas sobre el regazo de la madre.
—Y como habéis sido buenos y habéis cumplido con vuestro deber, os leeré la carta de sir Jacob...
Cirilo se marchaba a su habitación. La carta de sir Jacob

no quería oírla. Echado sobre la cama, leería "La guerra de las Galias", o "La vida de Napoleón", o "La historia de Rusia".
Berta diría:
—¡Por Dios, mamochka!
Pero no haría demasiado hincapié.
Fuera, estaba todo cubierto por la nieve, como en las novelas de Tolstoi...
La condesa María Alexandrovna se levantó para volver al poco rato con la carta de sir Jacob en la mano. Su voz era suave como el lino.
Oíd lo que leyó.

Pulteneytown, miércoles, 8 de noviembre.

Mi querida *lady:* Sé bien que no he cumplido mi promesa, que no he hecho honor a mi empeñada palabra, y comparezco por ello ante vos tan avergonzado como un turbio colegial con diez años de internado entre pecho y espalda. Quizá mi modestia desmerezca al yo conocerla; pero, ¿qué queréis?, no es mía la culpa de su conocimiento; de las intuiciones jamás nos es dado avergonzarnos, como nos es permitido hacerlo de una licenciatura en Cambridge, por ejemplo, o de un virreinato en la India: de las cosas que precisan una aceptación.

Perdonadme el párrafo anterior; podéis ser clemente conmigo, porque si cierto es que no cumplí con lo pactado, no menos digna de tomarse en consideración resulta la causa que a ello me forzó, causa que, ¡no, por Dios!, no seré yo quien osaré explicaros.

Ayer, a eso de las dos de la tarde, paraba el coche que me conducía a la puerta de mi casa. Me apeé por la portezuela que daba al mar, que estaba hermoso como nunca; los veleros, anclados a pocas yardas de mí, me

entristecían con su silueta (a la que nunca conoceré ni querré lo suficiente), pero con una tristeza tan amable y acogedora como no sabría deciros. El mar parecía como templado alrededor de los viejos veleros, y el graznar de las gaviotas perdía su acritud al pasar por las jarcias y los obenques. ¡Dulces, ancianos barcos que conocéis las lágrimas del mar; vosotros, con vuestros nombres que suenan a cadenciosa y tierna hija de armador, seréis —lo sois ya un poco— las únicas criaturas que comprendáis el último estertor de este doliente amigo vuestro!
(Vos también lo comprenderíais, condesa: no me interrumpáis, sin embargo.)
Y de las bruñidas y doradas letras de vuestras popas, donde los signos, como estrellas fugaces, están tan sabiamente combinados que de su orden pueden leerse bonitos nombres: Alice Terrey, Mary McSlow, etc., saldrán esas llamitas que apagará, soplando con suavidad, mi esposa cuando esta mano con que escribo, sin separarse del resto de mi cuerpo, corra hacia el huequecito que le aguarda.
Se siente uno feliz viniendo a quedarse donde uno siempre se imaginó que debiera hacerlo. Yo sé perfectamente, como sabrán muy pocos humanos a buen seguro, qué aspecto presentará mi tumba, al pie de la amplia encina, bordeada de blanco granito, sembrada de violetas como las de mis padres y la de mi hermano, con una placa dorada, que dirá en unos caracteres que también sé cómo serán:

Sir Jacob McJacobsen. F. C. S.
12 - IV - 1830
? - IX - 1861

No sé —es lo único que no sé— el día que será (por eso pongo una interrogación); pero lo que sí os aseguro es que de este mes no paso; faltan veintidós días todavía para el treinta. Además, un deber de ciudadanía y de convivencia familiar me obligaría a precipitar mi marcha si se desacelerase: las Navidades son muy tristes con un enfermo en casa...

Mi mujer se incomodó conmigo porque salí del coche por la puerta que daba al mar y no por la que daba a la casa y donde ella me esperaba. Me reprochó mi frialdad y estuvo llorando toda la noche. Yo traté de consolarla. Después de todo, ¿qué culpa me asiste en mi preferencia por el mar? Hay cosas que mi mujer no comprende, porque trata de ahondar demasiado en ellas, cuando precisamente su sencillez es su única explicación.
Yo también en esto trato de descargar mi conciencia.

Sé que ya me habéis perdonado el que no os haya escrito ayer mismo, nada más llegar. Y en premio a vuestra bondad os haré dentro de poco una confesión que os llenará de gozo.
Pero antes será necesario que reconozcamos los dos que mi mujer está hermosa como nunca. Llevamos seis años casados y casi seis separados, como ya os dije; ahora volvemos a unirnos porque, en realidad, yo no me voy a morir en medio de la calle ni ella lo consentiría tampoco. Quizás ocurra que antes fuera aún demasiado joven para haber alcanzado la belleza; ahora tiene exactamente veintiún años y dos meses.

Nuestro hijo, a quien yo no conocía, cumplió ya los cinco años. Es alto y delgado como yo y me mira con una mezcla de desprecio y tolerancia que me irrita. Probablemente me considera un intruso: ¡quién sabe si no le asistirá la razón!

¡Os amo, condesa, os amo ardientemente, violentamente, ahora que ya sé —con una certidumbre que abruma— que jamás seréis mía, que jamás viviréis al mismo fuego que yo, que jamás os lavaréis la cara en el mismo lavabo donde yo vaciara, noche a noche, los vasos de lágrimas que me hacéis verter!
Ahora que ya sé —tan bien como vos lo sabéis, aunque por nada del mundo lo confesaríais— ese secreto que vos me enseñasteis y que morirá conmigo, porque no me habéis autorizado a hablar con nadie de él, ni siquiera con vos misma...
Ahí queda mi confesión (hecha a cambio de vuestra indulgencia), que sé que os llenará de gozo.

Mi esposa —hoy ya no llora— me pregunta qué escribo. Yo le contesto que el testamento, y entonces ella me sonríe, me aparta los cabellos de la frente y me dice que aleje los malos pensamientos; y a quien entran entonces ganas de llorar, unas ganas inmensas de llorar, es a mí...
Las mujeres sois una mezcla extraña de reacciones que yo me confieso impotente de interpretar. Cuando no sois esa mezcla extraña no merecéis la pena. Aunque seáis hermosas como las Venus griegas. Mi mujer —que, como vos, forma en el grupo de las que merecen la

pena, aunque no seré yo quien señale los lugares ocupados por ella y por vos— es probablemente más compleja de lo que yo me había figurado, y estoy ante ella en una constante tensión. La niña abandonada por su marido...

El viaje que hice fue cansado, muy cansado; reparad, además, en lo precario de mi salud y en las muchas millas que hube de recorrer y os haréis idea de lo rendido y agotado que llegué.
Hace días que no me miro al espejo (a causa, perdonad que os lo explique, de un orzuelo cuyo aspecto no quiero ver sobre mis ojos) e ignoro si mi palidez ha aumentado; de todas formas, no irá mal a mi negro pelo. Lo que sí me preocupa es mi delgadez, que probablemente es ya extrema...

No sé por qué os digo ni la mitad de las cosas que os digo. Lo que no os agrade, dadlo por no escrito. Será mejor.

Mi mujer miraba para el mar. Yo fui muy despacito hasta ella y la cogí suavemente por la cintura. Ella ni se movió ni dijo una palabra... Pero por la noche yo me hacía el dormido y ella me besaba en la frente y en las mejillas.
Recuerdo que vos me decíais:
—Las rusas tenemos la boca grande; podemos morder...

¿Os acordáis? Pues bien, no es cierto eso que asegurabais. Mi mujer, que es escocesa, tiene la boca tan grande, por lo menos, como la vuestra, mayor posiblemente, y es incapaz de morder. No os enfadéis; tenéis la obligación de saber que os quiero como nadie quiere a nadie, y esa obligación vuestra (que cumplís, estoy seguro de ello) es para mí una liberación que me permite llegar hasta donde mi voluntad, antojadiza como la brisa o como las mariposas, quiera llegar.

El tiempo es gris, como es de ley que sea en esta estación y en esta latitud. Pero mi ánimo vuela al margen del barómetro y, si estuvieseis cerca de mí, iluminaría todo mi ser con idénticas luces a las de vuestra tierna y nostálgica Ucrania marinera, la de los almendros, las vides y los naranjos.

Pero estáis alejada y os aparecéis ante los ojos de mi alma con una hermosura tal que no puedo ni miraros.
Y me conformo con oleros. En sueños oléis exactamente igual que en carne viva: a rosas, cuando estáis predispuesta al amor; a violeta, cuando os sentís caritativa; a jazmín, cuando el genio anuncia su arrebato..., y yo aspiro vuestro aroma hasta la embriaguez, y caigo rendido de amor, en la menos gallarda de las posturas, debajo de la mesa...

¿Creéis que hay derecho acaso a que yo, por ejemplo, me coloque ante una mesa (la mesa estará apoyada en la ventana, y por la ventana se verá el mar), ante un montón de blancas cuartillas, coja la pluma y empiece a escribir, a escribir, así sin más ni más, sólo por la pueril ilusión de sentirme ante vos (que gozabais —una vez me lo dijisteis— de oírme por oírme, aunque mi tono de voz —también vos lo habéis dicho— se debilitase por la afonía), de contaros a vos todo este fárrago de pensamientos nómadas que a mi mente afluyen?

No sé lo que creeréis, pero yo os aseguro que sí, que hay derecho. Honradamente vuestra opinión sobre este extremo —aunque os la he pedido— no me interesa.

Perdonadme, condesa, una vez más. La fatiga me hace desvariar. No lo digo por el párrafo anterior, que sigo creyendo cierto, no; lo digo por otras cosas de las que vos —a buen seguro— os habéis percatado. Pago las culpas de un clima ruin (en cuyo gobierno no he tenido ninguna participación), y esa injusticia que clama a los cielos me subleva hasta la última gota de sangre. En vuestro país, como las enfermedades están sabiamente repartidas, no os dais cuenta de lo que significa toser a cambio de conocer el sabor de la sangre del pecho. Los franceses, que discurren y sienten mucho más rápidamente que nosotros, cantan... lo que aquí jamás nadie se atreverá a cantar. La Iglesia de mi país es una rémora para los moribundos que nos obstinamos en vivir, y los pastores —por regla general— no pasan de ser unos pobres conversadores.

Ahora bien, reconozcamos que se atreven a hablar de todo, lo cual no deja de ser una virtud: la osadía. Os dicen:
—¡Oh la pintura española, la música italiana, las bellas formas de la escultura griega!
No les creáis; no saben una palabra de nada de lo que hablan. Mienten —y lo que es peor: a sabiendas— siempre que abren la boca, porque hablan siempre como de oídos.

Pero son felices con sus amplias mujeres, con sus tiernos y albinos hijitos, generalmente estúpidos como gallinas.
La felicidad es algo no aprehensible. Tal, al menos, es mi opinión, derivada de la experiencia. Si vos creéis lo contrario, anotad los datos que preciséis, para mostrármelos a su debido tiempo: en el Purgatorio, por ejemplo, donde, a buen seguro, me encontraré todavía cuando vos, aburrida de vuestro marido (no olvidéis que siempre os vaticiné que os casaréis con un militar ruso), decidáis marcharos.
Y si digo que la felicidad es algo no aprehensible, creedme que digo la verdad. Lo más que puede ocurrir a veces es que sea palpable, que pueda ser acariciada y mimada; pero jamás —no lo olvidéis, para ahorraros vanos intentos— podrá ser apresada, y no digamos envasada, como las cerezas en aguardiente o los arenques ahumados.

Jueves, 9

Pensando en vos primero y soñando con vos después se me ha pasado la noche.

(Ahora os escribo desde la cama, porque no me voy a levantar sino hacia el mediodía.)

Una brisa suave riza el plato del mar en la bahía. Los veleros se aprestan para aprovecharla y aparejan a toda prisa. Los marineros suben por los palos con la misma soltura con que vos valsáis en el salón. Y como el mar los espera, en cada popa un marino toca en su acordeón su despedida.
A mí me gusta este sonar silvestre y marinero de las selvas del mar. Quizá sea muy complicado, por eso muero joven. Me gusta, como me gusta también la religión católica, como también me gustáis vos... Si no tuviese la obligación de morir, os propondría un viaje por el Mediterráneo, por el mar de los católicos; los marselleses y los napolitanos también hacen sonar el acordeón...

Mi mujer, a mi ruego, toca el piano. Ya es sabido: los niños que pasan por la calle, con sus abriguitos y sus caras de bestezuelas domésticas, se van parando a escuchar. Al principio, son sólo dos, cogidos de la mano. Después van llegando más, unos andando tranquila-

mente, como pensativos profesores; otros saltando a la pata coja y poniendo en su salto mucho más *sprit* que los cojos de verdad; otros aun dando pequeñas y veloces carreras para delante y para atrás, no con la gracia de las golondrinas, sino con la torpeza de los murciélagos...
Ya tenemos a todos los niños del pueblo reunidos y en silencio. Son muchos: sesenta, por lo menos; quién sabe si ochenta. Y aprovechando esta ocasión que se nos brinda...

Lo que debéis perdonarme ahora es que sistematice. Cambridge me hizo mucho daño, pero cuando partí para Cambridge —desde la casa de mis padres— era una indefensa criatura.

Mi mujer toca al piano un vals torpón; lo hace a propósito, puesto que ella es una estimable pianista. Los niños que escuchan en la calle entornan los ojos, soñadores, y no se dan cuenta del frío. Tampoco se percatan de que se les hace tarde, de que no van a llegar a comer a tiempo, de que —probablemente— sus madres (o sus padres, si han tenido la desgracia de quedarse huerfanitos de madre) les tundirán las costillas con el fuelle de avivar la lumbre, o les golpearán sus tiernos vientres con una bota...
Entonces mi mujer deja de tocar su vals, y yo abro las ventanas y les recito unas estrofas de *Hamlet*.
A los diez minutos, si queda algún niño, es por curiosidad. Los otros —hasta sesenta u ochenta— se han marchado ya, y el que más y el que menos piensa, allá

en lo más remoto de su almita, que yo estoy rematadamente loco.

Un griego de la época clásica pasea con su perro. Ante una estatua de Fidias, el hombre se extasía... El perro permanece indiferente; al cabo de un rato huele un poco la base y levanta la pata.
A lo lejos, un cazador deja oír su silbo. El hombre dice:
—¡Caramba, un cazador!
Y sigue su camino. El perro, sin embargo, levanta las orejas, menea gozoso el rabo, se estremece todo a lo largo del espinazo... Es el momento más feliz de su día.

Volvamos a las criaturas. Tomad una (si os repugna podéis encargárselo a un criado de confianza), la que a vuestro juicio tenga un aspecto más puritano. Podéis decir en hermosas frases de Anacreonte cosas interesantes y hasta bellas de la criatura que mantenéis en alto, cogida de los pies. Nadie os tomará en consideración.
Pero hacer que suene algo; ordenad a vuestro criado que lo despelleje vivo, para hacerlo gritar con verdaderas ganas. Entonces el pueblo se amotinará. Gritará, con la inconsciencia que le caracteriza:
—¡Devolvednos a nuestro Jimmy con todo su pellejito!
Y será capaz hasta de asesinaros.

(Ahora me levanto. Mi esposa me ayudará, a buen seguro, a ponerme la levita.)

(Efectivamente, mi esposa me ayudó a ponerme la levita. Es buena y dulce, cualidades que, sin embargo, no han bastado para hacerme feliz.)

Voy a ensayar una disculpa. El sistema de la letanía no me parece deleznable.
Yo, condesa, que a mis treinta y un años voy a morir como un estornino: dulcemente. Que jamás hice el mal a sabiendas (cuando dejé a mi mujer sentí el alma oreada por la brisa suave que caracteriza a los actos de caridad). Que nunca cité opiniones de herejes, aunque he de confesar las simpatías que a ellos me unen. Que aún no pasó el día ni la noche —desde que tengo uso de razón— en que no haya elevado mi plegaria a los cielos. Que puse el hielo del silencio en mi lengua cuando me daba cuenta de que los elogios que dirigía a determinada persona eran excesivos; y que —por último— dilapidé dos fortunas (la de mi mujer y la mía, las cité por orden de importancia) en menos de seis años, sembrando así la alegría en casa de la honesta florista, del honrado pastelero, del amable criado y del benévolo cochero, voy a ser acusado dentro de poco por el Supremo Fiscal y ante el Tribunal donde el juicio no es sino rito, pues de sobra sabe el Juez si uno dice la mentira o la verdad, y si uno va a ser destinado a la diestra o a la siniestra de Dios Padre.

Y como tiemblo de miedo, me dirijo a vos para que me tengáis presente en vuestras oraciones.

Adam Smith, padre de la nueva ciencia que recibe por nombre el de «Economía Política»...
¿Qué trabajo me hubiera costado coger la pluma y empezar así un artículo, levantarme en los Comunes y comenzar así un discurso? Pues bien, jamás lo he hecho. Y cuando he visto u oído que otros lo hacían, los dejé que siguieran y no les descubrí la trampa...
Ahora os veo entre las llamas de la chimenea, ya verde, ya azul, ya encarnada, vos... ¡que sois tan blanca como la misma nieve de vuestra estepa, donde nadie pisa!, y pienso en lo traidora que conmigo ha sido la Naturaleza.

Pues si —como sólo Dios sabe del todo— me puse en viaje con la más alegre de las voluntades y el más jocoso de los ánimos, no por otra cosa fuera que por aligerarme la pena de vuestra despedida y evitaros el tener que decir:
—Me muero, me muero. Esta partida me destroza el corazón...
(Como es fama debe decirse en análoga circunstancia, aunque —bien mirado— resulte en ocasiones embarazoso.)
Porque el amor que os profeso, condesa, es tal que no le veo el límite. Y si fuera preguntando sobre la cantidad de mi cariño, mi deber sería contener la respiración hasta caer muerto por asfixia, como para dar a entender que estaba acopiando fuerzas para poder responder.

El gorrión es un pájaro tan ruin como simpático. Yo amo al gorrión, porque, en el fondo, soy también un tanto ruin, y por la misma razón por la que amo a las monedas de cobre, o a los sellos de Correo usados, o a los viejos pataches de encascadas velas, o a vos misma, condesa, que en vuestros veinticuatro años sois más vieja que nadie...
(Perdonadme que os galantee de esta descarada manera; pensad que es mi admiración por vos lo que a ello me obliga. Dejadme insistir: sois vieja y ruin.)

Pues bien, uno de estos pajaritos (que los italianos, los españoles y los portugueses comen fritos a docenas, y sin dejar ni el cráneo) vino a posarse en mi ventana, justamente delante de mí y entre mi levita y el mar; más cerca, sensiblemente, de mi levita que del mar. Respiraba con dificultad, sus ojos denotaban la fiebre, y en la punta de su gracioso pico un hilito de sangre se había coagulado al aire. Inmediatamente me percaté de que me hallaba ante un colega que a buen seguro la Providencia me enviaba para darme a conocer alguna provechosa enseñanza. Abrí la ventana, lo tomé en mi mano, lo coloqué en la amplia mesa de despacho (que nadie usaba), y sobre un pequeño papel secante (el gorrión quizá desconociese las costumbres de la casa) lo examiné y, ¡horror!, retrocedí asustado ante la prueba, la última prueba que necesitaba para saber de cierto cuánta maldad depositara Satanás en la almita del hijo del pastor.
El gorrión tenía el pecho atravesado por un alfiler de

cabeza gorda del que pendía una pequeña cinta que decía:

Easter Greetings. Cecil Wilmot

El pequeño monstruo Cecil Wilmot era el hijo del pastor: pelirrojo, pasmado y legañoso como una corneja; patizambo, sanguíneo y taimado como un buey; y sonriente, espectacular y cochinamente lugareño como su padre, toda la familia de su padre, y por lo menos la mitad de los feligreses de su padre, ¡quién sabe si en su primitivo cerebro no albergaba la esperanza de que el pájaro viviera hasta la Navidad y el Año Nuevo! (¡fiesta de alegría y de familia!)

Amada mía de mi corazón, quizá sean excesivos los duros epítetos que esta alma atribulada por la desgracia de un colega ha vertido sobre Mr. Cecil Wilmot. Reconozcámosle, cuando menos, un cierto deseo de agradar en su procedimiento —exclusivo, por otra parte— de felicitar las Pascuas...

El pajarito ha sido enterrado en la biblioteca, dentro de una aburrida y gorda *History of Italy*.
El alfiler de cabeza gorda del que pendía una pequeña cinta que decía:

Easter Greetings. Cecil Wilmot,

ha sido devuelto a su dueño.

Porque sabéis que os amo entrañablemente, vuestro recuerdo exige de mí que aleje cierta sombra de duda que veo cruzar por vuestra hermosa cabeza.
No es que reproche lo cruel por sistema, no; lo reprocho por no común. Lo cruel tiene siempre suficiente grandeza para brillar por sí propio como los soles de los espacios sidéreos o como vuestros ojos, condesa, y no precisa huir de lo común y cotidiano, como la obra de arte, por ejemplo, o como la conversación.

Pero ocurre en nuestro país un curioso fenómeno que vos tardaréis en comprender, por extraño a vuestra manera de ser. Para un indígena de un país donde todo se escribe y nada se cumple ha de resultar a la fuerza extraña la consecuencia que de un hecho determinado obtenga un indígena de otro país donde nada se escriba porque la costumbre es ley.

Pero yo siento, en el mismo centro de mi ser, el dolor inmenso que llevan retratados en la cara los niños malditos. Pasan pálidos, abochornados, huidizos, bajo mi ventana, enfundados en sus mortuorias casacas, formados de dos en dos en larga fila, cogidos de la mano bajo la mirada del pastor, que irradia una alegría homicida. Son los abandonados, los repudiados; son los hijos de quienes exclaman poniendo los ojos en blanco:
—¡Ay, qué trabajo me cuesta la separación; qué dolor más grande!

Para añadir al poco rato, creyéndose que todos los presentes son memos como ánades, olvidándose que desde un rincón yo los contemplo:

—Pero a los niños ¡les hace tanto bien una temporadita de internado!...

En la cara de cada niño maldito está pintada la muerte; y el pastor, cada vez que ve a un niño entregarse al destino como una tierna oveja, piensa —entre cínico y gozoso— en su obtuso cerebro:

—¡Loado sea Dios! *Mister X* (o míster V) va camino de convertirse en un hombre de provecho.

Y sonríe, gozoso, mientras su alma está todavía un poquito más entregada al Diablo...

Yo quiero, condesa, antes de morir, romper ante vos una lanza en defensa de los niños malditos.

Porque siento tal vergüenza de tener más de treinta años cuando ellos pasan, que no me atrevo ni a mirarlos directamente. Cada persona mayor, cada hombre y cada mujer, es un enemigo de los niños malditos; y como ellos lo saben (y no saben, sin embargo, contarme como la excepción), yo, sonrojado hasta las orejas, recurro a verlos pasar, escondido tras los visillos.

¡Ah!, pero aquí, aquí mismo, donde yo toco ahora, en este corazón que está dentro de mi pecho, vosotros tenéis, dulces, tiernos niños malditos, todavía una piedra donde reclinar vuestras cabezas para llorar conmigo y conmigo maldecir de vuestros padres, de vuestra mortuoria casaca, de la homicida sonrisa del pastor y de esa fuerza misteriosa que os lleva a cogeros de la mano, durante los recreos, por las húmedas esquinas del patio del internado...

Viernes, 10

(Volved a perdonarme, condesa. Ya sé que no sois recuerdo de los niños malditos; pero hoy, gozoso porque he oído cantar los matutinos pajaritos que, entre dulces latidos, me han traído vuestro primer recuerdo (el de aquella noche en *L'Opera Comique* de París, ¿os acordáis?), me he sentido feliz, con una felicidad radiante, y he inventado para vos un nuevo personaje: las niñas benditas.

Vos habéis sido, a buen seguro, una niña bendita, cuando os bañabais desnuda —según vos misma me dijisteis— en el estanque de vuestra finca de Eupatoria y nadabais, nadabais, con vuestra larga cabellera suelta, en el cristal donde nadaba el cisne y en donde la cereza, por el mirlo picada, al caer dibujaba siete círculos que difuminaban vuestro contorno...

Vos habéis sido, a buen seguro, una niña bendita, cuando os secabais desnuda —según vos misma me dijisteis— en la pradera de vuestra finca de Feodosia y corríais, corríais, con vuestra larga cabellera al aire, por el tapiz donde saltaba el ciervo y en donde la garde-

nia, por vuestra mano asida, al caer dibujaba sobre vos
una lluvia que limitaba de nieve vuestro contorno...

Vos habéis sido, a buen seguro, una niña bendita, cuando dormíais desnuda —según vos misma me dijisteis— en el bosque de vuestra finca de Yarylgach y soñabais, soñabais, con vuestra larga cabellera dormida sobre el césped, con el reino lejano donde el moreno infante dejó casa y honores para ir en vuestra busca...

La manzana que mordisteis entonces me está matando ahora...
El reino estaba demasiado lejos; no ha sido mía la culpa de no llegar a tiempo.

¡Oh Dios! ¿Por qué habéis situado a la Crimea tan lejana al Caithness?

Sábado, 11

Os ruego que dispenséis, condesa, mi rapto lírico de ayer, a quien comparo con la hortensia, que es hermosa, pero sin aroma, y aun con la dalia, que tan bello es su aspecto como repugnante su olor.

Porque habéis de saber, condesa, que relatar estupendas hazañas de poco nos vale si no sabemos vivirlas. Como

de la misma manera, vivir hermosas o gloriosas acciones de nada nos sirve si no sabemos contarlas.
(Quizás esto os explique mi conformidad ante la muerte.)

La hortensia de Byron hubiera necesitado un injerto: flor silvestre de navegante portugués o de conquistador español.
La dalia de Goethe (a quien Ulrika von Levetzow hubiera levantado a última hora, como vos sabéis) murió sin recibir lo que Beethoven acabó por recibir después de mucho suspirar: la madreselva del condottiero.

Que fue lo que le salvó y lo que le sacó del reducido ámbito para elevarlo —en volandas— mucho más lejos.
Pero vos, condesa, niña bendita, hermosa entre las hermosas, acabaréis casándoos con un militar ruso, a quien no amaréis, pero que será bueno con vos; como yo, que tanto os amo, no lo sería probablemente.
Y tendréis cuatro hijos varones, que serán también soldados.

Vuestro marido vivirá largos años, mas vuestros hijos morirán jóvenes: dos en una guerra y dos en otra.

(No reíros, ahora de soltera, cuando sois galanteada por poetas, de lo que os dice un hombre que tiene la obligación de poneros sobre aviso, porque, además de amaros tiernamente, va a morir; porque quizá mañana, de casada, cuando seáis guardada por un capitán, tengáis que arrepentiros.)

(Volved a perdonarme, condesa. Ya sé que no sois soltera. Tampoco ignoro que ya sois guardada, desde un ayer casi lejano, por un capitán. También os atribuyo una edad que no tenéis. ¿Qué importa?)

Y vos, cuando vayáis a entrar en la iglesia para poneros a la izquierda de vuestro novio el capitán y recibir la bendición, os acordaréis de mí; pero trataréis de apartarme de vuestra mente diciendo:
—¡Pobre sir Jacob!
Y me negaréis hasta tres veces, como en vuestra hermosa religión negara San Pedro al Maestro.

He suspendido por media hora el seguir escribiéndoos, para tomar una taza de té en compañía de mi mujer y de mi hijo.
Os encontré entre los cuadradillos de azúcar, reflejada en la breve cuchara, mirándome desde el fondo de la taza, escondida entre el cake, jugando entre los cabellos de mi hijo...

Estuve un largo rato en silencio. Mi mujer, con una dulzura sin límites, me preguntó si me pasaba algo, y al ella hablarme hubiera deseado cualquier cosa (hasta un vómito de sangre) que disculpase mi mudez, que tanto la hacía sufrir. Pero en sus ojos os vi reflejada, niña bendita.

Y rompí a llorar con una amargura inefable.

Ahora estoy de nuevo ante la mesa y ante el mar, y el cansancio ha servido para llevar la laxitud a mis nervios. Estoy ya más tranquilo y os bendigo —¡bendita seáis, niña!— porque habéis sido capaz de hacer que, ante el dolor de mi mujer, soplara todavía en mi alma la confortadora brisa del sacrificio.

Y os manifiesto un nuevo aumento, de ser ello posible, en el cariño que os profeso. Que amenaza con calar tan hondo en mi pecho como el que profeso al mar.

Porque vos, condesa, que en cierto modo sois un tanto ingenua, debéis rechazar por sistema las apelaciones a la conformidad ante la muerte. Aunque os las haga yo mismo.

Ya que, en último término, lo único que tiene importancia es vivir sencillamente, simplemente, vivir no más que por el gozo de sentir que vivimos. Llevarnos una mano al pecho y sentir palpitar el corazón. Reclinar la cabeza sobre la almohada y oír el dulce latido de la sangre en las sienes...

Pues de nada ha de servirnos vivir como un pachá si hemos de preceder a todos los mendigos camino de la tierra...

Yo me resisto a morir, condesa; me resisto a dejarme arrastrar, como si no tuviera voluntad. Y a veces me da por pensar que quizá Dios, al ver mi profunda fe en lo que está vivo, dirija hacia mí un grano de su compasión y me conserve la vida largos años más...

La tristeza me invade, dulce amiga mía, porque he tenido un mal pensamiento (al verla tan hermosa) y he estado a punto de seros infiel: con mi mujer, cuyas tiernas miradas...

Vivir, vivir desbocadamente, a caño lleno, vivir avaramente. Y vaciar la vida por la borda...
Y si Dios transige y nos deja unos años más por delante, yo os aseguro haceros la reina de Londres, el ídolo del West End. Que si a estas horas no lo sois ya —a pesar de vuestros muchos merecimientos—, no por otra cosa es, me ruborizo de reconocerlo, que por culpa mía.

Perdonad mi inmodestia. Nada de lo que yo haga puede reflejarse en vos, que estáis en otro plano, creedme. Pero vuestro recuerdo me hace desvariar.

Domingo, 12

Hoy me ha sido dado contemplar un hermoso espectáculo. Un jovial y simpático marinero noruego (a quien todos estimábamos por sus virtudes) apareció ahogado en la playa; tenía los ojos abiertos como estos tremendos Cristos muertos de la imaginería española...

Me acordé inmediatamente de vos, porque todo es bueno para traerme vuestro recuerdo. Me acordé inmediatamente de vos, y un sobresalto me recorrió las venas al pensar que pudierais poner alguna vez aquellos ojos de besugo enfermo.

Es bello morir en el mar, tan bello como tremendo es que el mar desprecie nuestra ofrenda y devuelva a la tierra nuestro cuerpo...
Estoy profundamente abatido y os ruego que dispenséis el que, por hoy, ponga punto. Mañana, si Dios quiere, continuaré.

P. D. — Señora, Dios no quiso que mi marido acabase la carta que os dirige. Debemos mostrar conformidad.
Perdonad que haya tardado más de una semana en enviaros estos papeles; os ruego que os hagáis cargo de mi estado de ánimo.
Pulteneytown, 20 de noviembre.

                                        Margaret McJacobsen.

La condesa María Alexandrovna acabó con un hilo de voz. Daba muestras de una gran agitación interior, de una emoción profunda.
Su hija Berta, viuda del príncipe Csarky, muerto a los pocos días de operaciones al frente de su escuadrón, no levantó los ojos de la chimenea.
Las llamas iban y venían, como duendes luminosos que se fuesen apoderando de nuestra imaginación...
Sus dos hijos pequeños, Yeugenia y Mytia, una Evita y un Adán, rubios y soñadores, se habían quedado dormidos apoyadas las cabezas sobre el regazo de la madre.
Su hijo Cirilo, allá en su habitación, echado sobre la cama, con "La vida de Napoleón", abierta por Austerlitz, entre las manos, también dormía, con los ojos dulcemente entornados y la cabeza poblada de heroicas escenas guerreras.
A la condesa María parecía remorderle la conciencia; sonreía levemente, con la sonrisa de la tristeza. Su marido, el conde Federico, coronel de húsares, estaba en la guerra; sus dos hijos mayores, tenientes de Artillería los dos, también.
Fuera, todo estaba cubierto por la nieve, como en las novelas de Tolstoi...

Las orejas del niño Raúl

El niño Raúl era un niño con personalidad; esto es, un niño flaquito, paliducho, que hacía, más o menos, lo que le daba la gana. El niño Raúl tendía a la histeria, a la misantropía y a la holganza, como los sabios de la antigüedad. El niño Raúl tenía manías, una bicicleta y diez o doce años.
Al niño Raúl, aquella temporada, lo que le preocupaba era tener una oreja más grande que otra. El niño Raúl se miraba al espejo constantemente, pero el espejo no le sacaba demasiado de dudas; en los espejos que había en casa del niño Raúl jamás podían verse las dos orejas a un tiempo.
El niño Raúl, preocupado por sus orejas, pasaba por largos baches de tristeza y de depresión.
—¿Qué te pasa? ¿Por qué estás con esa cara? —le decía su padre a la hora de comer.
—Nada... Lo de las orejas... —contestaba el niño Raúl con el mirar perdido.
El niño Raúl, a fuerza de mucho pensar, descubrió que la mejor manera de medir las orejas era con la mano, cogiéndolas entre dos dedos, las dos al mismo tiempo, y llevando la medida a pulso, un momento, por el aire —¡por un momentito no había de variar!— para ver si casaban o no casaban.
Lo malo del nuevo procedimiento fue que, contra todos los pronósticos, no resultaba de gran precisión, y la oreja izquierda, por ejemplo, tan pronto aparecía más grande como más pequeña que la oreja derecha. ¡Aquello era para volverse loco!
El niño Raúl empezó a prodigar las mediciones, a ver si conseguía salir de dudas, y hubo días —días excep-

cionales, días de suerte y de aplicación, días radiantes—en que llegó a medirse las orejas hasta tres mil veces.
Los movimientos del niño Raúl para medirse las orejas eran ya automáticos, eran ya unos movimientos casi reflejos, y el niño Raúl llegó a tal grado de perfección, que se medía las orejas como hacía la digestión, o como le crecían el pelo y las uñas, o como crecía todo él, que era un niño larguirucho, desangelado, desgarbado.
Mientras estudiaba la Física, mientras se bañaba, mientras comía, el niño Raúl se medía las orejas incansablemente y a una velocidad increíble.
—¡Niño! ¿Qué haces?
—Nada, papá; me mido las orejas.
El niño Raúl vivía con sus padres y con sus hermanos en un chalet de la carretera de Chamartín. La cosa, para el niño Raúl, había ido marchando bastante bien —con algún grito de vez en cuando—, pero la fatalidad, siempre al acecho, hizo que al padre de Raúl se le ocurriera pensar que lo único que faltaba en el jardín era un gallinero, y allí empezó la ruina y la decadencia del niño Raúl.
—¡Un gallinero! —decía el padre del niño Raúl con entusiasmo—. ¡Un gallinero pequeño, pero bien construido! ¡Un gallinero poblado de gallinas Leghorn, que son muy ponedoras!
El niño Raúl seguía midiéndose las orejas mientras veía levantarse el gallinero. Los dos albañiles que lo construían miraban con aire de conmiseración al niño Raúl, pero el niño Raúl ni imaginaba que aquella compasión fuera por él.
Y, como pasa con todo, llegó el momento en que el gallinero se terminó. Quedaba mono el gallinero con su tejadito y con su tela metálica.
—¡Bueno! —dijo el padre del niño Raúl—. ¡Por fin está terminado el gallinero! Ahora lo único que faltan

son gallinas. Compraremos gallinas Leghorn, que son muy ponedoras. Pero iremos poco a poco, no conviene precipitarse. De momento, compraremos dos gallinas y un gallo. ¡Raúl!
El niño Raúl se estaba midiendo las orejas.
—¡Voy, papá!
—Acompáñame tú, que eres el mayorcito. ¡Vamos a comprar dos gallinas y un gallo de raza Leghorn!
—Muy bien, papá.
—¿Estás arreglado?
—Sí, papá.
—¡Pues andando!
Era una radiante mañana de primavera. El niño Raúl y su padre se perdieron en el horizonte, a través del campo, camino de la Ciudad Lineal, donde había una granja muy afamada.
El padre del niño Raúl iba delante, con paso firme y decidido y aire de jefe de una familia boer colonizadora del África del Sur. Daba gusto verlo. El niño Raúl se quedaba atrás, midiéndose las orejas, y después daba un trotecillo para alcanzar a su padre.
Al cabo de hora y pico de andar, el niño Raúl y su padre llegaron a la granja. El niño Raúl iba algo cansado, pero no decía nada. La oreja izquierda era ligeramente más grande que la derecha...
—¿Qué desean?
—Deseamos dos gallinas y un gallo de raza Leghorn. Queremos unos buenos ejemplares. Son para inaugurar un gallinero.
El encargado de la granja miró para el niño Raúl, que estaba midiéndose las orejas.
El encargado de la granja se metió entre las gallinas y, ésta quiero, ésta no quiero, salió con dos gallinas blancas, relucientes, que tenían una pulserita en una pata.

—¡Raúl! —dijo el padre—, coge estas gallinas. Ponte una debajo de cada brazo y sujétalas con la mano.
—Bien, papá.
El encargado se perdió un momento y volvió con un gallo orondo, un gallo espléndido que parecía de anuncio. El padre del niño Raúl pagó y cogió el gallo en brazos, casi con mimo, como si fuera un hijo.
El niño Raúl y su padre, los dos con su preciada carga, emprendieron el camino de vuelta.
—¡Qué contenta se va a poner mamá cuando los vea!
—¡Ya lo creo!
El niño Raúl y su padre caminaron en silencio unos cientos de metros. El aire, de repente, se puso turbio dentro de la cabeza del niño Raúl. El niño Raúl sintió como un ligero vahído. Las piernas le flaquearon y la voz se le quedó pegada a la garganta. La mente del niño Raúl vio como en una agonía, perfectamente claras, las escenas de su más remota niñez. El niño Raúl se puso pálido y rompió a sudar. Un temblor le invadió todo el cuerpo.
—¿Te encuentras mal?
El niño Raúl no pudo contestar. Miró a su padre con una ternura infinita, procurando sonreír con una sonrisa que pedía clemencia a gritos, soltó las gallinas y se midió las orejas.

La memoria, esa fuente del dolor

Yo nací en casa del abuelo

Yo nací en casa del abuelo. El abuelo es viejo, tiene la barba blanca y lleva traje negro. El abuelo es tan viejo como un árbol. Su barba es tan blanca como la harina. Su traje, tan negro como un mirlo o como un estornino. Los árboles se pasan el día y la noche, el invierno y el verano, al aire libre, mojándose, cogiendo frío o asándose al sol, a la hora de la siesta, en el mes de julio. La harina se hace moliendo los granos de trigo, que están escondidos en la espiga amarilla. Los mirlos, a veces, se pueden amaestrar, y entonces llegan a silbar canciones hermosas. Los estorninos, no; los estorninos son más torpes y nunca llegan a silbar canciones hermosas.
Papá también nació en casa del abuelo. Papá es joven, tiene el bigote negro y lleva traje gris. Papá es joven como un soldado. Su bigote es finito como un mimbre. Su traje es gris como el agua del mar. Los soldados, cuando vienen las guerras, se pasan el día y la noche, el invierno y el verano al aire libre, mojándose, cogiendo frío o asándose al sol, a la hora de la siesta, en el mes de julio; si Dios quiere, viene una bala del enemigo y les da en el corazón. Los mimbres crecen a la orilla del río, casi dentro del agua. En el mar no hay mimbres, hay algas de color verde, que parecen árboles enanos, y algas de color castaño, que parecen serpentinas y tienen, de trecho en trecho, una bolsita de agua.
Si el abuelo no hubiera nacido, yo no sería nadie, yo ni existiría siquiera. O sí, a lo mejor sí. Sería otro, sería Estanislao, por ejemplo, que es bizco y tiene el pelo

rojo. ¡Qué horror! Mamá sería asistenta de tía Juana y andaría siempre diciendo: «¡Ay, Jesús!, ¡ay, Jesús!», como una boba. No, no, yo no soy Estanislao, yo tampoco quisiera ser Estanislao. A veces, Dios mío, quiero ser un príncipe indio o un pescador de perlas. Perdóname, Dios mío, yo me conformo con seguir siendo siempre quien soy. Yo no te pido que me cambies por nadie. Por nadie...

Estanislao no tiene dos naranjos en su jardín. Yo, sí; yo tengo dos naranjos en mi jardín. Las naranjas son agrias y no las comen más que los marineros, pero los naranjos, desde muy lejos, cuando se viene por la carretera, se ven por encima de la verja, tan altos como la casa, con algunas ramas aún más altas que la casa.

Yo venía por la carretera, el otro día. La carretera es pequeña, es más bien un camino. A los lados crecen las zarzas y la madreselva, y por detrás de las zarzas y de la madreselva cuelgan las ramas de los cerezos, de los nísperos y de los manzanos. Yo venía por el camino mirando para los dos naranjos del jardín. (Mañana prometo que no diré: «¡Aparta, aparta, toma la carta!», cuando pase por delante del cementerio. La abuelita está enterrada en el cementerio, debajo de un olivo. Sobre su tumba, el abuelito ordenó al jardinero que sembrase violetas.)

El primo Javier juega a la pelota en la pared del cementerio. A mí me parece que jugar a la pelota en la pared del cementerio, es pecado. Mi primo Javier se baña en la presa del molino y es capaz de irse de noche hasta los álamos y allí sentarse y empezar a pensar...

Mamá me dijo:

—No vayas por la vía.

Yo, entonces, le pregunté:

—¿Es pecado?

Yo creo que mamá dice siempre la verdad.

—No, pecado no es.
—Bueno, de todas maneras te prometo que nunca iré por la vía.
Mamá y papá son mis padres. El abuelo a mi papá le llama hijo, y a mi mamá, María. Yo creo que si el abuelo no hubiera nacido yo no sería nadie, ni Estanislao siquiera. A lo mejor yo era un gusano de luz. O un pato. O un pez. O un jilguero. O un corderito. O un trozo de cuarzo cristalizado. O un sello. O el rastrillo o la azada del jardín... No, de no ser yo, sería, sin duda, un gusano de luz.
Por las noches, mientras alumbrara la hierba con mi barriguita luminosa, me helaría de frío. Además, no vería las copas de los naranjos, al venir por el camino. ¿A mí qué más me daría no ver la copa de los naranjos? Los naranjos no serían míos, ni el abuelo viviría. Los naranjos tampoco serían naranjos... Los gusanos de luz no andan por el camino, se están quietos al borde del camino, pero aunque anduviesen, sólo un día nada más, por el camino, no verían las copas de los naranjos. De eso estoy seguro. Bueno, no, seguro no estoy. No se puede decir de eso estoy seguro, cuando una cosa no se sabe bien. Mamá, ¿es pecado? Qué gracioso; mamá no está aquí. No, hijo; duérmete; eso no es pecado. Yo mañana me acostaré en el suelo y pondré los ojos a la altura de los ojos de los gusanos. Si no se ven las copas de los naranjos, gano. Entonces ya no me condenaré.

Yo no sabía que era tan viejo

Yo no sabía que era tan viejo. A mí no me importa nada ser tan viejo.
Mamá no es mi mamá, mamá es hija mía. Yo no lo sabía porque yo no tengo memoria.

A mí me dicen de repente: «¿Qué hiciste ayer por la mañana?», y yo no sé lo que hice ayer por la mañana, no puedo recordarlo.
Que mamá no sea mi mamá, ya me da más pena. Cuando entre en casa ya no le podré decir:
—Toma estas violetas, te las regalo.
Mamá me dice:
—Hoy no me has traído violetas, ¿ya no me quieres tanto como me querías antes, cuando me traías violetas todos los días?
Yo me echo a llorar. Mamá no me dice nada; me lo dirá después; cuando entre en casa. A lo mejor lo que me dice no es eso, es otra cosa.
—¿Has llorado, hijito? Tienes los ojos encarnados.
Yo tendré los ojos encarnados como las cerezas y las moras verdes, que no se deben comer porque dan cólico.
A veces también le digo:
—¡Hoy la gallina «Pepa» ha puesto un huevo, yo la he oído cantar!
Ayer por la noche acampó al lado de casa una familia de gitanos. Tienen un fenómeno, un niño que tiene seis dedos y la cabeza gorda como una calabaza.
Las tías dicen que yo soy un fenómeno, que soy un viejo y que parezco un niño pequeño. Mamá no es mi mamá y ellas no son mis tías; me alegro, me alegro.
Delante de ellas no lloro. Ellas dicen:
—¿No te importa?
Y yo les contesto:
—No, no me importa nada.
Entonces es cuando me dan ganas de llorar, muchas ganas de llorar.
El jardinero me dice:
—¿Te vienes conmigo?
Y yo le digo:

245

—No.
Yo quiero que las tías sigan explicándome eso. «Tienes lo menos cien años, eres más viejo que el abuelo». Yo me río y les digo:
—Mejor, mejor.
Me entran otra vez ganas de echarme a llorar, a llorar sin descanso, toda la vida.
Soy muy desgraciado, pero no me lo nota nadie. ¿Cuántos años tendrán los naranjos del jardín? Muchos; a lo mejor más de cien, más que yo. Las tías se ríen; dentro de su corazón vuelan los grajos y las lechuzas.
—¿Sabes que eres muy viejo? ¿Sabes que eres muy viejo?
—Sí, ya lo sé.
Me voy, arrastrando los pies para hacer polvo; en los senderos del jardín se levanta polvo, una nube de polvo, cuando se arrastran los pies.
En el gallinero, la gallina «Pepa» canta subida en la escalera.
Yo, de repente, me echo a llorar.

Por las noches andan los muertos por el campo.

Por las noches andan los muertos por el campo, vagando por el campo, a orillas del río, por entre los árboles, alrededor del cementerio, con un largo camisón blanco, como las almas.
Yo cierro bien la ventana y echo la tranca de hierro. La tranca de hierro está pintada de verde; como es muy vieja, por algunos lados está ya negra, ya sin pintura. El grillo se ha quedado fuera, en su jaula, haciendo «cri, cri, cri, cri». Los muertos no hacen nada a los animales, a los grillos, a los caballos, a las mariposas. Un gato puede escapar a tiempo; si viene una guerra, y si lo cogen prisionero, lo sueltan en seguida, siempre lle-

gará un soldado que diga: «¡Pero, hombre, cogiendo gatos!»
Yo le pregunté una noche a papá:
—Papá, ¿es verdad que por las noches andan los muertos por el campo?
Y él me contestó:
—No, hijo; deja a los muertos en paz. ¿Quién te cuenta a ti esas cosas?
A mí me lo contó Rosa, la lavandera. Rosa, la lavandera, tiene tanta fuerza como un hombre y es capaz de llevar un cesto inmenso, todo lleno de ropa, en la cabeza. Rosa me dijo que los muertos, por las noches, salen del camposanto, al dar las doce, y se van hasta el río a ver correr el agua. Me dijo también que los muertos no hacen daño a los niños, pero que no les gusta que los miren. Yo no pienso mirar a los muertos, yo sólo miraría a mi mamá si se muriese; yo también me querría morir con ella y que nos enterrasen juntos, muy bien envueltos. Ahora no son las doce, son las nueve y media.
El grillo, en su jaula, sigue haciendo «cri, cri, cri, cri». El quinqué alumbra la habitación y hace sombras negras y grises sobre la pared. Los muertos no tienen la sombra negra, tienen la sombra blanca.
Por las noches andan los muertos por el campo, pienso. Después me tapo, cabeza y todo, y procuro dormir. No se oye nada, el grillo fue dejando de decir «cri, cri, cri, cri». Deben ser ya lo menos las diez.

El reloj de pesas, el molinillo del café y la bomba para subir agua del pozo

El reloj de pesas, el molinillo del café y la bomba para subir agua del pozo, son las tres máquinas que hay en casa del abuelo. Mis tías tienen unos prismáticos, unos

gemelos de teatro y una lente de aumento, y mamá tiene una caja de música, un calidoscopio y una máquina de retratar.
Las cosas deberían tener nombre, como las personas y los animales y los pueblos, los montes y los ríos.
El reloj de pesas se llama, seguramente, «Blas»; es un reloj muy serio, que mueve el péndulo despacio, haciendo «blas, blas, blas, blas», de un lado para otro.
Los relojes de pesas son como el tiempo gris del otoño, cuando empiezan las nieblas y llevan agua las cunetas de la carretera.
El molinillo del café se llama, probablemente, «Dick». También puede ser que se llame «Fernando», no estoy muy seguro; con los molinillos de café es más difícil acertar. El molinillo del café lleva poco tiempo en casa, yo me acuerdo muy bien del día que lo trajeron, con el vasito de cristal lleno de virutas, una vez que fueron papá y mamá a la ciudad. Yo me quedé muy triste todo el tiempo, pero me alegré mucho cuando desempaquetaron el molinillo del café.
Los molinillos del café son como los jilgueros y las moscas de hierro que usa el abuelo para pescar.
La bomba para subir agua del pozo se llama «Lola», como la doncella de las tías. Se parece más Lola a la bomba para subir agua del pozo, que la bomba para subir agua del pozo a Lola, eso es cierto. Yo le doy a la palanca y el agua empieza a salir por el caño, casi sin parar; como se han llevado el cubo, el agua se va por el suelo formando un charco largo que casi siempre se parece al abuelo apoyado en su bastón y con una mano en la cabeza.
Las cosas deberían tener nombre, como las personas y los animales. Hay animales, por ejemplo, los pájaros, que tampoco tienen nombre. Algunos, como el loro de doña Soledad, sí tienen nombre. El loro de doña Sole-

dad, que según dicen es viejísimo, se llama «Coronel».

El reloj de pesas, el molinillo del café y la bomba para subir agua del pozo, son las tres máquinas que hay en casa del abuelo. Mis tías tienen unos prismáticos, unos gemelos de teatro y una lente de aumento; mamá tiene una cajita de música, un caleidoscopio y una máquina de retratar. Cuando es mi santo o mi cumpleaños, hace sonar la cajita de música, me deja mirar por el caleidoscopio unas rosas de muchos colores y me saca una fotografía en el jardín.

La casa del abuelo es una de las casas que tienen menos máquinas en el mundo.

El reloj de pesas se llama «Blas», el molinillo del café se llama «Dick» o «Fernando», no sé bien. Esto ya lo dije...

Aquel reloj de torre

Aquel reloj, aquel viejo y gris reloj de torre, el único superviviente de la guerra de Cuba que quedaba en el pueblo, no se limitaba a marcar las horas, como todos los relojes del mundo, y a cantarlas, como los serenos, sino que para cada una de ellas —para la hora amarga y para la jolgoriosa, para la hora lluviosa y para la radiante, para la hora del día y para la de la noche— tenía unos acentos especiales, patentados, únicos.
Su voz era de tiple —tilín, tilín— como la voz de una esquila de convento monjil, cuando anunciaba los nacimientos felices, la llegada al mundo de los niños coloraditos y llorones con ganas de vivir. Su timbre era de barítono —talán, talán— como el del mozo que cantaba en la siega, cuando avisaba a vísperas de fiesta, a alegres vísperas de encierro al alba y capea cuando el sol, como un farol inmenso, calentaba los sesos y las anchas losas de la plaza, después del almuerzo. Su acento era de bajo —tolón, tolón— como el del cencerro del viejo buey, cuando doblaba a muerto.
En aquel pueblo no hubiera hecho falta campana en la iglesia ni pregonero del Ayuntamiento por las esquinas. En aquel pueblo hablaba por todos el reloj de la torre, aquel reloj que llevaba ya más años que nadie subido, igual que una eterna cigüeña, en la torre cuadrada de la iglesia, una torre que los turistas retrataban —nadie, en el pueblo, sabía por qué—, y a cuya sombra los viejos holgaban y fumaban, los mozos jugaban al chito y a la pelota, las viejas murmuraban y hacían calceta, las mozas hilaban sus dorados proyectos y las parejas de novios —el mirar en el mirar— escuchaban el lento paso del tiempo que había de traerles,

igual que un higo maduro, la felicidad a su hora debida.
El reloj de la torre, que era un sentimental, dejaba su canto mudo y en blanco —que también es una manera de cantar— cuando un niño moría, en el saldo de niños del otoño, y cuando a un quinto le tocaba servir al rey en África, en el sorteo de quintos de la primavera.
Al reloj de torre, como a los armadores románticos, le dolían las ausencias sin posible retorno, las huidas sin vueltas, las deserciones sin arrepentimiento. Ya cuando estaba en la fábrica, recién nacido aún, sus compañeros le habían notado cierta tendencia a la nostalgia y al constante, al desbordado sentimiento.
—¡Qué reloj más raro! ¿Verdad? —solían decir los relojes aún por destinar, los relojes formados en largas filas a las que no se les veía el fin.
—No, no es raro —argumentaban otros relojes más viejos, de más experiencia—, lo que le pasa es que es un reloj poeta, un reloj con alma de artista; si hubiera nacido hombre, seguramente tocaría el piano y haría versos tristes y bien rimados como los del señor Bécquer.
—¡Ah, ya!
El día que instalaron al reloj en su torre, todo fue alegría en aquel pueblo. La flauta de caña y el tamboril de tripa estuvieron, dale que dale, tocando todo el santo día; la gente bailó y bailó hasta cansarse y, a la caída de la tarde, cuando el reloj, con toda su cuerda ya, rompió a andar, se dispararon cohetes por orden del señor alcalde, unos cohetes altos y sonoros como los nombres de la historia.
Lo malo fue que, cuando todo el mundo esperaba escuchar la voz del nuevo reloj, cuando ya iba a dar la primera hora que el reloj tenía obligación de anunciar, el reloj se calló como un muerto, quedó mudo y silencioso igual que una piedra.

—¡Vaya! —rugió el señor alcalde—. ¡Nos han engañado como a chinos! ¡Este reloj es una porquería!
Por el pueblo corrió un chorro de decepción y los de los pueblos de al lado, que habían acudido al festejo, se reían por lo bajo, como diciendo: «Sí, sí, mucho presumir de reloj de torre y, ¡ya se ve!, ni da las horas».
Estaba la gente en sus tristezas y en sus discusiones cuando, al cabo de una hora, el reloj cantó con una voz que dejó a todos entusiasmados.
—¡Milagro, milagro! —decían los hombres y las mujeres—. ¡El reloj se arregló solo! ¡El reloj se curó sin que nadie lo tocase!
Los nuevos paisanos del reloj se pusieron muy nerviosos durante la hora siguiente, y durante la otra y la otra, porque no estaban muy seguros de que el reloj, efectivamente, estuviera curado, pero, cuando vieron que daba ya todas las horas sin fallar ninguna, respiraron tranquilos y dieron gracias a Dios por haberles permitido comprar, por no mucho dinero, un reloj tan bueno.
Lo que al reloj le había pasado en su primera hora es cosa que no se supo jamás, porque en el pueblo no había nadie que hubiese estudiado, con atención, las costumbres de los relojes. Sólo en una casucha de los bordes del pueblo, allá por el río o por el matadero, que son siempre los barrios más tristes y más pobres, alguien sospechaba lo que le había sucedido al reloj. Un niño que se muere —allá por el saldo de niños del otoño— es siempre algo muy grave, algo que da a las gentes raras lucideces repentinas.
El reloj de la torre, desde aquel día, falló cuando tenía que fallar y cambiaba su voz cuando las circunstancias le indicaban que debía cambiarla. El señor alcalde y, con él, todos los que en el pueblo representaban algo, se fueron acostumbrando, poco a poco, a los silencios y

a las mutaciones del reloj y, al final, lo atribuían a que estaba mal de los nervios y era algo, ¿cómo diríamos?, algo maniático.

—Sí, es un reloj muy bueno —solían explicar al notario recién destinado al pueblo o al turista que se paraba tres cuartos de hora para merendar—, un reloj del que no hay queja, esa es la verdad, pero a veces tiene, ¿cómo le diríamos a usted?, algunas manías raras. Claro que, lo que nosotros decimos, ¡quién no tiene sus manías! ¿Verdad, usted?

—Claro, claro, ¡todos tenemos nuestras manías! Pero, ¡si no es más que eso!

—No, la verdad es que no es más que eso. Por lo demás estamos muy contentos con él. Y esto de que varíe un poco y dé las horas en distinto tono, también tiene su gracia, ¿verdad, usted? Lo que no sabemos es por qué lo hace. De la humedad no es, podemos asegurárselo, eso ya lo hemos estudiado. A lo mejor es que es así, que le da por ahí...

El Garamillas de la Ramalleira,
pastequeiro de pro

Orvalla sobre Pontevedra —boa vila— tiernamente, como pudiera llover sobre un corazón. La niebla ha subido ría arriba, muy de mañana, con su paciente trote de bestia mitológica, y el aire se ha hecho suave, tímido, tibio, igual que un débil aliento enamorado.
Rosiña a Tatela, que está comida del meigallo, baja con su madre por el camino de Amil, tras las Brañas de Acíbal, más allá de Monte Rapadiño, tierra de lobos y de raposas. Las dos mujeres marchan, pidiendo por el amor de Dios para no mermar el jornal del pastequeiro, hacia el lugar de Santa Marta, en la parroquia de San Pedro de Tomeza, al otro lado del Lérez, del viejo Vedra, en la ruta de Arcade y de Redondela.
Rosiña a Tatela, que tiene el demonio en el cuerpo, anda con el ramo cativo secándole las carnes y dejándola blanca y lela como la flor del alhelí.
¡Quién te ha visto y quién te ve, Rosiña de Moymenta, que fuiste flor galana de carpazonas, moza como una potra, ardiente y dorado tojo de los montes! ¿Qué amador desesperado te dio la manzana pinchada con las dos agujas en cruz? ¿Quién te buscó el feitizo, Rosiña de Moymenta, que te dejó tatela y extraviada?
Un americano de Toyriz, en la Tierra de Deza, que andaba a la trucha por el Ullán, se topó con Rosiña en Ponte Arciyago, que iba con su madre a vueltas, camino del sepulcro del Apóstol.
—Es linda la niña tonta y la camisa se le mueve como a las elegantes. ¿Por qué no la lleváis al brujo de Santa Marta, más allá de Pontevedra?
Rosiña a Tatela, que tiene dieciséis años, va de la mano

de la madre, que tiene treinta, en busca de quien le haga vomitar el meigallo.

Dicen que el Garamillas de la Ramalleira, el hijo de Valja de Bértola, cura a los sucios en Santa Comba y remata a los malos espíritus en San Cibrán.

Rosiña de Verdocido, la madre de Rosiña de Moymenta, la tatela que antes fuera airosa y olorosa como el capullo de la madreselva, lleva en el refajo cinco pesos que ahorró: tres para el pastequeiro, si le sana la moza, y dos para el pan y el vino de la merienda.

Orvalla sobre Pontevedra —boa vila— cuando las dos Rosiñas la cruzan, mirando para el suelo, camino de la casa del Garamillas.

Bisojo, verrugueiro y zarabeto —¡válgueme San Cibrán!—, o Garamillas da Ramalleira, que cura o mal co'a baxoira de xesta...

Perdón. Quizá no vaya claro.

El Garamillas de la Ramalleira mira contra el gobierno y no se quita las verrugas con la sal, con la hoja de col y con las palabras sacramentales:

> *Sou o fillo de Xan Verrugueiro.*
> *Verrugas traio,*
> *verrugas deixo.*
> *Déixoas quedar*
> *e vóume correndo.*

Rosiña de Verdocido pega trompadas a su hija, Rosiña a Tatela, que no quiere caminar.

—¡Ay, pécora, ay, mala pécora, que tés o demo no corpo!

Rosiña de Moymenta mira a su madre, con aire de bestia enferma, los ojos como perdidos, húmeda la nariz, la boca babeante, el pelo revuelto, las piernas temblonas y desfallecidas.

—¡Ay mira naisiña, qu'eu morro, que non podo votar fora o demo!
El Garamillas de la Ramalleira, como el cura no le deja entrar en la iglesia, anda con sus dos cruces de Caravaca por debajo de los hórreos, como un lagarto.
—Tú no has de comer de la merienda, Rosiña de Moymenta, que tu parte es para las ánimas del cementerio.
—No, señor, no. Yo no he de comer de la merienda.
El Garamillas se rasca las verrugas debajo del paraguas que sostiene Rosiña de Verdocido.
El Garamillas huele a buey en invierno, a buey mojado.

> *Si eres de mal hechizo,*
> *libérame dómine;*
> *si eres tocado a gente e diversa,*
> *libérame dómine;*
> *y si eres tocado a Satanás,*
> *réquiem en paz.*

Rosiña a Tatela escucha al Garamillas de la Ramalleira, casi con atención, diríase que con curiosidad.
Rosiña de Verdocido mira al pastequeiro casi con devoción.
El Garamillas, como es bizco, no se sabe adónde mira.
Orvalla sobre Pontevedra —boa vila— cuando en Santa Marta do Pombal Rosiña y el Garamillas se pelean con el demonio...

María d'a Portela, la sabia del lombrigueiro

> *Roquiño Cela ten bichiñas*
> *com'o seu tío, o de Padrón.*
> *Deixa vivir a da fariña*
> *com'a ti o demo te deixóu.*

Por la tierra de Gayoso, sopla el viento que viene de la mar rebotando en el monte Quadramón, asustando a las mozas que se bañan en el río Tamboga —las mozas de Vasconcello, de Cospeyto y de Villapene, las de la camisa blanca y las carnes como el guisante de olor— susurrando los versos del viejo Noriega, el doliente poeta que cantó la dorada y tímida florecilla del Tojo.

> *Rosenda de Cadeirido*
> *y a Carmiña d'a Sisalda*
> *naceron aló entr'os toxos*
> *n'un recuncho d'a montaña.*

Carmiña d'a Sisalda está de mustia color.
—¿Qué tés, Carmiña d'a Sisalda, moza garrida, prieta manzana, que andas con el andar sombrío, y baja la color, y una lágrima brillándote en los ojos?
—¡Ay, meu señor!
—¿Qué mal de amores te aflige, Carmiña d'a Sisalda, la triunfadora de la noche de San Juan, cariñosa bestia familiar, pechugona y rozagante loba tres veces madre?
—¡Ay, meu señor!
—¿Qué te pasa en el corazón, Carmiña d'a Sisalda, tú que andabas como una princesa y ahora vas de huida, como la raposa?

—¡Ay, meu señor!
Roquiño Cela, el rapaz que fuera talmente como un turbión, el hijo de Carmiña d'a Sisalda y de mi hermano Telmo, besteiro que anda a cimarrones por los montes de Rebordechao, está lombriguento como un estercolero, blanco y sin hambre.
Carmiña d'a Sisalda, con el niño en brazos, va buscando a María d'a Portela, en la parroquia de Narla, la sabia del lombrigueiro.
—¿Dónde estás, María d'a Portela, que he de verte, para que me sanes el rapaz? ¿Dónde desconjuras la lombriz, María d'a Portela, en cuál de las trece aldeas de la parroquia de San Pedro de Narla? ¿Tienes tu casa en Portela, María d'a Portela? ¿Tienes tu casa en Golmar o en Cabeza de Vaca? ¿Vives entre los carballos de Aireje o entre los de Montecelos? ¿Dices los ensalmos en Purreira o en Espiñeira? ¿Te enseñas en Chao, en Cima da Vila o en Todón? ¿Sanas a los rapaces lombriguentos en Vilar o en Pontella? ¿Te he de encontrar en Pacios, María d'a Portela?
Sopla el viento por encima de Friol, que mira a los montes que no lo paran.
—¡Ay, meu señor! ¡Válganos el Apóstol y Santa María, madre de Jesucristo!

—¡Demo fora, demo fora!
—¡Amén, así sea!
—¡Demo fora, demo fora!
—¡Amén, así sea!
—¡Demo fora, vaite fora! ¡Demo fora, demo fora!
—¡Amén, así sea!
María d'a Portela tiene un libro en latín cuya lectura quita las lombrices. María d'a Portela tiene un

aire solemne de vieja sacerdotisa de los ritos antiguos.

> *Roquiño Cela ten bichiñas,*
> *ten unha,*
> *ten tres*
> *ten cinco,*
> *ten sete,*
> *ten nove.*
> *Todas elas morran,*
> *sólo quede a bé-a-bá.*
> *Con poder de Dios,*
> *e d'a Virxen María,*
> *un Padrenuestro*
> *e-unha Ave María.*

La bé-a-bá es la lombriz d'a fariña o la del cocal, la maestra de todas, que no ha de dejarlas levantar cabeza.
—Carmiña d'a Sisalda, ¿traes el lomo y el unto, el aceite y el pan de trigo?
—Sí lo traigo, María d'a Portela, y aquí lo pongo.
—Pues vamos a merendar y que Roquiño mire.
Roquiño se queda sobre la artesa, como un jilguero enfermo, y mira cómo meriendan las mujeres. Roquiño no dice nada, es de una vieja raza acostumbrada a aguantar las injusticias y las lombrices con resignación.
María d'a Portela hace un amasijo con la merienda que no comió Roquiño y le añade un poco de unto, unos ramitos de ascenta, unas virutas de lana de compañón de carnero padre y unas briznas de cherrizo, de hollín de la chimenea.
María d'a Portela envuelve el zurullo en una col, y lo mete en el brasero. Después de rezar cinco credos, Ma-

ría d'a Portela unta al niño de abajo arriba, empezando por los pies.
Un perro aúlla a la Santa Compaña que marcha, por el río abajo, tocando la campanilla que sólo escuchan los que se han de condenar.

> *Virxen Santa que me ve*
> *curar a un anxeliño do ces,*
> *pol-as llagas que sofrén*
> *noso Señor no Calvario,*
> *dame forzas pra matar*
> *as lombrigas que padece;*
> *e que non lle volvan máis*
> *a este anxeliño qu-é tén,*
> *padecendo lombrigueiro.*

Carmiña d'a Sisalda está callada, con las manos juntas.
—¿Sanas, meu fillo?
—Non séi.
Carmiña d'a Sisalda, que vive lejos, que no puede andar yendo y viniendo por los caminos con Roquiño a cuestas, pide a María d'a Portela que le desconjure las lombrices al tierno galán. María d'a Portela enciende una lamparilla de aceite y busca en su libro de latines.
Roquiño está callado.
—Aquí, non.
Roquiño rompe a llorar.
—É aquí.
María d'a Portela no cobra dinero. Ella lee su latín, y si el niño sana, bendito sea Dios y Nuestro Señor Santiago. Si el niño no sana...
—Son muy grandes as lombrigas, Carmiña d'a Sisalda, e Noso Señor non quere que morran.
El viento sopla como un can de huida, el viento que viene de la mar rebotando en el monte del Xistial.

Cuando todavía no era pescador

Esta fábula va dedicada al número 44

Le doy todos mis bienes a Mariona y me marcho, como un vagabundo, hasta el fin de la ciudad, hasta el sitio donde ya las hierbas comienzan a brotar entre los guijarros de la calle y los niños se asemejan a tiernas bestezuelas abandonadas.
Me siento en el suelo y espero a que llegue la noche, con su delicada oscuridad, que finge como un beso con los ojos entornados y que nos deja sentir, cautelosamente, cómo nace el sueño en nuestro corazón, que ha crecido solitario durante años.
Silbo, por lo bajo, el vals que me trae el pensamiento de Mariona y la veo, joven aún, cuando era amada por toda la ciudad que hoy la olvidó y vestía hermosas ropas de seda ceñidas a su cuerpo gracioso como una linda corza.
Aquéllos eran los buenos tiempos, ya lejanos, en que yo estudiaba Filosofía y conspiraba contra el benigno rey que siempre nos perdonó con una sonrisa, mientras ella, escandalosamente, nos enseñaba el tobillo desde el alto escenario abierto, como un paraíso, a todas las tentaciones.
Me gastaba todo el dinero en flores y le escribía a diario largas cartas de amor para inspirarle una compasión que jamás llegó a sentir, porque vivía rodeada de aquellos sabios lujos que alejan la tristeza de nuestras almas para abrir, alborozados, su balcón.
Jamás me contestó, y su desvío fue trazando en mi alma esa brecha tremenda por la que, aun hasta hace bien poco, se podía escuchar el rugido del océano tormentoso

que llegué a dejar latir en mis entrañas, como deja su sueño una traición.
Pedí permiso para rebelarme y Dios me tocó el corazón para decirme: «Hijo, ve al campo y cuida el ganado de tu padre, las tierras que heredó tu madre, las florecillas que se comen los becerros ante el llanto, exagerado, de tus hermanos pequeños».
«Entonces, Dios mío —le pregunté de rodillas—, ¿debo abandonar mis estudios superiores; debo dejar la ciudad donde me hice hombre; debo olvidar a mis amigos y a sus novias peluditas y tornasoladas como melocotones; debo sacrificar mi amor a Mariona, a quien tanto quiero?»
Dios no me respondió ya más —y su voz volvió a perderse entre las nubes lejanas—; pero yo entendí claro, como la luz del día, que una pena ejemplar caería sobre mi cabeza como castigo a la desobediencia de su paternal y cariñoso mandato.
Me vendé los ojos y pedí amparo y protección a las impacientes brujas del suave Monte Meda, defendido por los hombres y las mujeres que un vicio convirtió en cardos espinosos o un pecado transformó en zarzales heridores o en silencioso y húmedo musgo.
La más fea bruja me visitó aquella noche para ofrecerme el amor de Mariona, cuando nadie la quisiera ya, y tuviese los dientes comidos por los años, los cabellos grises por la tristeza y los ojos apagados de haber llorado tantas veces en vano.
«Acepto —le dije— a la hermosa Mariona cuando llegue a ser un ruinoso montón de desencantos y nadie quiera mirarle al rostro; ¿qué me pides tú a cambio de tan lejana felicidad como me ofreces?» «Tu memoria —me dijo—, que voy a guardar ahora.»
«¿En dónde» —le pregunté—. «En el cofre donde guardo las memorias de los amantes que todo lo llegan a

olvidar.» «No quiero —le respondí—; pídeme otra cosa; más doliente, si así lo deseas, pero menos cruel que llevarme a olvidar mi plácida lenta agonía.»
La bruja huyó también sin responder y me encontré solo como nunca, abrazado a mi indecisión, triste para mi espíritu, huraño para mis amigos y turbio como un valle neblinoso para el cariño de Mariona, que cada vez se me imaginaba más lejanamente traidora.
Haciendo firmes propósitos de santidad, vi cómo el tiempo implacable plateaba mis sienes y las de Mariona, comía mis dientes y los de Mariona, apagaba mis ojos y los de Mariona, que ya no eran brilladores luceros de la noche, como en otros tiempos.
Pensé en el campo, y en los ganados, y en la dorada mies, y en los pájaros cantores, y en las truchas y salmones que alegremente remontan el curso de los ríos, y en los insectos que devoran los viñedos, y en los molinos.
Y me decía: «Aún puedes ir a la conquista de bellas cosas, tan bellas incluso como Mariona.» Y me respondía «No; es inútil; yo para siempre jamás seguiré en la ciudad, uncido a aquella gloria que ya las gentes se obstinaban en no recordar.»
Y vi reflejados en los escaparates de las joyerías mi famélica faz, mi desflecado sombrero, mi roto pantalón, mi sucia y rugosa americana, el viejo cuello de mi camisa descolorida ya como una mendiga parturiente, mis zapatos deslustrados iguales a un campo sin agua.
Y, llorando, pedí de nuevo protección a los cielos: «Señor, os he ofendido, he dudado de vuestra misericordia sin límite, he querido lo vanamente imposible, aquello a que no renuncio, pero que nunca más volveré a perseguir; dicha sin horizontes para mi encerrado corazón.»
Quise regresar a los rincones por donde discurrió mi

infancia de bucólico tañedor de ocarina y regalé todos mis bienes a Mariona, que arrastraba muchos más desencantos que años, que peinaba, mañana a mañana, menos canas que decepciones, más canas que recortadas pretéritas dichas.

Y así lo hice y se los envié, bien guardados en una caja, por una vieja celestina, quien me sonrió, como mi cómplice, siendo mi verdugo: mi pipa, mi encendedor, mi libro de versos, mis dos pañuelos, mis últimas siete monedas relucientes y hermosas.

Hago mi testamento, sentado en el suelo, cuando ya la noche llega con su oscuridad, ya sabéis, y los niños duermen hacinados como constelaciones, y las briznas de hierba que nacen entre los guijarros se aman silenciosamente buscando sus cálidos tactos como fieles enamorados.

Cuando todavía no era pescador, me sucedían extrañas y preocupadoras aventuras.

Era yo joven y fantasioso entonces, cuando todavía no era pescador.

Y las mujeres, cuando todavía no era pescador, me miraban despreciativamente.

Y es que sucedían las cosas como tenían que suceder... entonces.

Cuando todavía no pensaba en ser pescador.

Un niño como una amapola

Esta fábula va dedicada al número 31

I

Yo he visto un día un niño rojo como una amapola que dormía, atrozmente humillado, en ese abierto corazón de un árbol, tierno como los panes que lloran en manos femeninas.
(¡Ay, Señor! ¿Por qué? ¿Por qué estas manos han de rasgar mi cuerpo: monte de fuerza hendido por mil cuchillos? ¿Por qué no he de volver —bella espiga— a la tierra?)
Y cuando los ladrones del alba corrían hacia sus cuevas cargados con todas las miradas que se perdieron en la noche, el niño, sobresaltado, se asía con ambas manos al silencio.
(¡Ay, Señor! ¿Por qué? ¿Por qué estas manos que crujen al detener el silencio: monte descabalgado por mil caballos? ¿Por qué no he de sentir —breve capullo— mi solo palpitar?)
Tiemblan los astros en la altura igual a soldados muertos recién interrumpidos en su silencio, y un aire cruza todas las tumbas golpeando siniestramente las manos encerradas ya sin remedio.
(¡Ay, Señor! ¿Por qué? ¿Por qué estas manos sin aire que las arome: monte de viento donde baten mil ángeles sus alas? ¿Por qué no he de volar —concreta, pluma— tu cariñoso anhelo?)

II

El niño se hizo mozo y —rey de malditos y de hambrientos— vagó por los campos, cruzó los ríos de las llanuras y espantó atroces, tímidos pajaritos tan sólo con mirarlos.

(¡Ay, Señor! ¿Por qué? ¿Por qué me huyen los silbadores habitantes del cielo: mar de bendiciones? ¿Por que hienden mis ojos negros y brilladores, ahogados de congoja como una novia reciente?)

Cuando la primavera silbaba en la corola de las flores más extrañas, el aire parecía como enturbiarse al paso del muchacho que llevaba los ojos vendados para no herir a nadie.

(¡Ay, Señor! ¿Por qué? ¿Por qué esa monstruosa gallina ciega que me fuerza a ser malo: mar de odios viejos, en mí que soy aún joven como vos mismo? ¿Por qué?

Y cuando las muchachas, agraces como manzanas, deshojaban el sí, no, no, sí, de las margaritas del amor, las nubes, detenidas sobre el húmedo campo, pensaban más que nunca su deserción.

(¡Ay, Señor! ¿Por qué? ¿Por qué ser maldecido de los bosques del aire: mar sencillo, tímido espejo, nítida fuente? ¿Por qué tener que huir a la raíz del turbio, malévolo pensamiento?

III

Hombre llegó a hacerse el mozo, y yo lo vi bebiendo en bocas de mujeres muertas el dulce y abyecto anís de la confidencia, el amargo ajenjo tembloroso y recién ordeñado.

(¡Ay, Señor! ¿Por qué no saciar mi sed en la clara fuente donde la madreselva se mira, tan tierna; donde bebe la golondrina que va de paso, sin detenerse?)

Tocó el violín despiadadamente, y durmió largas noches enteras sobre el diván del café de barrio donde la pensionista busca su descansar y el viejo fauno del arrabal convalece su embriaguez.

(¡Ay, Señor! ¿Por qué? ¿Por qué no permites a mis carnes dolientes y martirizadas un reposo de limpio animal cansado; de avutarda herida que halla el cañaveral; de perra parida? ¿Por qué?)

Y vagó con lentas, con inconcretas poesías por todas las redacciones, por las editoriales todas, que se le cerraban como fieros cepos aprisionando en sus garfios jirones de su mal espíritu.

(¡Ay, Señor! ¿Por qué? ¿Por qué ese mal poeta del sentimiento bueno que arrastro dentro de mí? ¿Por qué la luz se nubla, el calor se enfría, el sol se apaga?)

IV

El hombre se hizo viejo, y un día, desde el abierto corazón del árbol donde se refugió, vio un niño, rojo como una amapola, que andaba a tientas: un niño ciego.

(¡Ay, Señor! ¿Por qué? ¿Por qué ese trozo de carne cruel que me persigue como una sombra hasta este ataúd vivo: nicho con savia aún, mas sin latido en la vena?)

Llegaron los cautelosos robadores de las sombras nocturnas, que pasaban camino de la gran ciudad con su paso indefinido de conspiradores acobardados, y el anciano lloró lejanos, imprecisos, vagorosos recuerdos.

(¡Ay, Señor! ¿Por qué? ¿Por qué haces pasar ante mí viejas memorias no muy precisas, tan sólo presentidas?

¿Por qué esos torvos hombres caminan sin recelo, si son pecadores, alimañas venenosas?)
Golpean el firmamento las estrellas con su lamentarse; al aullido del lobo responde la gacela con su balar; canta el ruiseñor para el hurón; la mariposa vuela para el escarabajo pelotero...
(¡Ay, Señor! ¿Por qué? ¿Por qué? ¿Qué sucede? ¿Quién torció la aguja magnética de la fiel máquina que marca los destinos? ¿Qué nube se posó sobre la mirada del ángel bienhechor?)

Un coro de ángeles vela el cadáver del hombre que, de niño, fue rojo como una amapola. Suenan en el cielo lejano treinta y un truenos, mientras, lentamente, cae el

Telón

La verdadera historia de Cobiño, rapaz padronés
que casó con sirena de la mar

*¿Y usted dice que sabe la verdadera historia de Cobiño,
el rapaz padronés que casó con sirena de la mar?
—Sí, señor, que la sé, y muy bien sabida: que me la
hubo de contar, va ya para muchos años, el sacristán de
Santa Comba, que le tiene fama de muy milagreiro.*

El pregonero, con solemne ademán, y en tempo lento.
Lentamente descubre el telón, al alzarse, el

Lugar de la acción

Arde el roble en el hogar.
Aúlla el perro al ladrar.
Silba el viento en el pinar.
Gime el burro al rebuznar.
Duerme el niño en el pajar.
Llora un mirlo su silbar.
Ronca la vieja al hilar.
(Cobiño irá por la mar.)
Se muere el gallo al cantar.
Sueña la moza al amar.
Sangra un grillo su rascar.
Bebe el hombre en el lagar.
Tiembla, trémulo, en la noche,
un espíritu fantoche.
En torno del ancho lar
se sientan a conversar
de muertos y de viajes
los siguientes

Personajes

El sacristán leproso;
tiene sucia la barba,
raída la sotana,
curtida la badana,
reluciente la calva
y el semblante seboso.

Rosiña de San Balandrán;
mocita de aires reales
que pierde a los mozos cabales:
los mozos del Valle de An.
(Donde las toman, las dan,
e po'lo pan bail'o can.)

El marinero de la pata de palo;
es un bigardo con ojos de malo,
hechuras de cuervo y andares de lobo.
Tenía un hermano que se murió bobo,
y un hijo adoptivo,
canijo,
cativo,
y comunicativo.

Cobiño;
es un niño
que nació en Padrón.
Tiene viento en la sesera,
hace versos, y no espera
más que la navegación.

La sirena de la mar
(que aparecerá más tarde);

sólo sale para amar
a Cobiño, que Dios guarde.

El resto del personal
no habla ni bien ni mal.

Silba el buho en el ciprés
su compás de vals vienés,
malpocado,
y se escapa, acalorado,
un lagarto santiagués
que se llamaba Chartreuse.

Un tramoyista capón
corre, cauto, el cortinón
de la

Representación

Acto primero

El sacristán. — ¡En el nombre de Dios Padre, que a todos coja confesados, amén, Jesús! ¡Ay, Cobiño, no te embarques, que te pierdes! ¡Que el cuerpo de los hombres es para los gusanos de la tierra, Cobiño, y no para los camarones de la mar! ¡Quédate sentado donde estás, Cobiño, que cuando Dios Nuestro Señor me llame, te he de dejar la plaza de sacristán! ¡Ay, Cobiño, no te vayas a la mar, que la mar está llena de sirenas y de serpientes, que se comen a los cristianos! ¡Piensa en tu padre, Cobiño, que nunca quiso mirar el agua!

La moza. — Vete a la mar, si quieres, mala pécora, y devuélveme la leontina de oro que te regalé por tu santo, que no ha de faltar quien la quiera llevar en el chaleco. ¡Así te encuentren dentro de un tiburón, como a Jonás! ¡Vete a la mar, si quieres, y no me vuelvas a mirar a la cara, desgraciado, que lo que quieres es no trabajar!

El marinero. — ¡Vete a la mar, muchacho, y no hagas caso de mujeres ni de sacristanes! Las sirenas son buenas para novias y con las serpientes se pueden hacer unas empanadas que parecen de lamprea. ¡Vete a la mar, rapaz, que en la tierra ya no hay oro más que para leontinas!

El rapaz padronés. — Me voy a la mar, Rosiña, y de la mar te he de traer una cama de coral...

La moza. — ¡Un ataúd de coral!

El rapaz padronés. — ...y un espejo con marco de nácar...

La moza. — ¡No me he de mirar en él!

El rapaz padronés. — ...y un peine de oro para peinar tus trenzas...

La moza. — ¡Sin trenzas me he de ver, y calva me dirán!

El rapaz padronés. — ...y un paraguas de tela de medusa...

La moza. — ¡Ya no orvallará en el país, Cobiño, si tú te haces a la mar!

El rapaz padronés. — ...y un tiburón manso, para que te haga recados...

La moza. — ¡Ya no tendré recados que mandar!

El rapaz padronés. — ...y una sirena lavandera, para que te lave las enaguas...

La moza. — ¡No mientes la sirena!

El rapaz padronés. — ...y otra sirena costurera, para que te cosa el corpiño...
La moza. — ¡¡No mientes la sirena!!
El rapaz padronés. — ...y otra sirena planchadora, para que te planche la falda...
La moza. — ¡¡¡No mientes la sirena!!!

La moza se pone blanca, sus ojos miran contra el gobierno y un puñado de espuma se le para en la boca. A la moza le dio un patatús. Todos gritan y gesticulan. Entra en escena un boticario y le da a oler un frasquito de sales inglesas.

Acto II

El rapaz padronés. — ¡Este bote hace agua, marinero!
El marinero. — Ya lo sé.
El rapaz padronés. — ¡Con este bote no llegamos a las Américas!
El marinero. — Ya lo sé.
El rapaz padronés. — ¡Con este bote nos ahogaremos en medio de la mar!
El marinero — Te ahogarás tú, rapaz, que eres todo de carne que yo floto con mi pata de palo y, como soy viejo para que me quieran en el reino de la mar, remando, remando, he de llegar a la orilla, donde mueren las fragatas y las ballenas, y allí me he de ganar la vida metiendo barcos en botellas y explicando la ciencia de la rosa de los vientos a los mareantes bisoños. ¡Te ahogarás tú, rapaz, que tienes buena edad para ahogarte! ¡Te ahogarás tú!
El rapaz padronés. — ¡Yo no me quiero ahogar!
El marinero. — No grites, que nadie te ha de oír.
El rapaz padronés. — ¿Las gaviotas son sordas?

El marinero. — Sí que lo son; sordas como las piedras.
El rapaz padronés. — ¿Y los peces de la mar son sordos?
El marinero. — Sí que lo son: sordos como la arena de la playa.
El rapaz padronés. — ¿Y las sirenas son sordas?
El marinero. — No mientes la sirena, muchacho; acuérdate de Rosiña de San Balandrán...

El bote embarca una ola cumplida y zozobra en medio de la mar. Los peces voladores saltan por encima de las olas. Las gaviotas graznan al pasar. A Cobiño se le mete el agua por los oídos. Ya está sordo. El marinero se desata la pata de palo y mira para el cielo, para orientarse. El viento silba sobre la mar. Cobiño no la oye. A Cobiño se le mete el agua por los ojos. Ya está ciego. Una sirena le tira de los pies. Cobiño siente un suave bienestar...
La sirena vive en el casco de un viejo galeón hundido. Come con la vajilla de oro del comandante y, cuando está aburrida, toca en el piano de la cámara «Para Elisa», de Beethoven.

Acto III

La sirena. — ¿Cómo te llamas?
El rapaz padronés. — Me llamo Cobiño de Lestrove.
La sirena. — ¿Y de dónde eres?
El rapaz padronés. — Le soy de Padrón, allá donde apareció el cuerpo del Apóstol.
La sirena. — Ya. No me trates de usted; vamos a tutearnos.
El rapaz padronés. — Gracias.

La sirena se peina sus trenzas con un peine de oro ante un espejo con marco de nácar. En un ángulo se ve la cama de la sirena, una cama de coral. Al lado de la cama, para cuando llueve, está el paraguas de la sirena, todo de tela de medusa. La sirena tiene a su servicio un tiburón manso, para hacerle recados, y tres marineros chinos: un marinero chino que le lava la ropa, otro marinero chino que se la cose, y el tercer marinero chino para se la planchar con el buen arte del almidón.
La sirena. — Cobiño, ¿te quieres casar conmigo?

Telón

—*¿Y fueron felices?*
—*Ya lo creo. ¡La mar de felices!*
—*¿Y tuvieron hijos?*
—*Ya lo creo. ¡La mar de hijos!*
—*¿Y cómo eran los rapaces?*
—*Pues le eran muy guapitos. ¡La mar de guapitos!*

El sentido de la responsabilidad
o un reloj despertador con la campana
de color marrón

Se llamaba Braulio y era *made in Germany,* pero como
no había tenido suerte en esta vida, se había quedado,
incluso con una elegante resignación, esa es la verdad,
de despertador de fonda de pueblo. Después de todo
—pensaba Braulio—, los hay que están peor. Braulio
se refería, sin duda, a los despertadores de las monjas
de clausura, de los enfermos crónicos y de los condenados a muerte.
Braulio tenía forma de sopera y, todo hay que decirlo,
estaba crecido y bastante bien proporcionado. Sus tripas —eso que la gente llama, tan imprecisamente, la
máquina— se conservaban bastante bien para la edad
que tenía; su esfera, que en tiempos fue de brillo, aún
aparentaba cierto empaque a pesar de que el 6 y el 7
estaban casi borrados, y su campana, ¡ay, su campana!,
pintada de color marrón, como las sillas del juzgado,
retumbaba, cada mañana, con unos alegres pujos de
esperanza, con unos recios sones casi militares.
Braulio, cuando era joven y se lucía, lleno de presunción, en el escaparate de la tienda de la capital, allá
por el año veintitantos, estuvo algo enamoriscadillo de
una relojita de pulsera, muy mona y arregladita, con la
que llegó a estar casi comprometido.
—Yo no sé si debo aspirar a tu mano —le decía Braulio, casi con lágrimas en los ojos—, tú eres de mejor
familia que yo, eres mucho más joven, te sobran los
rubíes por todas partes. Yo no sé si debo aspirar a tu
mano...
Pero la relojita, que se llamaba Inés (tampoco, de pe-

queña que era, hubiera podido llevar un nombre más grande), le respondía, poniendo un gesto mimoso, un ademán coqueto:
—No seas tonto, Braulio, ¿por qué vas a ser poco para mí? Lo que yo quiero, lo único que yo quiero, es un reloj honrado, que me quiera siempre y no me abandone nunca.
A Braulio, al oír hablar de separaciones, le daba un vuelco el corazón en el pecho.
—¡Pero, Inés, hija mía, querubín! ¿Tú no sabes que eso de la separación es algo que no depende de nosotros? ¡Qué más quisiera yo, chatita mía, que no apartarme de tu lado por jamás de los jamases!
Inés siempre tenía la vaga esperanza de que la separación no habría de producirse nunca.
—Bueno, ya veremos; por ahora, ¡no estamos separados!
Una vez —era un día de invierno frío y neblinoso, acatarrado y tosedor— un hombre estuvo mirando, durante un largo rato, para el escaparate.
—¿A quién mira? —preguntó Inés.
Braulio, rojo de celos, tuvo que templar la voz para responder.
—A ti, hija, a ti. ¿A quién va a mirar?
El señor, después de pensarlo mucho, entró en la tienda.
—Buenos días. Mire usted, yo quisiera regalarle algo a mi mujer; dentro de unos días va a ser su santo.
El tendero, con un gesto muy de entendido, miró para los ojos al señor.
—Bien. ¿Le parecería a usted bien un relojito de pulsera?
(Sabido es, aún nunca viene mal repetirlo, que los relojeros no distinguen, sino después de haber estudiado mucho, el sexo de los relojes.)

—Pues, hombre, ¡si no es muy caro!
El tendero se acercó al escaparate y limpió a Inés en la bocamanga. Después la mostró, cogiéndola con dos dedos, como si fuera un lagarto.
—Vea usted, una verdadera ganga.
El tendero y el señor regatearon un poco y, al final, metieron a Inés en una cajita de cartón, entre algodones y sujeta con una goma de estirar.
El pobre Braulio, hecho un mar de lágrimas, veía, sin resignación ninguna, llegar el temido instante de la separación.
—¡Bueno, qué le vamos a hacer! ¡Es ley de vida, fatal ley de vida! Después de todo, tampoco íbamos a estar, ahí en el escaparate, por los siglos de los siglos.
Las palabras que se decía Braulio eran mentira, una mentira atroz. Braulio estaba desconsolado, pero se predicaba en voz alta para darse ánimos.
El señor que quería regalarle algo a su mujer, por el día de su santo, estando ya con Inés en el bolsillo y casi en la puerta de la tienda, se volvió.
—Oiga, usted, ¿y un despertador? ¿No tendría usted por ahí un despertador que fuera bueno y que no resultase muy caro?
Braulio creyó estar soñando y apretó los ojos con fuerza, para no caer desmayado al suelo. Lo que hablaron el señor y el tendero no pudo recordarlo, pero al cabo de un rato estaba envuelto y en otro de los bolsillos del señor.
—No, en ese bolsillo, no; podría aplastarme al relojito. Póngamelo usted en este otro.
En el pueblo, en casa del señor que los había comprado, Braulio vivía sobre la mesa de noche del dueño, e Inés, que era más presentable, iba a misa con la señora, y de visitas por las tardes, y al cine, alguna vez que otra, por las noches.

Braulio e Inés, aunque se veían poco, aunque pasaban días enteros sin poder ni saludarse, eran felices sabiéndose bajo un techo común.
Pero una tarde, ¡ay, aquella tarde! Una tarde aciaga, la dueña de Inés, que se llamaba doña Raúla y era viciosa, lenguaraz y entrometida, se puso a jugar a la brisca y perdió hasta la respiración.
—Mire usted, amiga María Saturia —le decía doña Raúla a su acreedora—, pagarle en pesetas, no puedo, porque entre todas ustedes me han desplumado, pero si usted quiere cobrarse con mi relojito... Anda bastante bien.
Doña María Saturia dijo que sí y doña Raúla se quitó su relojito y se lo dio. Después, a doña Raúla, lo único que se le ocurrió fue decir:
—¡Por Dios, amiga María Saturia, que no se entere mi marido!
—Descuide, descuide...
Braulio, que era un despertador con un gran sentido de la responsabilidad, cuando se dio cuenta de que algo raro pasaba, empezó a protestar para ver si el tonto del dueño se daba cuenta. Pero el tonto del dueño, que casi nunca se enteraba de nada, se limitó a comentar:
—¿Qué le pasará a ese endiablado despertador, que está todo el día sonando sin venir a cuento? Como siga así, no va a haber más remedio que llevarlo al relojero.
Braulio, en vista de que el dueño no le entendía, volvió otra vez a sonar a sus horas. ¡Qué remedio!
Después, con eso de la tristeza, se le fue poniendo la campana, poco a poco, de color marrón.

El andarríos de octavín pasa por el horizonte

Se llamaba Octavio, como un joven poeta o un emperador romano, y era maestro en el difícil arte de soplar con sabiduría los aires de la música en su octavín.
Tenía la barba blanca y el mirar en sosiego, conocía las hierbas que curan las fiebres, sabía el lenguaje de los montes y el pecado de los pájaros de mil colores, y andaba un poco escorado como un barco viejo; como un barco que no se sahumó con algas dulces a su debido tiempo, después de haber servido a la piratería.
Vestía de sagatí, igual que un disciplinario, y cubría su cabeza con un bombín de castaña, al que una monja de Covarrubias, en el campo de Burgos, cosiera un barboquejo de badana por caridad, señor, y por mor de que no se lo llevase volando el viento de los caminos, zascandil y triscador como un chotillo que aún no conoce hierba.
Zoquetero de todas las sendas; vagabundo del camino infinito, ese que nunca acaba y que, de cuando en cuando, se parte en dos; andarríos de los mil ríos de Dios; ventolero que anduvo dando barzones por la geografía entera de Castilla, Octavio, señor, ese hombre que asusta a vuestros hijos y que semeja un olivo milenario, tiene blanco el corazón como la flor del espino y cuando chifla en su octavín las notas bien compuestas de una canción, tiembla como una vara verde o como un niño con miedo. Él, que parece que va a comerse a todo el mundo. Él, que a veces, por no pedir, ni come.
Infante de los manantiales, caballero de las aguas que caen cantando de piedra en piedra, paladín de las causas hermosas y olvidadas, el flautista Octavio, tierno como los músicos de la paganía, sentimental y hermoso co-

mo los mismos olvidos del amor, silba, sentado en una piedra del camino, los silbos que enamoran al ruiseñor y al lobo, al grillo violinista y al garduño mal encarado y malauva, a la liebre y a la alondra, al topo y al azor.
Me contó un lego de San Silvestre —truhán, como es de ley, y seco como un sarmiento— que en una ocasión, estando el flautista soplando de su flauta allá por los pinares donde el Duero, aún niño, todavía se llama Duruelo, se le acercó una ardilla que le regaló un sagarmín y tres rositas silvestres, al tiempo que le decía:
—Señor músico, yo, aquí donde me veis vestida con la roja piel de la ardilla, soy una doncella encantada que no me desencantaré hasta que mis oídos escuchen, en una noche de luna, el tañir de una flauta que toque una tocata que se llama la *Pavana para una infanta difunta*. ¿La querréis tocar?
El andarríos Octavio se comió el sagarmín, se puso una rosita en cada oreja y otra en el sombrero y habló de esta manera, con la voz fina que se pone para hablar a los corazones del bosque:
—Gentil señorita: yo no sé tocar esa tocata que me decís, ni la he oído en mi vida, pero tampoco es ley que sigáis encantada y que, siendo doncella, viváis sola en el bosque, saltando de rama en rama. Os propongo que os vengáis conmigo. Yo ando despacio y no habéis de cansaros nunca, pero si algún día os cansarais o si quisieseis dormir, siempre encontraréis en el bolsillo de mi zamarra un refugio tan pobre como caliente y seguro.
El andorrero del octavín sacudió la saliva de su flauta y volvió a hablar.
La ardilla, sentada sobre su gruesa cola, le escuchaba con atención, como los niños que llevan premio en la doctrina.

—Yo, gentil señorita, os prometo preguntar a todos los sacristanes y a todos los barberos y, a lo mejor, alguno sabe la solfa de la pavana que os desencantará. Procuraré aprenderla y, en cuanto la sepa bien sabida, os llevaré, si os parece bien, hasta un bosquecillo que hay cerca de las Huelgas de Burgos, donde tengo una sobrina profesa que es la que toca el *Angelus* en las campanas y una de las más aventajadas artistas del expresivo, y allí os subiréis a un árbol mientras yo toco la música que, si está bien tocada, pienso que os habrá de dar vuestra primera forma. Cuando os volváis mujer, yo, gentil señorita, os ayudaré a bajar del árbol y os depositaré en el convento, porque no es bien que una doncella ande vagando, y vos, gentil señorita, explicaréis vuestro caso a las madres, que no dudo que os atenderán y os aconsejarán como saben hacerlo.
El lego de San Silvestre, al llegar a este punto de la historia, pidió tabaco. Yo, para que siguiese hablando, le di tabaco para un cigarro cumplido y un resto de escabeche que andaba rodando por el macuto, envuelto en un discurso.
—¿Y la doncella se desencantó?
—Pues no, señor, no se desencantó, que cuando el andarríos, al año largo, ensayaba en su flauta la pavana, un niño mató a la ardilla con una escopeta de pistón.

Por el horizonte, pasa el andarríos del octavín, con su barba blanca y su mirar en sosiego, vestido de sagatí y tocado con un bombín de castaña con barboquejo. Según dicen, en las noches de luna silba en su flauta la *Pavana para una infanta difunta*. Después, según dicen, llora.

Pequeña parábola de «Chindo» perro de ciego

«Chindo» es un perrillo de sangre ruin y de nobles sentimientos. Es rabón y tiene la piel sin lustre, corta la alzada, fláccidas las orejas. «Chindo» no tiene raza. «Chindo» es un perro hospiciano y sentimental, arbitrario y cariñoso, pícaro a la fuerza, errabundo y amable, como los grises gorriones de la ciudad. «Chindo» tiene el aire, entre alegre e inconsciente, de los niños pobres, de los niños que vagan sin rumbo fijo, mirando para el suelo en busca de la peseta que alguien, seguramente, habrá perdido ya.

«Chindo», como todas las criaturas del Señor, vive de lo que cae del cielo, que a veces es un mendrugo de pan, en ocasiones una piltrafa de carne, de cuando en cuando un olvidado resto de salchichón, y siempre, gracias a Dios, una sonrisa que sólo «Chindo» ve.

«Chindo», con la conciencia tranquila y el mirar adolescente, es perro entendido en hombres ciegos, sabio en las artes difíciles del lazarillo, compañero leal en la desgracia y en la oscuridad, en las tinieblas y en el andar sin fin, sin objeto y con resignación.

El primer amo de «Chindo», siendo «Chindo» un cachorro, fue un coplero barbudo y sin ojos, andariego y decidor, que se llamaba Josep, y era, según decía, del caserío de Soley Avall, en San Juan de las Abadesas y a orillas de un río Ter niño todavía.

Josep, con su porte de capitán en desgracia, se pasó la vida cantando por el Ampurdán y la Cerdaña, con su voz de barítono montaraz, un romance andarín que empezaba diciendo:

> *Si t'agrada córrer món,*
> *algun dia, sense pressa,*
> *emprèn la llarga travessa*
> *de Ribes a Camprodon,*
> *passant per Queralbs i Núria*
> *per Nou Creus, per Ulldeter*
> *i Setcases, el primer*
> *llogarret de la planúria.*

«Chindo», al lado de Josep, conoció el mundo de las montañas y del agua que cae rodando por las peñas abajo, rugidora como el diablo preso de las zarzas y fría como la mano de las vírgenes muertas. «Chindo», sin apartarse de su amo mendigo y trotamundos, supo del sol y de la lluvia, aprendió el canto de las alondras y del minúsculo aguzanieves, se instruyó en las artes del verso y de la orientación, y vivió feliz durante toda su juventud.

Pero un día... Como en fábulas desgraciadas, un día Josep, que era ya muy viejo, se quedó dormido y ya no se despertó más. Fue en la *Font de Sant Gil,* la que está *sota un capelló gentil.*

«Chindo» aulló con el dolor de los perros sin amo ciego a quien guardar, y los montes le devolvieron su frío y desconsolado aullido. A la mañana siguiente, unos hombres se llevaron el cadáver de Josep encima de un burro manso y de color ceniza, y «Chindo», a quien nadie miró, lloró su soledad en medio del campo, la historia —la eterna historia de los dos amigos Josep y «Chindo»— a sus espaldas y por delante, como en la mar abierta, un camino ancho y misterioso.

¿Cuánto tiempo vagó «Chindo», el perro solitario, desde La Seo a Figueras, sin amo a quien servir, ni amigo a quien escuchar, ni ciego a quien pasar los puentes como un ángel? «Chindo» contaba el tránsito de las estaciones en el reloj de los árboles y se veía envejecer —¡once años ya!— sin que Dios le diese la compañía que buscaba.

Probó a vivir entre los hombres con ojos en la cara, pero pronto adivinó que los hombres con ojos en la cara miraban de través, siniestramente, y no tenían sosiego en el mirar del alma. Probó a deambular, como un perro atorrante y sin principios, por las plazuelas y por las callejas de los pueblos grandes —de los pueblos con un registrador, dos boticarios y siete carnicerías— y al paso vio que, en los pueblos grandes, cien perros se disputaban a dentelladas el desmedrado hueso de la caridad. Probó a echarse al monte, como un bandolero de los tiempos antiguos, como un José María el Tempranillo, a pie y en forma de perro, pero el monte le acunó en su miedo, la primera noche, y lo devolvió al caserío con los sustos pegados al espinazo, como caricias que no se olvidan.

«Chindo», con gazuza y sin consuelo, se sentó al borde del camino a esperar que la marcha del mundo lo empujase a donde quisiera, y, como estaba cansado, se quedó dormido al pie de un majuelo lleno de bolitas rojas y brillantes como si fueran cuentas de cristal.

Por un sendero pintado de color azul bajaban tres niñas ciegas con la cabeza adornada con la pálida flor del peral. Una niña se llamaba María, la otra Nuria y la otra Montserrat. Como era el verano y el sol templaba el aire de respirar, las niñas ciegas vestían trajes de seda, muy endomingados, y cantaban canciones con una vocecilla amable y de cascabel.

«Chindo», en cuanto las vio venir, quiso despertarse, para decirles:

—Gentiles señoritas, ¿quieren que vaya con ustedes para enseñarles dónde hay un escalón, o dónde empieza el río o dónde está la flor que adornará sus cabezas?

Me llamo «Chindo», estoy sin trabajo y, a cambio de mis artes, no pido más que un poco de conversación.
«Chindo» hubiera hablado como un poeta de la Edad Media. Pero «Chindo» sintió un frío repentino. Las tres niñas ciegas que bajaban por un sendero pintado de azul se fueron borrando tras una nube que cubría toda la tierra.
«Chindo» ya no sintió frío. Creyó volar, como un leve vilano, y oyó una voz amiga que cantaba:

Si t'agrada córrer món,
algun dia, sense pressa...

«Chindo», el perrillo de sangre ruin y de nobles sentimientos, estaba muerto al pie del majuelo de rojas y brillantes bolitas que parecían de cristal.
Alguien oyó sonar por el cielo las ingenuas trompetas de los ángeles más jóvenes.

Índice

Nota	7
Don Anselmo	9
Don David	19
Marcelo Brito	26
Catalinita	34
Mi tío Abelardo	42
El club de los mesías	50
El misterioso asesinato de la rue Blanchard	61
A la sombra de la Colegiata	72
Don Juan	79
La eterna canción	87
Don Homobono y los grillos	91
Culpemos a la primavera	94
Estebita, despertador, colondrio, un sueño	104
El bonito crimen del carabinero	109
Claudius, profesor de idiomas	125
Literary Club	138
Un cuento en el tren	142
La tierra de promisión	146
La doma del niño	150
El Capitán Jerónimo Expósito	153
El violín de don Walter	157
El aullido de la charca	161
Un niño piensa	166
Purita Ortiz	170
Se alquilan galas nupciales	174
La nueva vida de Encarnación Ortega Ripollet, alias «Mahoma»	178

Dos cartas	184
La naranja es una fruta de invierno	189
Una rueda de mazapán para dos	198
Guerra en el fin del mundo	206
La última carta de Sir Jacob, joven sentimental	212
Las orejas del niño Raúl	238
La memoria, esa fuente del dolor	242
Aquel reloj de torre	250
El Garamillas de la Ramalleira, pastequeiro de pro	254
María d'a Portela, la sabia del hombrigueiro	257
Cuando todavía no era pescador	261
Un niño como una amapola	265
La verdadera historia de Cobiño, rapaz padronés que casó con sirena de la mar	269
El sentido de la responsabilidad o un reloj despertador con la campana de color marrón	276
El andarríos del octavín pasa por el horizonte	280
Pequeña parábola de «Chindo», perro de ciego	283

Este libro se acabó de imprimir
en Printer, S.A. Sant Vicenç dels Horts (Barcelona)
en el mes de octubre de 1989